火柴天堂

徐华亮 著

上海文艺出版社
Shanghai Literature & Art Publishing House

图书在版编目（CIP）数据

火柴天堂 / 徐华亮著 . -- 上海：上海文艺出版社，
2023
ISBN 978-7-5321-8527-6

Ⅰ.①火… Ⅱ.①徐… Ⅲ.①散文集—中国—当代
Ⅳ.①I267

中国版本图书馆 CIP 数据核字 (2022) 第 199598 号

发 行 人：毕　胜
策 划 人：杨　婷
责任编辑：李　平　程方洁　汤思怡
封面设计：悟阅文化
图文制作：悟阅文化

书　　名：火柴天堂
作　　者：徐华亮
出　　版：上海世纪出版集团　上海文艺出版社
地　　址：上海市闵行区号景路 159 弄 A 座 2 楼
发　　行：上海文艺出版社发行中心发行
　　　　　上海市闵行区号景路 159 弄 A 座 2 楼 206 室　　201101　　www.ewen.co
印　　刷：成都市兴雅致印务有限责任公司
开　　本：787×1092　1/16
印　　张：20
字　　数：317 千
印　　次：2023 年 1 月第 1 版　　2023 年 1 月第 1 次印刷
I S B N：978-7-5321-8527-6
定　　价：85.00 元

告读者：如发现本书有质量问题请与印刷厂质量科联系　T：028-83181689

◎ 自序

朋友们多次劝我，你还是出一本书吧。

这是我会做的事。人一辈子，出生和死亡都麻烦人家开证明，而写书是自己给人生开证明。

这些年独自写了不少东西，却一直没有投稿，是因为我不想把自己的肤浅示人，我得先把人生是个啥东西搞透彻。不过受当地诗人大姐办杂志之邀，曾发过几篇图文，倒也新鲜。杂志办得精致，是我喜欢的飞机杂志那种风格，而且没广告，纸张也亚光复古。既然说到这里，我想透露一个埋藏心底多年的秘密，其实我是个"逃犯"！在飞机上偷过杂志！因为有篇图文太招人喜欢。我这里说算不算自首？

叔本华说："独立思考比阅读还重要，因为阅读的是别人的思想，经过自己思考得来的才是更重要的沉淀。"所以我这些年一直是在自说自话自生自灭。十多年前，我在北京北三环马甸桥西南角那个空荡荡的房间里，开始写博客《心灵的裸奔》，大概"裸奔"了一年多时间，大家也没看见。再说，现在真正裸奔的人越来越多，男的女的都有，谁还有心思看我"裸奔"？而且还只是心灵。所以，我的心灵毅然穿上衣服，改为《一个人的徒步》。坚持徒步下来，居然十五年了。我不停地写，网上六七十万的点击量，大都是我自己的刷新。我占山为王，自给自足，不打扰百姓，不妄想招安，深挖洞广积粮，山野之中，想裸奔就裸奔，想徒步就徒步，活得原始、低调和率性。至于这么多年为什么没被别的势力灭掉，可能就是因为我一个人的势力太单薄别人看不见，即使看见了也觉得我人畜无害的原因吧。

是"叔"的话害了我，成了我懒惰的借口。这些年书读得少，主要靠自己跌跌撞撞的人生摸索和思想自愈，没有汲取到别人的经验，在别人提醒过的地方摔了不少跟斗，在别人插路牌的地方走了不少弯路。直到最近才幡然醒悟，开始认真地阅读，才发觉别人的人生和思想比我浩瀚精彩得多。我就又像当初站在北京的天桥上看两侧的车流，一边是亮闪闪的一片向往的眼睛，一边是红彤彤的一片踢肿的屁股，让人对命运顿生落叶般渺小的漂泊感。所以现在我也想站到巨人肩上去看看更远的风景，但又发现巨人肩膀上早已挤满了人，我爬不上去。

初三时发表处女作《归来》，老师把我读莫泊桑课文后写的《我的叔叔于勒》续篇，拿到《少年文史报》发表了，当时我就有了理想，就是要当一名作家。记得十几岁时曾作为年龄最小的代表，参加过当地一个诗会，几个知名的诗人带给我更多斑斓和遐想。当时我很冲动地在留言簿上写下了几个毛笔字："我感到寒冬里飞来了春燕。"字写得飞叉叉的，像燕子尾巴一样。春燕，就是文学，是一个少年梦想无知无畏的飞翔。

我希望成为一个有才情的人，能细辨迷雾中世界的色彩，感知生命脉动的意义，能够自由尽兴地说出或写出自己内心的感知、感悟和感动，而不受语言的约束。我想能够在孤寒时升起内心的温暖，能够在倦怠时锥刺良知的大腿；能够在平凡的日子里非凡地思考，能够在非凡的思想后平凡地生活。不管这个世界懂不懂我，我想弄懂这个世界；不管人生多长多短，我想细看每一次风雨。即使人们那么热闹耀眼，即使我也免不了在潮流中随波逐流东倒西歪，但我仍可以宽恕那些慌张、盲目、自私、误解和辜负，尽力维持着内心的温润和宁静。我于这个世界，就像偶然闯入巨蚌里的一粒渺小砂砾，被岁月的珍珠质层层裹挟着，却在无声无息中，默默成就着个体生命的晶莹。或许我最想做的，只是成为你心中的一滴热泪。

我欣赏有才华的人，他们在某一领域的表达和启迪，可以促进我对事物更立体的认知和判断，让我觉得日子不全是孤单乏陈，而还有其他滋味和意义。我一直想在皮囊里注入活力和温度，让灵魂不感空芜。韩寒说，怀才就像怀孕，时间久了才看得出来。我想怀十几年了，也不知怀上没有，更不知你们看出来没有？我该属于晚育吧？

我一直认为，文字是有节奏的，跟音符一样，除了组合的意义，还有可以聆听的心跳。节奏的缓急，思想的游走，需要音域一样的宽度来保障。所以，我们应重视心灵垦荒，做好对认知边缘的围海造田，不断营造精神生长的生态系统。我欣赏大道至简的哲学和举重若轻的方式。简，不是责任的放弃，而是历经磨砺后的莞尔；轻，不是态度的轻浮，而是担当负重后的释然，"回首向来萧瑟处，归去，也无风雨也无晴"，放下过往的重量，放开当下的挣扎，于是心境变得自由从容，脚步也愈加轻盈自信。生命就是一个矛盾体，要想真实地活着，甚至活得有些意义，就需要日常保持精神和肉体两端的平衡，有心有梦，有血有肉。

我是个喜欢精致的人，精致在于对细节的不懈追求，在艺术领域，偏执也是成就精致的品质。人要有不脱离实际的勇气，也要有可以飞翔的理想。没有了梦和飞翔，会活得一身汗臭；没有精神的超越和自救，也极易在尘俗的雾霾里慢性中毒。可怕的是，一些人还乐在其中，浑然不知。一起思考一个问题吧，除了繁殖，你生命的增值在哪里？

我是天秤座，完美主义者。上次在街上看见穿亲子文化衫的一家三口，妈妈衣服上的图案是握成拳头的"石头"，女儿衣服上是五指张开的"布"，爸爸却穿着一件纯白棉衫。我整个人都不好了，觉得很煎熬，恨不得马上冲上去在他背上画一把"剪刀"。对于文字，我也有同样的强迫症，写完文章总会不断去改，一直改到无能为力。剪刀画好了就凑齐了，凑齐了就踏实了，踏实了就圆满了，圆满了就放下了，我的文章自己很少回头再看。

对于写字风格，我经常会把一个严肃或有趣的话题，说得轻描淡写，甚至恶俗无趣，是因为我骨子里是一个崇尚自由和独立的人。我喜欢戏说，是因为不喜欢思想和文字的爬行，我觉得它们本应该蝴蝶一样轻灵。戏说不是细说，唠唠叨叨没有灵气，而是轻描淡写中潜藏着思想的重量，浮光掠影，溅不起惊鸿一片，但偶尔回头一瞥，又会心生莞尔。戏说不是戏言，藏有的仍是一颗真诚的心，只是不愿意把它天天捧在手心，显露于他人。戏说是一种飞翔，是一种举重若轻的从容，呵护渺小的存在，轻解强势的虚妄。戏说是剑走偏锋，不必刀刀索命，也能仗义江湖。我们何必矫揉造作，沉溺于虚荣和浮华，死撑着人前的脸面；我们又何必战战兢兢，圈养于祖训和教义，盘算着点滴的得失。无住无留，无执无染，只有放空和归零，才能解开人生的圈索。你有没有把玩自我的勇气？敢于自嘲的人，才会自我超越，赢得更多的自信。你有没有笑看尘世的眼睛？学会调侃的人，才能游刃有余，找到繁复的简单。

我和世界的关系不是从属和寄养，而是个体精神的荒野求生。我把人生当成荒野，想咋喊就咋喊。就像我写的歌词《一个人的徒步》："一个人／在路上／我想哭就哭……／一个人／在路上／我学会了幸福……"这个世界，让我尊重很多，感动很多，也质疑很多。我痴迷思想的自驾，而不是浅薄的附和、软弱的合流。我自黑和戏谑的态度，不是放任和不恭，而是责任积郁的排遣。我喜欢的文字传播方式，还像朗读发音，气息要稳稳提自丹田，吐字却要轻松自然，始终要有一种内在力量暗暗逮着这股气息，神不能散吧。

朋友看到"乐山乐水乐自在，亦文亦商亦从容"这句话，说适合我。仔细想想，自己的人生观或许真还带点儿这样的属性，或者说是自己喜欢的状态吧。沉稳而不僵化，轻灵而不浮艳，共融而不盲从，个性而不异类。脚踏实地，心灵自由，做一个对社会有责任感的人，也做一个真正属于自己生命的人。

"这是一个最好的时代，这是一个最坏的时代；这是一个智慧的时代，这是一个愚蠢的时代；这是一个信仰的时期，这是一个怀疑的时期；这是一个光明的季节，这是一个黑暗的季节；这是希望之春，这是失望之冬；人们面前应有尽有，人们面前一无所有；人们正踏上天堂之路，人们正走向地狱之门。"这是狄更斯《双城记》里面的话。过去快三百年了，仿佛仍在追问。我就像树活在一个希望萌动的春天里，空气热闹而魅惑，为了生长，我的根在拼命深扎搜寻，希望抓住一块没被污染沙化的净土，让心灵和生命成为它永久的宿主。我不责怪这个时代，这个时代给了我太多惊喜；我不相信这个时代，这个时代自己也在彷徨。所以，芥川龙之介说："最为贤明的生活方式是蔑视时代的习惯，同时又一点也不违反它地生活着。"

偶然和某作家聊天，他说文学改变了他的命运。我认为，过去靠文学改变命运的时代是一个精神惊蛰的时代；而文学被商业奴役的时代却是一个精神失明的时代，它们都不正常。一个成熟的社会，需要一种和谐共生的结构，不管是经济还是文化，都应具有各自清晰的功能定位，既要有独立的人格，又要有合理的比重，能彼此关联，相辅相长，共同构建起既有时代性又兼具稳定性的物质和精神大厦。文学不会改变我的命运，但一定程度上可以促进我的成长。

上次在朋友家碰见他家念小学的小美女，她喋喋不休讲了很多她觉得好笑的事情，说她在班上笑点最低。我一听就笑了，说，你看我更低。然后她又告诉我，她准备改微信名了，以前叫"以公主的傲慢藐视全世界"，现在准备改成"村姑"，我说这个跨度确实有点大哦。心里又隐隐感知到万物生长，其心可待，因为有时候成长的标志不是知进，而是懂退。爱思索的孩子迟早会像孙悟空脱毛一样，被风吹得到处都是，从而占领未来的流浪地球。

现在想起来，小美女或许是上帝派来点化我的，她想告诉我一个道理：你没有资格以个人的傲慢藐视全世界，你本质上就是一个"村姑"。契诃夫帮腔道："世界上有大狗，也有小狗，所有的狗都该叫……"

但我是我娘生的，我是一个有梦有泪、有血有肉的"村姑"。

现在声音秀的节目很多，唱着唱着就成了故事会，很多人唱完后就开始泣诉："我从小苦大仇深，父母在我出生前三天就双亡了，是隔壁好心的王婶帮忙把我生下来的，王婶生我的时候，我哭声很优秀，大家都说我哭出了改编的效果，于是从那时起我就坚定了一辈子的音乐梦想……"评委也一把鼻涕一把泪，不知是真伪善还是假纯情。

我写这篇自序时，不会编催情的故事，来骗取大家的同情和照顾，而是坚持我是我娘生的！我娘生下我的时候，我们都不知道未来会发生什么。所以文学并不是我命中自带的东西，而是我路上幸运捡到的一个感恩的机会，让我诚实的心灵可以对遇到的人生倾情表白。再者，我之所以想出书了，是因为不想让自己的思想，死在自己的怀里。

天气变冷了，可以用文字取暖了……

我准备好了。

又听见生活在笑：你要啥自行车呢？

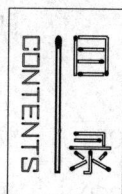

目录
CONTENTS

市　井

目　送

人生好去处

万物生长

市井

方形极相
的水井
确实是
埋豕养人生
的好去处。

院　子

　　小时候住在县城麻纱市街的一个大院子里，里面有七户人家，齐楚燕韩赵魏秦。

　　院子幽深，有一条极狭窄的通道，一边是砖墙，一边是木板墙，中间还拦着两道木门槛，以及一个凹下去的小天井。地上是被脚搓成土疙瘩的小道。小巷没有路灯，一到晚上黑黢黢的。不过我是闭着眼睛也能进出的，走十一步、二十四步有门槛，走三十八步有天井，一切了然于胸。漆黑中，我可以鬼魂一样健步如飞。

　　进巷子二十来米是第一家陈家，边远，燕国吧，住着陈叔叔和万嬢嬢，还有大女儿及一胖一瘦两个儿子；紧挨着第二家是刘家，四个儿子，刘大刘二刘三刘四，蛮力崇武，赵国吧；右拐第三家是谢家，也就是我家的邻居，住着谢婆婆和离异的女儿，势弱，韩国；再左拐就是我们家，礼仪之邦，祖籍山东，也就是齐国；经过谢婆婆的厨房，再左拐豁然开朗，是一个大院子。右手住着陶家，陶家父母和陶哥哥兄妹，有过兴盛，魏国；左手是二婆，儿子在重庆大学当老师，有文化，楚国；最里面就是泱泱大秦——漆公公一家，院子里最大的家族势力，是这个大院子的原住民。

　　我左拐右拐说半天，是因为在重庆这边地形复杂，分不清东南西北，在巷子里就更分不清。另外，我之所以这样叙述，是还原我初中时学了中国历史后的某次家庭作业，老师弃权没有批改，但我从本子上力透纸背的一个粗重的红墨水点上，看到了这位喜欢文学的历史老师当时在叉与勾边缘痛苦而幸福的挣扎。

一

院子里栽着两棵桑树，一棵歪脖子槐树。祖先说，"屋前不栽桑、屋后不种槐"，现在两种都同时种到院子中间，祖先就糊涂了，不好再说什么。

据说人是从猴变来的，这个可以从我小时候的行为上看出人类进化的痕迹。

爬树是童年的游戏，槐树是我的瞭望台，桑树是我的补给站。

槐树是棵比萨斜塔一样的歪脖子树，爬上去极简单，光脚一蹬，手伸直了挂住粗虬的树干，身子不用挨树就可以噌噌地蹿上树顶。上面有个大树杈，正好可以骑在上面，侦查不远处秦国的厨房到底吃啥子好东西，有没有油炸鱼虾。我摘槐树叶，一掐就是八九片，然后一片一片放在虎口窝上用力拍打，当响炮儿。槐树也是我的安全港，调皮闯祸挨大人追捕时，就可以躲到上面政治避难，妈妈便在下面装出无可奈何的样子，顺着台阶就下了。槐树就像那个经常带着我到处玩用弹弓打耗子用火炮炸茅坑的魏国陶哥哥，宽容地庇佑着我，让我觉得安全踏实。

每年四月到六月，桑葚从粉红到紫黑，熟透了，是本猴开心的季节，可以挂在桑树上边摘边吃，好不过瘾。树梢上的桑葚光照足，所以最甜，实在摘不到，就用竹竿敲打树枝，将桑葚震落地上，树下常有其他小孩，眼巴巴等着这美丽时刻，等我下树，桑葚早已被人捡抢光光落跑了。后来我读到过一篇法国寓言《猴子与猫》，说是一只猴子和一只猫看见炉子中烤着栗子，猴子就骗猫从火中取栗。栗子取出来被猴子吃了，而猫爪上的毛却被烧光了。读完了我看了看自己没有毛的手，恍然大悟，我一直以为自己是猴子，原来是笨猫。

桑葚可以洗净，加点白糖放玻璃罐里，沤出紫色的甜水，喝起来很爽，喝完心里自然清亮。而桑叶摘下可以养蚕，那时院里每个小孩都有从医院捡来的针剂扁纸盒，里面养着自己的小宠物，守着它们从小白点变成小黑点、小黑虫、大白虫，变成蛹、化为蝶……直到有一天，我们也开始了蝶变。

二

院子里，七户人家，三十多口人，是一个被房屋和院墙围起来的小世界。

漆公公赳赳老秦，魁梧，声如洪钟，一喊孙子漆勇，漆勇就本能地逃跑。桑树上的鸟扑簌簌惊飞，连桑叶也挣了挣想逃跑，但没跑脱。院子中间有一个大土坑，一下雨就要积水，有时迟迟不肯退水，漆公公就单手提了钢钎，往水坑里随意戳上几个窟窿，积水便快速往下渗。漆公公拄着钢钎站在坑顶的气势，就像是刚刚坑杀了四十万赵国降卒的秦将白起。我最喜欢看这场面，特别是最后的水溜进窟窿的瞬间，就像一条蛇尾越来越细，倏然不见。此时，我就会像被催眠，发一阵呆。漆公公喜欢去长江边扳罾，常看见他用粗手灵巧地织渔网，又在院子里孔雀开屏一样晒渔网。漆公公从江边回来过巷子时，会从笆篓里倒给奶奶一些鲜活的小鱼虾，说，大妈，拿去喂鸡！其实奶奶没有喂鸡，而是用面粉裹着炸了，喂了我和姐。其实漆公公知道是喂了我和姐，因为他在院子里看见过我比鸡更快乐的吃相，只是装着不知道，每次依然说，拿去喂鸡。

陶家精明，治家有方，一些新鲜的事物，一些好耍的东西，总是在他家先涌现。陶家的爹干瘦，眼睛诡谲放光，不知在外面做些啥子，神神秘秘的，也不爱和邻居搭话。童姨在粮站工作，活络，倒是经常"出使他国"。陶哥哥和陶二妹过得自在，陶哥哥会耍，东西多，摆杂（玩法）多，就成了我们的娃儿头。陶二妹爱打扮，据说学校很多男生追她，她挂在嘴皮的口头禅，却是很高冷文艺的两个字：孤独。

二婆八十多岁了，重庆的儿子过段时间会回来看她，带回一些吃用。每天晚上七点半，新闻联播完了，二婆就会拄着拐杖准时到我家看电视。说是看电视，实际是蜷在椅子上，侧靠着墙打瞌睡，电视剧完了，她也就醒了，

然后拄着拐杖回去接着睡。我问，二婆为啥不在自己家睡觉？妈妈说，二婆只是想有点响声。

谢婆婆的女儿文孃孃离婚后，回来和谢婆婆一起住在隔壁。谢婆婆以前应该是有钱人，受过教育，人老了气质也挺好。后来有人给文孃孃介绍了个高高瘦瘦的男朋友，说是国营单位的一个小干部。我从门缝里看见过那个男的去亲文孃孃，文孃孃在闪躲。

崇武的刘家四少，除了刘四儿，其他三个基本上不屑跟院子里的娃儿耍，觉得我们低俗。他们仨操社会，街面上都有声名。有一次我看见他们一帮混混在街口吹奇怪的带尾巴的白色气球，然后又在欢呼中像打排球一样围堆拍打，长大了我才知道他们吹的是避孕套。刘二不仅套套吹得好，口哨也吹得好，经常蹲在街角吹口哨调戏妇女，后来遇到了严打，以流氓罪被判了三年。

陈家是万孃孃说了算，院子里经常响彻万孃孃数落陈叔叔的刺耳高音，陈叔叔细声细气，总像做错了事一样。以前小天井还比较大，陈家和刘家一起搭了违建，又砌了洗衣池，就挤成了一个过道。

战国七雄，相安无事，各自操劳着柴米油盐，拨弄着人间烟火。当然也非绝对的和平，偶尔也会诸侯争霸，私底下搞一搞合纵连横。比如违建占道的事情，燕赵联手，秦国也没办法，因为各国都不好拿到明处来说，只是在背后怨怼。听妈妈说这事肯定是万嬢嬢撺掇的。

但邻里之间，更多的还是帮衬。相互借油借盐借葱借蒜是常态，大家都说借，但从来不说还，说还，就是违反潜规则，要红脸疹皮。七国以货易货，交换的是感情。我们娃儿更是幸福，哪家吃点好吃的，都在招呼，不招呼我们也可以直接去巡逻。我们就像是大院里集体投喂的宠物，在幸福地长大。陈叔叔有次半夜发病，整个大院都紧张起来了，很多邻居跟着去了医院，我也被爸爸妈妈背去了。医生说，回去吧回去吧，不要打扰病人，你们家亲戚真多啊！

夏天在院子里歇凉，各国有固定的领土，晚饭后各自端水浇地，消退暑热，有时也彼此往别人国土上泼上一盆，以示睦邻友好。泼水这事是我们娃儿们最爱干的，经常衣服跟地一起打湿。

晚上，在满天星空下，各家躺在凉床凉椅上，打着蒲扇歇凉。大人张家长李家短摆龙门阵，娃儿则被妈妈骗着数星星，用小腿在凉床上扑打计数。蚊子多了就点盘蚊香，十点多天渐凉，再各自回家睡觉。陶哥哥火旺，经常在院子里睡一通宵，早晨醒来，会发现身上多了一层童姨盖的薄被。

这是院子最惬意安宁的时刻，每个人都放松下来，院子也放松下来，睡眼惺忪地陪着我们，陪着星星。

院子里还有很多故事，不管讲不讲，始终留在了原地，就像越来越细的水尾巴一样渗进了土坑里的窟窿，又被岁月层层叠压，再也看不见……

最后还想说的一件事，是刘四儿的糗事。因为我跟他有仇，糗事肯定要说，何况是写书，我要让他的虚伪和罪恶，载入史册，遗臭万年。他偷过我最心爱的水果刀！还不承认，硬说是自己买的！我认得那把水果刀，刀柄底部有我捶核桃弄破的裂痕。

院子的隔壁是酱园厂，隔着一段十多米长两米高的土墙。墙那边有几百个戴着尖斗笠的酱缸，侠客一样蹲坐埋伏。土墙靠近魏国边境，墙头有个小豁口，我们几个娃儿经常从豁口翻土墙抄近路，穿过酱园厂走几步就是河坝街，下去就是通泰门码头。酱园厂的门卫老头儿拿我们很头疼，因为我们过路的时候，用的是电影《少林寺》里学来的"大鹏展翅"，会顺手掀翻侠客的尖斗笠，有时还要比一比谁掀得多掀得快。老头儿在迷宫般的酱缸间追撵我们，我们轻松欢快地逃跑。侠客们依旧蹲坐埋伏，即使斗笠掉了，也不动声色，他们拿我们没法？或是不屑跟我们计较。

有一天，我们四个娃儿又准备去通泰门码头要，刘四儿带头翻土墙，人刚一搭上去，就惊呼一声，啥子哦！稀的！然后人跳下来，往身上看，又搓手，抬起放鼻子上闻：啊！屎！

大家闻到了恶臭，只有我从恶臭中闻出了快乐。

酱园厂的门卫老头儿终于替我和侠客们动了手。

……

三

后来我们搬过几次家。

有次回去找那个院子，找不到了，那一片早已盖起了高楼，树们不知所终。

在后面的日子里，院子的记忆渐行渐远，现实的谜团越来越多。有时候我觉得是自己不小心落入了某个时光隧道，又对身世产生了怀疑，我甚至搞不清自己到底是个现代人，还是古代人。由于手里没有攥着月光宝盒，也就说不清自己过去曾住过哪个院子，或者哪个妖洞。

我想，如果我是个现代人，为啥在对现代生活沉醉之余，总有着一丝隐隐的陌生和不甘。或许我就是一个被繁华诱拐的古代人，迷途于城市森林，信息、商品、声色垃圾霸占了生活每一个角落，让我无处藏身。现代文明如鸦片侵蚀着我朴素的心智，使我对科技产生了药物般的依赖，即使是偶尔停电的日子，都会让我猛地乱了分寸，丧失基本生活能力。住高楼久了，沾不到湿润的地气，闻不到泥土的体香，也越来越看不清生命本来的模样。

于是，我时常想回到某个古代，依稀中有一个院子，风化的灰瓦，斑驳的泥墙，木质花窗透出缕缕阳光，花洒于地上；老床散发着生活的霉香，鸡婆般的女人膝前嬉绕着七八个孩童；自酿的土酒已经烫好，等我打马归乡；门前的池塘可以洗澡垂钓，一张旧竹躺椅，缓缓摇动着时光……

不再有强迫我的电视、电话、微信和网络，干净的天空除了鸟儿和花香，没有无线信号的穿梭奔忙；彻底清静了吧！又听见了自己轻缓的呼吸和窗外花开的声响。少年时一直想翻越的围墙不再是囚栏，而是隔离风尘的屏障。没有了现实生活的绑架，一切变得简单透亮，甚至，不再需要梦想。印尼巴厘岛很多人家门口都有一个发呆亭，据说是人们用来发呆的地方，而我们在繁忙的打拼中，却很难有这样的转身和遗忘。

其实，我只是一个有着怀旧情结的现代人，这个臆想的古代院子，就是我的精神对现实的隐身和逃亡。仿佛院子越是古老久远，逃得也就越远，藏得也就越安全。

四

其实我最该回去的，还是麻纱市街的那个院子。

童年的记忆就像浮冰，大都融化在越来越暖化的生活中，剩下的，都是些垒砌梦境剩下的残片。

七国破灭，邻居散去，偶尔听到点点滴滴的消息，不由溅起几声唏嘘。

漆公公带着他的渔网去了天池扳罾；二婆打着不再醒来的瞌睡；文孃孃嫁给小干部后又离了婚，但这次没有了谢婆婆的庇护……听说陈叔叔去世时，万孃孃流着泪，守着他细声细气说了很久，像做错了事一样；上次同事去驾校学车，听到教练在打听我，他是陈峰，万孃孃的二儿子；陶家精明的爹有次去外地做生意时失踪了，估计已不在人世。对于娃儿头陶哥哥，我会专门给他写篇文章，以示对首领的崇敬。他妹妹陶二远嫁，已在日本定居，我姐姐和她有联系，据说她常在微信语音里说话，偶尔夹杂日语，但齿根有两个字特别清晰：孤独！上次在我小区附近碰见刘四儿，他穿得很干净，搓着手跟我说他在附近开了个茶楼，若我们去喝茶打麻将，不收钱。他穿了双白色厚底板鞋，走路一弹一弹的，像是广告里说的那种有踩屎感的鞋。还有一些邻居，在时光的江水里，载沉载浮或消失不见。或许我们还在同一个城市，或许我们已不在同一个人间……

我知道，桑葚还会在什么地方年年结果，但那些果实，会多了些成熟的寂寞……

市 井

  星期天决定出去走走，去买菜。吃啥？还不知道。那就去远一点的农贸市场吧，走着走着，或许就找到了目的。

  不知不觉溜达到"四不挨"水产市场，一下子被小动物包围，小龙虾、田螺、黄鳝、泥鳅，还有各种鱼类。它们推挤着，我看不懂它们的情绪。

  有人喊我："老板看嘛，土黄鳝，才收的。"

  我心想，骗子！你一家人出来一样长啊？连胖瘦都一样？

  密密麻麻的鱼在池子里涌动，把水面搅成碎片。有一条鲫鱼在角落仰着头，嘴搁在水面上一张一合地翕动，圆圆的黑色眼睛看着我，像在对我说，带我走吧！

  我犹疑了一下，走开了。

  我看到屠妇把泥鳅血存在一个盆里，问其何用，答用来涂脸，可治面瘫。我立刻想起了华老栓和人血馒头，又觉得，一个满脸涂血面瘫的人，会让其他人也吓得面瘫吧。

  网袋里，绿色的小青蛙在蠕动。就青蛙吧！我决定买它。

  小时候上课听老师说，青蛙是人类的朋友，吃害虫，保护了农民伯伯的庄稼，才有了我们吃的蔬菜和粮食。所以我小时候对大人买青蛙吃是仇恨的，认为那是坏人才干的事。

但我现在既吃了粮食，又吃了保护粮食的青蛙，而且吃青蛙不是第一次了，我包庇了很多害虫。我是从什么时候开始学坏的呢？想不起了。不过记得听农民讲过晚上用电筒照着捉青蛙的事，由于农民自己也吃，我才发现生活的真相并非只有正义和邪恶黑白分明的两面，那些灰色的混沌地带更容易滋生罪孽，而且更易于隐藏。

再者，我学坏应该是在有文化以后吧，没有文化不会坏得那么快，没有文化想到的是简单生存，有了文化却看得见更多的欲望。儿子刚学识字，就用水彩笔在家里卫生间门上写上了"男"，让他娘感到了绝望。据说动物都是靠撒尿来确定地盘，估计儿子早就闻出了自己的尿味，只是这一天终于有了表达的能力。

我吃青蛙，我是个坏人？我无所谓。

老板摊前人很多，我也就不去打挤，看见旁边过道上有一个塑料靠背椅，就顺势坐下等。

一坐下，就落入了市井的腹地，上面人影绰绰，各种塑料袋绝望地从我脸旁闪过，耳旁一大袋田螺路过，硬壳发出金属般好听的摩擦音；几只被五花大绑的螃蟹被带离，就像几块扁圆的鹅卵石；我此刻也像一个不知被什么束缚着的小龙虾，弓着背蜷缩在椅子上，很多刀影在周围起落，嘭嘭地砸在案板上，发出生活坚定的喊杀声。

肉摊下，有一只狗在幸福地啃着砍切溅飞的骨肉，脏兮兮的黄毛像泥里滚过，一看就是江湖中狗。而旁边一个妇人扯着的一只宠物犬，正羡慕地看着江湖，眼神里怯怯地透出心思："世界那么大，我想去啃啃。"

我靠在椅子上有点恍惚，旁边是老板被浓茶泡得褐黑的玻璃杯。人们从我身边走过，会不会觉得我就是老板呢？我突然希望大家认为我就是，因为老板才是市井的藩王。这肮脏水腥穷形尽相的市井，确实是埋葬人生的好去处，杀人无形，悄无声息，不留痕迹，和万千黄鳝泥鳅一起，掏心掏肺，在清水中涤荡过往，成为下一次轮回的营养。古人说的大隐于市，会不会就是说的这个"四不挨"水产市场？

但是，我又想到了诗歌。我知道有点冒昧唐突，但确实是想到了。

冲突也是一种美。就像摄影，越是在破败荒凉，全是冷色调的落寞之

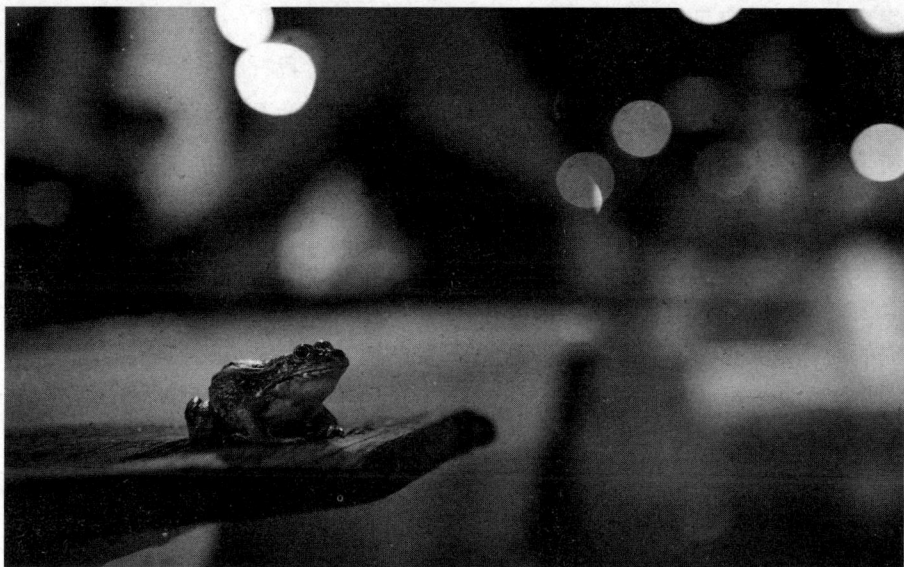

处，突然出现一位时尚热烈的现代红衣美女，带来的冲击越是震撼。我一直想拍一次这种有突破的作品，但没有机会。不是缺落寞，而是缺美女。

市井的反义词应该就是诗歌，那是人类另一种生存方式，离市井很远，气质截然不同，似乎只吃素不吃荤，很干净很高级。但那也只是少数人自己的想法，在市井眼里，这些人只是经常捂着自己的腰，站着说一些腰不疼的奇怪的话。我又想起了某些人的屎尿诗，来附议诗歌并不干净，即使诗歌本质上是一种精神排泄物，但诗人随地大小便也是不对的。有人说，生活不只是眼前的苟且，还有诗和远方。诗和远方放在一起，就被赋予了一种浪漫的调性。但其实真相是，生活不只是眼前的苟且，远方还有其他苟且，所以远方的诗歌依然会不干净。

对于诗坛，我敬重真疯的猛士，鄙视装疯的俗人，我十几岁就曾梦想当一名诗人，那是因为诗歌温文尔雅，我当时正在装温文尔雅。后来我被生活磋磨得原形毕露了，诗歌还在坚持温文尔雅，我觉得太不过瘾，不如叉着腰站到街口直接用文字嘶骂。即便如此，我至今仍像尊重初恋一样尊重诗歌，但这粗鄙不堪的市井，更让我觉得诚恳，充满着生活熟悉的腐臭和快感。

我前不久把最近的文字发给一个朋友看了，他是当地现代诗的代表性人物，属于我一直敬重的真疯的猛士。这时我手机震动了一下，我看到了他的微信回话："不写诗了？写散文了？"从语气里，我听出了惋惜，我感觉他有千里眼，或者是他这样级别的诗人已自带神性，他看见了我正半死不活地瘫坐在一堆黄鳝泥鳅之中……

轮到我了。

老板抓了一袋青蛙，说四斤二两，我说人少，两斤就行。老板不情愿地又放回去一斤多。我觉得我救了几只青蛙，好像是个好人，但事实是没救，它们只是延缓了死亡的时间，并没有改变命运，从这一点讲，我自私自利为前提的伪善，更加残忍。

一个小女孩扯着一个中年妇女的袖子经过，她死死地盯着我，眼神里有清晰的仇恨。

给了五十，找了我三块五！其中还有五毛硬币。

这三块五让我如坐针毡，揣起来吧没意义，花了吧还得找地方。这就像商场的返券，让人进退都尴尬。下次还是刷微信吧。

这时，我看到一条鲫鱼在地上翻滚挣扎，我想起了小丑鱼尼莫，它是向往大海的。而这条鲫鱼的名字我不知道，好像就是朝我说话的那一条。我想它并不认识大海，最多梦见了堰塘。也可能只是厌倦了生活的拥挤杂乱，不想再吞吐别人八卦用过的口水。对自由的向往，万物都是一样的。

"老板，鱼跑了！"我刚一开口就后悔了。

老板娴熟地用三指钳住鲫鱼，高高地抛回了水池，那条鲫鱼一下子就被蜂拥的同伴挤压着沉回了水底，消失在更多的碎片中，再也看不见。那道彩虹一样美丽的抛物线，就是它路过的自由。

我心一沉，实锤了，我是个坏人！

中午我超度完了青蛙，这段时间也不想吃太多，所以晚饭就计划着吃两个猕猴桃和饼干。可是到了六七点钟还是有点饿了，叫外卖吧。

七点半左右有敲门声。我开了一道小缝，把手伸出去，接过了塑料袋。

"大姐慢用。"门外响起一个年轻的男声。他看见了我睡衣的花袖子。

我粗声说谢谢，外面响起仓促的逃离声。

打开外卖盒子，那条鲫鱼躺在酸萝卜泡海椒和葱白上，焦黄的身体浸着油汁，圆圆的灰白色眼睛看着我，嘴微微咧着，像是在对着我微笑……

电 梯

电视剧《美国恐怖故事》里，每一季都会发生在一个特殊的场景，旅馆、凶屋、精神病院……我总无端地想到电梯，它也可以是一个多事之所。又如蓝可儿在电梯里诡异的举动，至今让人惊悸。

以前在同学"报应"家聚会，几个同学喝多了去小区电梯整蛊。"虾米"去五楼、"尿罐"去十三楼埋伏，"报应"留在底楼假装等电梯。

有女住户回来，按开电梯门，女住户先进去了，"报应"却不进去，说一句："哦，都满了啊，我坐下一趟吧。"

女住户狐疑，不就自己一个人么？

电梯走到五楼开了，外面的"虾米"说："这么多人啊，算了！"然后转身走楼梯。

女住户开始冒汗。

电梯走到十三楼又停了，外面的"尿罐"又说："挤不下了，你们先走吧。"

女住户叽哇乱叫着冲了出来……

这次表演很成功，酒精逼出了大家戏精的潜质，也满足了我对电梯重口味剧情的追求。

只是后来听说"报应"差点被人家男人打了，这是报应！

……

七十年代末，一个农民进城，第一次看到电梯。

眼见着铁门打开，进去一个老太婆，一会儿就变出来一个大姑娘。他惊呆了。

于是他就守在那里一直看：男的变女的，大人变娃儿，老头变姑娘，女娃变男娃……他觉得这个箱子无所不能，是可以满足自己梦想的地方。

他终于鼓起勇气跟着别人走进了那个箱子，闭上眼睛，心里默想着二娃超市装满吃食的货架，和刘二娃婆娘好看的笑脸。他最想变的是超市老板刘二娃。

他感觉箱子开始上下移动，他充满期待，但一直没敢睁眼睛。一段时间过去了，等箱子又不动了，感觉有一只手把他拽了出去，他惊喜地一睁眼，是一个穿制服的保安。

他以为自己变成了保安，又低头一看，发现自己旧布褂和肉身还在，什么都没改变。

他对箱子失望了，对城市失望了，他回到了老家，也再没去过二娃超市。

……

这是有次饭局上朋友当笑话给我讲的故事，讲完之后，我陪着他尬笑，心中却种下几分苦涩。

我在回小区的路上，一直在想我该变什么。但等进了电梯，都还是没想出来！我突然感到一阵悲哀，我已经失去了梦想！

从那以后，我开始注意电梯，观察电梯里的人们，并胡猜他们的梦想。

这个箱子依然很镇定，天天不紧不慢上上下下，几十秒钟的时间，切换着不同的人生版本。电梯里，我们身体距离很近，但人心却又最远。

每天早上七点，电梯下到十八楼，都会停下，进来一个背书包的中学生。她永远打着哈欠在电梯里系鞋带，臂弯里夹着装有盒装牛奶和便利面包的食品袋。到了底楼，她总是第一个冲出电梯，慌慌张张开始奔跑。我透过她的背影看到了她的梦想：变成还在睡懒觉的妈妈。

每天早起去滨江路锻炼的人多。电梯到了十一楼，飘进来一个中年女子，双臂弯着，手缩在前面不停地搓。这姿势我感觉很熟悉啊！记忆倏然回到童年，那时候我大到玩伴"娃娃鱼"，小到黄丝蚂蚁，对各种动物都有过很仔细的观察。场景在脑海飞快切换比对，突然眼睛一亮，这不就是绿头苍蝇吗？这女子很利索，一副受到惊吓就会随时起飞的样子。我一动不动紧贴着电梯厢壁，生怕打扰到大姐的生活方式。很可能她的梦想是变苍蝇。

早晨，在电梯里又遇到了那个仙风道骨穿盘扣衣服的丁老头儿，裹着浓重呛人的叶子烟味扑进来，电梯厢里含氧量急剧下降，两三只蚊子倏然落地。我自知又逃不了，没想到丁老头儿不用点烟，靠衣服熏，就让我屡尝二手烟的厉害。听说丁老头儿丧偶后一直单身，也对，一般的老太太，哪能托得住这带毒的二手老头？我看到了他的梦想，就是变星宿老怪丁春秋。

周末中午懒得做饭，点了外卖。十二点多外面小哥敲门，我开门一看，他气喘吁吁满头大汗，抱着的头盔上印着个闪电侠标志。他说了句请慢用，就转身离去。后来我吃完准备出门时，才发现电梯断电了。他是爬楼梯上的二十二楼啊！我很感动。他是个职业素养很高的人，我希望他拥有想要的Speed Force，变成眨眼即达的闪电侠。

节日放假，百无聊赖，午觉睡得天昏地暗。醒了下楼拿快递，在电梯里遇到俩吃冰激凌的小美女，畅谈了一下。一个我猜念学前班，急了，说人家念的小二；另一个我猜念幼儿园，也急了，说人家念的学前班。后来聊得就很投机了，俩美女互比了身高，然后还垫着脚尖要跟我比，还好我比赢了，我觉得我的智商适合在这个年龄段混。过两天又碰上了二位高人，她们又想跟我比高，我没答应，比都比过了，不带这样反悔的。但我看到了她们的梦想：快点长大。

这天早上坐电梯，碰见两个老人，老头儿精神矍铄，含混不清地想给我说点什么，我含混不清礼貌地点头同意。老太太苦着脸在旁边解释，说老头儿脑子不好使，门一开就出来乱跑，乱按电梯。电梯到十五楼，两个老人出去，老头儿依依不舍回头向我挥手，我也"依依不舍"挥手作别。这个事情缠绕我一天，我觉得有两种可能：要么是老头儿觉得我脑子也不好使，懂他！要么是拿我当他儿子了。这个嘛，我自己有爹，实在是不方便啊！我突然明白了他的梦想：他是想变回慈父，一个能明明白白去表达爱的父亲。

我想起了自己的父亲，该过去看看了。

我想到了我该变什么。

洞

街口拐角有个按摩店，玻璃门上挂着半帘，招牌上写着：瞎子按摩。我常路过，但从没进去过。

由于工作原因，经常久坐，这段时间感觉身体滞重，气血不畅，有人说，你该去按摩按摩。

我是个有精神洁癖的人，在心里是隐隐排斥去按摩店的，觉得那些地方可能跟过去一些不正规的洗头店洗脚屋一样，藏着什么不可告人的小秘密。我甚至阴暗地怀疑过，那半帘背后，会不会有涂着红厚油唇的女人？

我想多了。

门后，是一个薄嘴皮中年男人。

男人双眼眼白多于眼黑，白得空洞，我一进门他就直直地朝着我露牙微笑说："帅哥，干得起"。我觉得这瞎子不是全盲，看得出他有审美眼光。

店里还有其他两个三四十岁的女按摩师，年龄小点的穿着印着哥斯拉怪兽的圆领衫，年龄大点的穿着一件英文白衫，胸前写着"Happy together"。

我吓了一跳！哎呀！这么直接？果然有诈！好在她们长得都很安全，是可以马上结拜兄弟那种。

其实我之所以敢进来，就是冲着招牌上瞎子二字。

瞎子，代表专业。在人们心目中，瞎子眼盲，但其他的感官会更加敏锐，他们对人体骨骼穴位的认识，不靠眼睛，而靠手与身心的感觉。而且，这家店招牌用赤裸裸的"瞎子按摩"而不是文绉绉的"盲人推拿"，就是想突出他们朴拙纯粹的专业力道。

"瞎哥，你给这个帅哥按嘛！""Happy"说。

我踏实了。瞎子按摩，相当于圣人摸骨。瞎子这半睁半瞎的境界，一定能帮我摸清这半明半暗的人生底细。

店里排着七八个白色小床，上面搁着一男一女两具人体。小床只有六七十厘米宽，考验着其中一个男胖子的身材，他勉强搁下了身体，但两只粗胳臂却跟灵魂一样无处安放，只好捧着灵魂放在了胸前。

瞎子让我躺下，我顺利通过了小床的考验。先按摩头部，然后又从头到脚，先左后右，把我身体正面细细敲打梳理了一遍。我闭上眼睛，一边感受着力量与身体对抗中产生的刺激，一边听瞎子和胖子闲扯。

瞎子说他们店位置还可以，就是不太好停车，影响了一些生意，还说来店里的人他不用眼睛一摸就晓得是干啥子的。来得多的有老板、上班的、家庭妇女、司机等等。老板一般是晚上九点过后喝完酒来，有时一带就是几个客人；上班的是七点多吃了晚饭散步时来；家庭妇女一般是上午买完菜顺路按摩，下午不来，要打麻将；司机的时间不确定，要根据早晚班交班情况。除了老板是酒喝多了湿重，其他人基本都是颈椎腰椎有问题。特别是一些小妹儿，年纪轻轻的颈椎就恼火得很，造孽哦，都是手机害的！

胖子让瞎子猜他是干啥的。瞎子说："你肯定是做大生意的老板儿。你刚才在打电话约人，估计你现在是在混时间等人，所以七点多就来了。一会儿你要赶后场，肯定要喝一台夜啤酒的。"

胖子捧着他的灵魂默认了。

瞎子又说："比如这个帅哥，肯定是上班坐办公室的。"瞎子好像又在跟我说话。

我睁开眼睛，看了看他空洞的白眼，觉得里面装满了人心。

……

"帅哥翻一下身呗！"

我坐起来，瞎子把枕头挪开，我就看见了一个洞。

瞎子用白布围了洞沿，我趴下把脸卡在了洞口上。

瞎子捏了捏我的背说："看嘛，不通，都是硬的，好大一块。"

那双手开始有力地在我肩颈上推挤。瞎子面相粗糙，但手却磨得极为光滑，接触之处，有硬玉碾压的感觉。

我趴在洞上，咬牙切齿承受着剧烈的疼痛，又在疼痛中仔细捕捉着一抹奇特的游丝般的快感。

洞安静地包裹着我的脸，承载着我不断扭曲的表情挣扎。我在心中龟儿老子一顿嘶骂，又觉得无处搭力，人生有一种失败是你总觉得被辜负，又不晓得该骂哪个。瞎子浑然不知依然在和我顽固对抗，只有洞听到了我的咆哮。

在不远处的另一张"刑床"上，那个女子正被"哥斯拉怪兽"折磨得哎哟哎哟地叫唤。还是女人好啊，可以有屈服和喊痛的权利。

我死死盯着洞里那块六十厘米见方的灰白地板砖，突然想到这是一块非同凡响的地板砖，它透过窟窿阅人无数，洞见过太多人的狰狞。我庆幸那块地板砖不是镜子，因为没有人会愿意看到此刻丑陋的自己。

慢慢的，我适应了疼痛，甚至喜欢上了这种疼痛。在身体极致痛苦之后，竟变为了一种有破坏感的痛快。我清晰地看到了涅槃的景象：万物复苏，冰川消融，清澈的血液缓缓流淌，身体上长满绿色的树苗，阳光照在上面，温暖而慈悲……

"好了哦！"

噼噼啪啪几掌猛砍之后，瞎子喊醒了我。

我故作矜持地把脸从洞里拔出来，表情安详平和，不像是刚刚经历过一场从身体到人格的自首。

洞很平静，它见过太多人背后的隐秘，这些人无论颜值地位如何，背后全都是一副挤眉弄眼龇牙咧嘴的惨相，好像要对着它诉尽人间苦痛。它听到过这世上最肮脏恶毒的语言，不是对瞎子，而是对命运。

下了床有点头晕。我看见胖子的肥脸正费力地挤在洞口，两条粗胳臂耷拉在床两侧，而他的灵魂已不知去向。那个被"怪兽"折磨的女人，已不再喊叫，一动不动的，要么是睡了，要么是死了。

我问好多钱，瞎子说六十，如果拔火罐刮痧加二十。

这时帘动，进来一个高大的女人。瞎子直直地朝着门露牙微笑说："帅哥，干得起"。我终于明白了他是盲猜，用的都是一样的答案。

我微信扫码付完款，又不由自主回头看了一眼那个洞。

洞用陌生的眼睛看着我，它已清零了所有的痛苦……

剃 头

一

黄荆街巷子口有个剃头摊，路边脏兮兮的石灰墙上挂着一个长方的镜子，镜框条都破损了；一把有包浆的靠背木椅，一个脸盆，两三块毛巾，一个放工具的小木箱，一个花白头发的男人，就构成了这个剃头摊的全部资产。

这里紧挨着农贸市场，拥挤的人流从摊前走过，留下来剃头的，基本都是六七十岁的老头儿。我没有在这里剃过头，只是对那个镜子感兴趣，我觉得这面老镜子是剃头摊最有内涵的东西，它遇到过各种各样的人脸，细数过人脸上的沟壑，也翻看过沟壑深处的秘事，同时，还不动声色地打量着人脸背后熙熙攘攘的市井。

在这里只说剃头，不说理发，说理发就是对剃头的不尊重，如果你称剃头匠为理发师，剃头匠一定觉得你侮辱了他的手艺。剃头摊在这里几十年了，方圆五百米内就没有理发二字的立锥之地，听说剃头匠姓陶。

老人都说剃头，不说理发。我儿子不敢去爷爷家，一个很重要的原因，就是爷爷一看到孙子，就会盯着他的头发看，说的第一句话通常是：头该剃得了！我是理解儿子的，头发都剃了，你让他的大脸往哪里藏？后来我们才

发现，这只是爷爷的一句普通的问候语，因为有一次儿子有防备，剃了头再过去的，爷爷依然盯着他说，头该剃得了！

二

我认为我这种档次的人，是不适合剃头摊的，我适合夷匠这种发艺造型屋，那是帅哥靓女如云的地方，空中弥漫着轻音乐和各种洗发水混合的声色香味，一到门口就有人鞠躬，进去又有小妹儿或小弟娃给你洗头，跟你扯家常，扯着扯着就扯下了面具，问你，先生，您是要一般的洗发水呢，还是要高级的洗发水呢？这种高级的您可以买一瓶存在这里，作为您的专用。这话问得好像没毛病，但却暗藏挑衅，我一般吗？我这么高级的人，起码得存一瓶专用啊！于是，我的名字就被供到了架子上，放在了很多女人名字中间。

我有个疑问，为啥全国的发艺造型店都有一个托尼老师？再有就是汤米、杰西卡，还分了几个级别，不同的价位。我也曾问过自己适合哪种发型的问题，托尼老师和杰西卡老师说得截然不同，我只好站在了汤米老师这一边。

　　由于我不小心又被人家扯了家常，所以后来又在这里办了张 VIP 卡，预存一千元，打九折，一报名字就管用，给人一种在社会上很玩得转的感觉。

　　……

　　夷匠老板跑了！

　　有一天下午去理发，发现关门了。一问，说是老板打牌输了，趁着夜色把值钱的东西都卷走了。

　　办卡的人纷纷去投诉，至今我剩下的那几百块钱还在跟着老板继续跑。

　　托尼老师和杰西卡老师也没了音讯，估计去了其他店继续着对艺术的争执。收留我脑袋的汤米老师也不见了，留下它孤零零长草。我只是不知道我那散发着高级香味的名字，是不是还躲在一堆女人中间。

三

　　我认识到一个现实的问题，我该如何安放我的脑袋？

　　这天去瞎子按摩，偶见长城路侧巷有一个小理发店，叫零零发屋，门脸很小，所以平时没注意，墙上贴着剪头二十五元。我觉得我现在的局面，去黄荆街的剃头摊不甘心，去发艺造型屋又伤心，干脆就找这样一个雅俗共赏的小店吧。理发师是个瘦瘦的中年男子，妖妖的怪异，不说话，直接把我摁在木椅子上，就开始动手，很熟练的手艺，在我头上没划拉几下，头发就粉粉碎碎落地，不多时镜子里出现了一个短发的陌生男人，干净利落，精神抖擞，毫不做作，完全挖掘出了我的底层气质。这让我感到很真实，比起托尼汤米杰西卡，我觉得这才是生活本来的样子，不需要什么复杂的发型，只需要删繁就简。大象无形、大道至简，我现在就是以一种极其简单的方式，代表着最有型的真理。理发师左手捏着梳子，右手举着剪子，一直不说话，酷酷的冷异，就像那个隐藏在不为人知的角落，在那里独自修剪植物、冰雪和爱情的剪刀手爱德华。

　　后来熟悉了，才知道师傅不姓爱，姓那，至于为啥叫零零发屋，因为店是 2000 年开的。他是满族人，至于为什么大老远跑到了南方，是跟着老婆追过来的。

"二月二，龙抬头"，我又去零零发屋，到门口一看，已有三条龙，南海的敖钦正在理发，北海的敖顺、西海的敖润在排队，还差一条……只剩下我了，咦？难道我的真身是敖广？其他三条龙都抬头亲切地看着我，就像看着它们的大哥。"都来了？"那师傅怪异地说。四海龙王一家都凑齐了，他觉得今天很圆满，眼里闪过一丝冷芒。我突然心里一激灵，打了个冷战，他姓那，会不会是哪吒？

四

毛姆说，任何一把剃刀都自有其哲学。

我看见了那师傅充满哲学气质的剃刀，薄如蝉翼，在我眼前明晃晃地乱舞，在皮肤上摩擦，发出细腻的吱吱声，钢火锋利得铮铮作响，就好像有一种情绪在刀刃上游走，平静中藏着热爱。

但是，即使我知道那师傅很平静，对我的头发也很热爱，但当哲学游走在我脖子上的时候，我仍然有些担心。我想到的是《理发师陶德》里的场景。陶德用剃刀割开了仇人的喉咙，又不断地报复世人，他和洛薇特夫人结盟，用人肉做成了肉馅饼，陶德意识中邪恶的因子全面觉醒，他摧毁出现在身边的任何人、任何事，最后把洛薇特夫人也推进了火炉。理发师陶德的脚下，有一个机关，剃刀在喉咙上横着一拉，机关一踩，人就掉进了下面的屠宰场……不过我喜欢约翰尼·德普对陶德的塑造，以及对剪刀手爱德华的塑造，这个妖妖的怪异男人，眼神里即使是狡黠和冷酷，底层也深埋着善良。

事实证明我想多了，妖妖的怪异的那师傅没有动手，我认真看了，地上也只是实心的地板砖。其实最后还有一个让我担心的环节，那师傅会用双手托着我下巴和头顶，往左一扭，又往右一扭，只听见咔嚓咔嚓两声，脖子的关节响得很恐怖，我看到过电影里太多这样的情节，敌人的哨兵都是这样被干掉的，就是这种声音……

五

疫情期间，大家都待在家里长肉和长头发，肉多了暂时用衣服遮盖，但蓬头乱发没法掩藏，那时候谁要是理了发，绝对让人羡慕。过了一段时间，疫情刚刚好转，街上理发店还没开门，儿子憋坏了想上街，但头发实在太张狂潦草，我就在网上买了一个电动理发推子，装上卡子，拿儿子的脑袋做了回试验，剪完后儿子照了照镜子说，疫情期间最好别出门。

剃头理发，其实跟吃喝拉撒一样，都是老百姓必须要做的事，那师傅叫我三周就要去一次，我也基本遵循了这个安排。人都是有习惯的，我现在已经接受了那师傅的零零发屋，就不再关心那几百块钱和惦记我那有香味的名字。有个同事，喜欢平头，每次都开车到一家很远的小店去剪，有一次剪平头的师傅生病了，他只好换了个店，虽然还是平头，但他总感觉不够平，自己经常用手在头顶熨，半个月都在自卑。

看过一个采访，北京的剃头匠靖奎师傅，是傅作义和梅兰芳的专用剃头师，九十多岁仍骑着三轮车走街串巷为那些七八十岁高龄的老主顾服务，剃头、刮脸、剪鼻须，一套服务下来只收五元钱。记者采访他，问他的老主顾现在如何，靖大爷苦笑着说，都剃死了！被我剃死四五百人了！是啊，靖大爷为好多老主顾剃完了人生最后一次头，让他们干干净净离开这个尘世，直至2014年101岁的靖大爷也被请了过去，继续着他在另一世界的生意。剃头果然是哲学，靖大爷一边抚弄主顾们杂乱的头发，一边抚慰他们杂乱的困苦，他用得最多的一句话就是，想不通就是受罪，想通了就是幸福。嗯，是的，头发剃完，凉风一吹，头顶一片清爽，人猛然顿悟，繁杂尽消……

去清华大学培训，住在紫荆学生公寓，晚上到校园里的理发店理发，看见一个温馨提示："亲爱的同学，由于店面租金上浮，理发费上涨到二十五元，抱歉抱歉抱歉！"还画了一张流泪的脸。我一边理发，一边对年轻的小老板说，不贵，我们重庆便宜的也二十五。你们这里都是这么值钱的聪明脑袋，应该再贵点，下周你可以涨到三十，大家想不通就是受罪，想通了就是幸福。小老板说，谢谢您的理解，欢迎您下次又来。我说，我下周就走了。

这一天带儿子去爷爷家，爷爷说，头该剃得了！这次他多补了一句，我看黄荆街就剃得好。我问哪家嘛，他说，就是老陶那家，老熟人，陶德。

口 水

一

小时候被蚊虫叮了，没有万金油，就会抹点口水。这是娘教的秘方，一丝浅凉后，就没那么痒了。

上了初中，生物老师说，唾液含有蛋白和淀粉酶，还有溶菌酶，具有杀菌作用。这是从专业角度解释了口水的功效。老师又说，唾液在古代被称为"金津玉液"。这听起来像皇帝的玉液琼浆，很好看很好喝的样子，想到我自己也有，就忍不住咽了一口。

其实口水的作用绝不是大人说的那么肤浅。在孩子们心目中，口水，是表达情绪的重要道具。

童年时常偷偷和伙伴到通泰门下面轮渡码头玩，大人是不允许去长江边的。那旁边有一个高高的垃圾堆，下面就是滚滚长江，我们还看到过被冲到垃圾堆旁俯卧的泡得白肿的浮尸。

傍晚正在吃饭，陈孃孃领着哭花了的白耗儿上门，他头顶有一道伤口，旁边的几绺头发被血染红。

"看嘛，遭你娃儿用石头打的！"陈孃孃昂着肥硕的大头怒道。

所有的目光都扫向了我，只有娘挡在我身前。

我说："不是我打的！白浩、王小刚、吴一满、刘四儿、大双小双，我们好多人都在那里耍，大家都在打石头仗。"

"你打仗没有？"娘问。

"打了。白浩不是我打的。"我低头。

娘没有再说话，带白耗儿去医院包扎，花了多少钱，我不晓得。

其实是谁打的，至今是个谜，那么多娃儿打仗，那颗精准的手榴弹到底是不是我的手艺，其实我也不晓得。只是娘赔钱之后，我特别希望是我！

娘的沉默让我害怕。

娘在息事宁人。同时也在用沉默告诉我，一切事情都有代价，所以今后做啥子要考虑好后果。另外，人生要负起一些说不清楚的责任。

我心中愤恨，路过白耗儿家门口时，在他家大门上用粉笔画了个猪头，打了一个大大的 X，并朝猪头上吐了一口浓浓的口水。

走开后又有点遗憾，觉得猪头画得不太像陈嬢嬢，不够白肿……

二

有次去贵州旅游，心想去拍拍赶场的照片。场坝旁边有一块空地，十来个娃儿在那里嬉闹。

我路过时，一个七八岁脏兮兮的短发小女娃嬉皮笑脸地朝我的衬衣上吐了一泡口水。

这无端的挑衅让我恼了，提脚便追！

于是场坝上展现出一幅别开生面的画卷：那个小女娃嬉笑着，像蝴蝶一样在场坝上翩舞，轻盈灵动，毫无规律，无法捕捉。传说中的凌波微步？小死女你当我是鸠摩智？一大群娃儿兴奋地跟在女娃后面乱跑，唾沫横飞，人群像贪吃蛇一样飞快地扭动，整个场坝都被点燃了，过节一样热闹。在欢动的人丛中，我的目光始终追逐着那个小女娃风中自由翻飞的短发……

我好像不小心掉入了一个预设的陷阱，老鹰捉小鸡？小鸡戏老鹰！游戏里只有一只疯跑的小鸡，其他都是快乐的鸡妈妈。

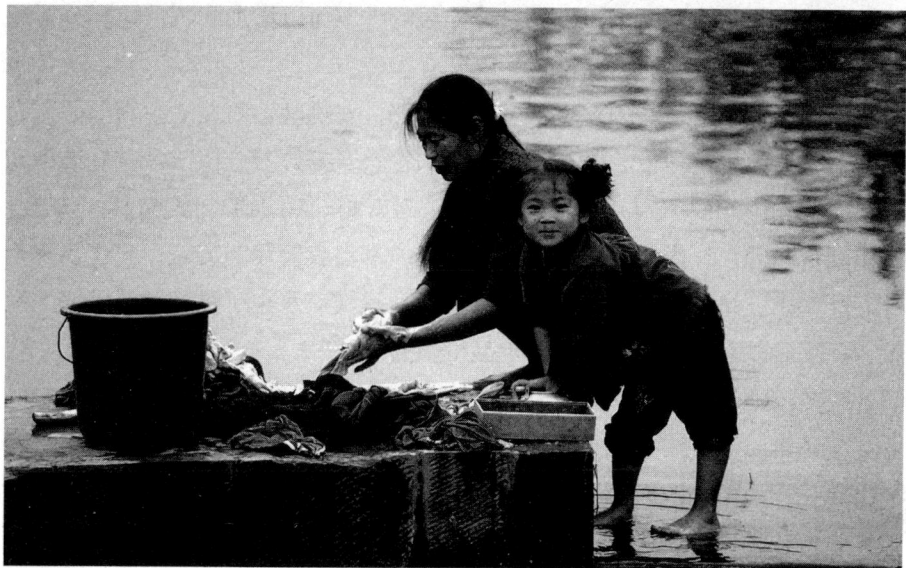

　　场坝边有个三岁左右的小女娃，被妈妈牵着在看热闹。这个小女娃也很嗨地朝我吐了一口口水，但落在了自己胸膛上，妈妈在用袖子给她擦。

　　我心里骂着，没教养！但所有的愤怒都无处着力。这里是小鬼当家，是人民战争的汪洋大海，现在人民就是想用口水淹死我。

　　很明显，我被耍了！我就是汤姆，被杰瑞耍了！而且还不止一个杰瑞，是一群杰瑞……

三

　　以前开玩笑，有同事模仿高秀敏的小品，用怪里怪气的口音表演：春风化雨阳光明媚，生产队里召开社员大会，谁说妇女没有地位，呀呀呸！那是万恶的旧社会！

　　呀呀呸！她真的朝地上的旧社会吐了一泡口水！还在自己的口水上碾上一脚，引来大家哄笑……

　　中医说"晨不吐口水，午不泄精水，晚不流汗水"，是说早上起床第一口口水带着肾气，有助于滋阴补肾，如果咽一下可以增加阳气。这样分析起来，吐口水是可以辟邪的。

我觉得口水可表达的含义很多，有愤怒，有挑衅，有发泄，有厌恶，有诅咒……泰坦尼克号上，杰克教露丝吐口水："好好吸一口气。做好准备动作，手臂脖子都要用到。看到没有？好，吐。好，有进步，多练习。真的？越重吐得越远。"贵族露丝学吐口水，是一种自我藩篱的突破；露丝后来朝亨利吐口水，是对未婚夫自私恶行的厌恶。其实口水也可以证明最美好的爱情，两个可以互换口水的人，一定是相爱的人。

吐口水好像表现出一种对外界的攻击力，但本质上却是自我防护。就像癞疙宝喷毒液，其实是怕大家影响到它平静的丑陋。羊驼喷水，也是一种警告，比如剃羊毛的时候，你拿个相机在那里拍，它不吐你口水才怪，跑也没用，它能吐三米远。将心比心，你要是脱衣服时被人围观，你能愿意？

除了手脚，人唯一可以当武器的就是嘴。动物直接用嘴撕咬，人却不好意思。嘴离大脑最近，人们用来打嘴仗很方便。除了语言的散射，吐口水更像是咏春，短促而直接，攻的是中路，用的是寸劲。打不死，恶心死，打不痛，异味重。

四

生活中，我们有太多想呀呀呸的事，只是教育让我们有所收敛。吐口水，在现在看来是不雅不洁的，为此还立了规矩：屋头吐不管，外头吐罚款。

我没有被罚过款，不等于我不想吐口水。说到这里我也就放开了，有了某种冲动。我心中积郁的块垒开始兵解，往上涌动，通过喉咙已到达口腔。心闸一开，满口生津。

我走到客厅外的阳台，站在二十二楼高处，深吸一口气，朝着日月星辰、朝着地老天荒、朝着浮云朝露、朝着人间沧桑、朝着黄粱一枕、朝着里短家长、朝着尔虞我诈、朝着世态炎凉，朝着陈嬢嬢白耗儿汤姆杰瑞亨利旧社会……双颊用力，挤出一泡口水，气运丹田，手臂脖子都用到，狠狠地啐射出去!

我看见口水像一片白色的羽毛，飘飘忽忽在风中游荡，又像一只蝴蝶，在自由而野性地飞翔……

我突然想起了那个小女娃的短发。

真的很好看!

军 礼

很多男孩小时候都想当解放军，而我不想。长大后他们干别的了，而我却想了。

其实孩提时的愿望，只是想摸摸真枪。而我长大后想穿军装，是因为发现这世界太多迷离阴柔，太少阳刚之气。所以军人骨子里挺拔、刚毅、果敢、坚定的男人味，在这个缺铁缺钙的时代显得更弥足珍贵。

没想到后来我真的成了预备役军官。虽手中的"兵权"随工作分工几经得手和易手，但真实的有了一段从一杠三星到两杠两星英姿飒爽的经历。是男人就该有保家卫国的使命担当，就像雄鸡长出红冠，吼出胸中满满的正能量。

那一年带兵在单位参加训练，接受重庆警备区陈副司令员检阅。集结立正，互敬军礼，然后报告。他说了句"临阵磨枪，不快也光嘛"！反正我书生报国，也听不懂军中好话歹话，就当成鼓励我的话吧。

我喜欢军礼，不管是标准式，还是休闲式，都透着帅酷。中国人民解放军敬军礼的标准姿势是上体正直，右手取捷径迅速抬起，五指并拢自然伸直，手心向下，与眉同高，外张约二十度，标准庄重；休闲式是巴顿那种，二指一并往眉毛上一碰，然后飞吻一样带着弧线抛出去，俊逸洒脱。因我有这癖好，所以每次去军营开会，总爱没事找事朝人多的地方走，又朝遇到的每一个人敬礼，自然按规定赚得回礼，他们累不累我不清楚，反正我是很开心。

其实我生命中最刻骨铭心的一个军礼，并不来自军营，而是过去的一段经历。

20 世纪 90 年代中后期我做团委书记，接受了重庆上级团组织任务，要将系统内全体团员的两万多元捐款，送到四川通江老区，资助希望工程。那时候，两万多元钱可以帮助五六十个贫困孩子读完小学。

受命成立三人组，我领头，其他一个叫王实，一个叫李健（简称八戒和沙僧），组织没有给我们配师傅，是想表明此行跟取经不同。后来才知，目的虽跟取经不同，但一路上妖惑魔劫的险难却类似。

现金不便随身，便办成了汇票。藏哪里是个讲究的问题，我又不愿意把广大团员的心塞进裤裆。突然想起看过的电影里地下党说，越是危险的地方越安全，于是决定把汇票藏进皮夹克左臂装饰性的拉链口袋里。一放进去，顿觉左胳膊很沉，摆动都变得僵硬不自然了。没想到啊，两万多一条的胳臂，竟长到了我身上。

计划先坐火车，七八个小时硬座到达州，然后住一晚，第二天乘公共汽车去通江。那个时候，社会上机会还不多，有些人满足不了物欲，就爱到社会上整事儿，所以治安并不好。到达州后，我们先找到那个公共汽车站，心想就在附近找个旅馆，明天一早好动身。这时靠过来一个中年妇女和一个女青年，劝我们去她们旅馆住，说就在汽车站背后，很近。妇女很努力地挤靠拉客，旁边的女青年衣着艳绿，抹得鲜红的厚嘴唇，闪着油腻的血光。

人生地不熟，我们便跟她们进了小巷。七拐八拐，果然里面有一个旅馆，问了下二十元一晚，看看二楼房间，有三张床，虽简陋但也宽大，便放了行李。我和沙僧到楼下办手续，窗洞里探出一张老妇的脸，眨巴了几下眼皮，小声问："要不要加铺盖，五十块。"我反问："加床铺盖都要五十块啊？"那脸突然变得怪异。旁边的沙僧扯了扯我的衣角，我大悟，脑海闪出那油腻血光的红嘴。

我们逃一样上了二楼，撞见斜对门房间正打开一条缝，漏出一个男青年阴邪的眼。我突然感到左臂很重，赶紧回房锁闭了门，不再出去。晚上睡觉之前，我一直盯着门锁怀疑，最后把八戒的床挪过去，顶住了门，我和我的胳臂睡在了最里面，就这样过了一晚。

终于天亮，我们坐上了去通江最早的班车，铁皮公共汽车摇摇晃晃行驶在坑坑洼洼的土路上。通江在四川巴中东北部，米仓山东段南麓大巴山缺口处。从达州到通江县城，有一百五十公里距离。沿途，通江河清绿澄碧，周遭山势多变，风景极美。1933年红四方面军曾在这一带活动，陡壁上，还能看见巨大的红军标语："赤化全川！"

公交车上基本都是农村人，半路又陆续上来了几个人，其中一个穿得像干部。有个农民打扮的人从袋里抠出一个易拉罐，仿佛不懂怎么打开，旁边的"干部"主动帮忙，一拉，惊呼：哎呀，你中奖了！又有两三人围过去……后面发生的情节我就不描述了。对比现在拨拨号码就取钱的电信诈骗，我觉得他们很下了一番工夫，有人说演艺界话剧最考人，而他们演的就是诈骗界的话剧，靠的全是演技。

我的左胳臂又重了，闪出很多念头，他们是不是盯上我们了？想先骗，骗不了会不会动手抢？我得立刻设法撇开和骗局的关联。

"王实！"我大声喊。那几双眼睛瞬间齐刷刷盯向我，放着热辣的光。"把书给我！"我故意避开那些眼神，接过前面八戒会心地递过来的小说书，翻开看了起来。其实一点没看进去，但能感觉到，那些热辣的光，暗了下去。

后来事实证明我是以小人之心度梁上君子之腹，我们终于安全到达了通江县城。

汇票交到通江团县委书记手里的瞬间，我的左胳臂终于解穴了。邹书记马上带着我们冒雨驱车去曲滨乡的希望小学，又是极泥泞的一段土路，但是心情已不觉得起伏颠簸，反而很阳光轻松。

来到曲滨乡，眼前的一切让我差点泪奔。

几十个孩子正站在公路两边，衣衫破旧，鼻涕横流，手里摇着蔫蔫的野花，夹道欢迎。他们在老师带领下，怯怯地喊着："欢迎欢迎！热烈欢迎！"声音高高低低并不整齐，但每一个孩子都瞪大眼睛新鲜地看着我们，那眼神，干净得像通江河的水，清澈透亮。

十二月份，早已入冬，寒风凛冽，雨虽不大，但揪心浸骨的冷。听说孩

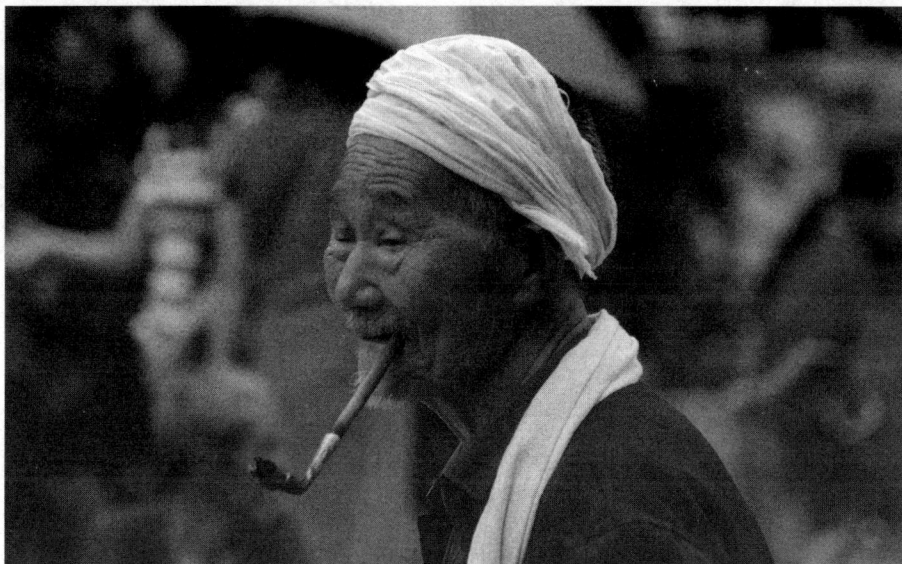

子们已站在路边等了我们两个半小时，好多孩子破烂的鞋踩在泥水里，在不受控地瑟缩哆嗦。

捐赠仪式在一间不大的教室里举行，三张课桌拼成主席台，搭着印有硕大牡丹花的床单，高音广播喇叭向全乡直播。团县委邹书记主持，我作"重要"讲话。讲了些什么，我现在已记不清，记得一两句，诸如"团员把存钱罐里的钱都捐出来了""你们一定要好好学习，不辜负哥哥姐姐的希望"之类，然后就是噼噼啪啪热烈的掌声。

邹书记和乡长又讲了一些啥，更记不得了。最后请家长代表上台发言。

掌声稀稀拉拉响起。这时娃儿丛中缓缓站起一个男人，他没有走上前来，仍木桩一样僵直地杵在原地。肯定是赶了很多山路，男人破旧的裤子溅满了脏兮兮的黄泥巴，上身却穿了一件半新干净的绿色解放军军装。不知是冷还是紧张，他身体有些佝偻微颤，一只又黑又脏血管凸胀满是老茧的右手，不停揪扯着军装的下摆，捏出一团皱皱花花的泥巴印。他嗫嚅着，半天说不出话。

时间一秒一秒流逝，一两分钟过去了，空气凝滞，所有目光都炙烤着他。他涨红了脸，嘴唇不停翕动着，翕动着，仿佛憋到了极致……

我看见那只又黑又脏血管凸胀满是老茧的右手，渐渐松开了衣襟，又慢慢抬了起来，举过腰，举过胸，举过肩，又举上头顶。

他敬了一个军礼。

……

后来乡里请我们吃饭，我出去上厕所。在饭馆门外，看见一个乡干部头上冒着蒸汽，正拼命跟邹书记和乡长解释："没整好，没整好。说好的，嘟个（怎么）说，都跟张老二说好的。他就是不晓得说！"

席间他们说了些什么，我都没有听进去。那只肮脏宽厚的手，总在我眼前晃动。这样一个军礼，从此住进了我的灵魂，让我一生无法释怀。

二十多年过去了，我不知道那两万多块钱，究竟有没有起一点儿作用；我不知道那些鼻涕横流的孩子，三十来岁长成了什么模样；我不知道他们正处在人生的哪一种状态，是在农村种地，在城里打工，还是有其他的生活和前景；我不知道他们在艰难世间安身立命又有过哪些遭遇；我不知道张老二的娃儿，后来是不是完成了学业，是不是还跟他住在一起；我不知道老去的张老二，是否还会穿那件半新干净的绿色军装；我不知道一直住在我灵魂里的，是不是他生命中最后一个军礼。但是我懂得了，生命中有一些貌似毫不相干的遇见，竟然会让你牵系一生。

其实，我一直想，还您一个军礼！

陶哥哥

这本应该是一个和我人生毫不相干的人,不管是过去、现在、未来、年龄、学识和经历都不会有交集的人,却会偶尔在我思绪飘浮的时候,像火花瞬间一闪,又很快熄灭。这种情况多次了,我想我还是该写出来,免得他总会在我的记忆中载沉载浮,扰乱我的清梦。

我的童年影像是模糊的,很多记忆支离破碎,或许陶哥哥是个对我有朦胧影响的人,才让我至今保留着几块记忆的残片。

一

小时候住在县城的一个大院,由于我祖上不是当地人,所以内迁后被政府安置在这个漆家大院。院子里住着七户人家。

我几岁的时候,陶哥哥十几岁,在院子里五六个少不更事的小屁孩眼中,自然属于气质逼人的偶像级。偶像嘛,总有些酷酷的感觉,陶哥哥不爱说话,或是不屑跟我们一般见识,但总乐于指挥我们干事,由于他点子很多,好多我们都没玩过,所以伙伴们就爱屁颠屁颠地跟在他后面。

　　跟着陶哥哥，除了上树掏窝、下河捉鱼之类，我们小小年纪就干了些"大事"。

　　最有成就感的，就是炸茅厕，当然我们没有什么恐怖倾向，纯属少儿作品。袭击计划都是陶哥哥来设计，就是买那种比较大的雷炮，用烟盒锡箔纸多裹几层防湿。那时的公共厕所是蹲坑型，男女一墙之隔，我们这边一排，估计那边也是一排。我们先躲进男厕所里，刘四儿负责在公厕门口附近埋伏，主要是数进女厕所的人数。我们几个小弟负责在男厕所里占坑，就是传说中的"占着茅坑不拉屎"，防止其他外人干扰行动。而陶哥哥手持雷炮，站在前面，像神一样子立，检阅着一支脱了裤子假装蹲成一排的队伍，眼睛里满是庄严。当刘四儿侦查到隔壁女厕所人多估计蹲下了的时候，就在外面使劲咳嗽，陶哥哥在男厕所这边点了雷炮，往坑里一扔，飞速跑离厕所，我们提着裤子跟着飞跑，然后就可以躲在外面兴奋地坏笑着，听炸响和尖骂了。后来陶哥哥放弃了这个项目，我们想再多玩几次，陶哥哥都很严肃没吭声，而且好像对刘四儿有了仇，不再带他玩了。很久以后有次陶哥哥和陶二妹吵架，我们才知道原因，原来那次他回家看到了陶二妹在洗裤子。

二

　　陶哥哥的妈妈童姨在粮站工作，粮库嘛，老鼠很多，陶哥哥有把职业的弹弓，不锈钢的手把，宽橡皮筋，是他爹在外地给他买的，拿在手里沉甸甸的很有手感。那时很羡慕陶哥哥有这样深明大义的爹，又顾影自怜，可惜我爹连铁丝弹枪都没给我弯过一把。

　　作为陶哥哥的骨干，加上童姨的内线接应，我们可以经常混进粮库去打耗子。打杰瑞，也是为了帮助一下粮库的汤姆。粮库的汤姆，由于环境优越，早就当了脱产干部。

　　粮库的耗子都很自负，脑满肠肥，让我想起《诗经》里背诵的"硕鼠硕鼠"，它们连鬼鬼祟祟都省了，走路大摇大摆，一副"暴发户"的样子。而陶哥哥却鬼鬼祟祟，带着我，俩耗子一样只顺着墙根儿溜。我们也有经验，偷偷顺墙根摸到麻布粮袋垛后面埋伏起来，耗子没注意，而是把灰肚皮暴露

出来的时候，我们就可以发起狙击。

打耗子陶哥哥比我有准头，其实我不服气，只觉得是他的武器比我的好。我用过几次他的弹弓，持握稳，力道大，比我的柏树枝杈加橡筋带好多了。石头子击中耗子皮肉时啪的一响，然后耗子就吱的一声，满地打滚儿，或当即蹬腿死了。

当然，我们在院子里也打过耗子，院子中间的土坑斜坡上有个耗子洞，陶哥哥派我蹲守，耗子刚从洞里一露头，我就直接拉弓发射，耗子头一栽，就从斜坡上滚进了坑底的水洼。

由于从小跟着陶哥哥辗转打仗，所以我的弹弓打得很准。或许是心理和手法都得到了锻炼，又或许是"艺术"相通，以至于后来我长大了参加预备役训练打真枪时，我十发子弹打出了一百零五环，我很惊喜，心中感慨天道酬勤啊！后来一查，是隔壁瞄错了靶。

三

当我慢慢成了少年的时候，陶哥哥成了青年，那时候流行台球，陶哥哥就疯狂迷上了台球，在深明大义的陶爹支持下，陶哥哥在自家天井里安了一个台球桌，然后自己训练，很刻苦。我很羡慕，眼巴巴守着，就像蹲在桌子前等骨头的狗。陶哥哥高兴的时候，也会让我打上几杆，自然是拿我当下稀饭的大头菜了，不过我也不在意输赢，在陶哥哥面前，输永远是我快乐的宿命。之所以陶哥哥最后没能成为丁俊晖，是因为他后来又同样疯狂地迷上了羽毛球，在院子里划了线，安了个网子，买很多筒装的羽毛球，然后一个人踩着鸡屎，在那里像周伯通一样砍杀。于是漆公公的屋檐上就有了很多羽毛球，过一段时间陶哥哥就会用长竹竿绑了铁丝钩，一个个挑下来。

可惜的是，陶哥哥最后也没能成为林丹，而是顶替他父亲去了煤建公司工作，然后平凡地结婚，不平凡地生了一对双胞胎女儿……自从老大被招了安，我们这帮小弟自然作鸟兽散，各自开始了自己的新生，心中那小小的江湖，自此平添了几分落寞。

四

一些年后，我们搬离了那个大院，后来听妈妈说过，陶家似乎有些不顺，陶家深明大义的爹出去做生意失了踪，陶二妹也远嫁了，陶哥哥和老婆不合，离了婚。后来，我就再也没听到或遇到过他。

说实话，其实我竟不想再见到他，因为我隐隐有点害怕，怕哪一天偶然在街头遇到一个佝偻和颓废的身影，会是陶哥哥，他是我儿时梦想神殿的图腾，我不愿意看到心中无往不胜的英雄在现实生活中轻易地一败涂地，这样，会让我对命运产生怀疑和反感。我希望碰到的陶哥哥，依然如王者归来，手持雷炮，像神一样孑立，眼睛里满是庄严，让小弟们在混乱纷争的寂寞江湖中，再感受一下天下一统万众归心的安宁和欢乐。

是啊，生命中常会有无数的人，与你认识，然后擦肩而过。留不下一丝痕迹的太多太多，而能够偶尔想起的，或许真的在冥冥中都有一点点所谓缘分，像你幽暗记忆中的萤火虫，或明或灭，或有或无，无足轻重，而又无法无视。

我想，难以彻忘的原因，是因为生活走上了另一条截然不同的轨道，就像自己进入了另一个平行世界，但也偶尔会牵挂在原来世界里活着的我。

我，还好吗？

陶哥哥，你呢？还好吗？

朋友少阳

　　有这样一个朋友，已久无音信，但偶尔会在我的脑海中浮现，如水面上扔了一块小石子，打上几个漂，你看上一眼，又沉下去。

　　认识罗少阳是在 2006 年，我在中关村摄影器材商店买第一个单反相机时，看见一个瘦瘦高高，穿着一件卡其色夹克的人正在口若悬河地和老板说话，我觉得很专业，就凑过去听。他看见我，就很人来熟地跟我搭讪，一副热情又有见识的样子，后来聊着感觉对路就成了朋友，相约周末一起出去拍照。

　　第一次拍照目的地是北京西郊门头沟的爨底下村，为啥叫"底下"呢，是因为它坐落在明代"爨里安口"（当地人称爨头）下方。这个字很多人不认识，音同"窜"，写的时候要背口诀："兴字头，林字腰，大字下面用火烧"，背完了，就写完了。

　　周末一早我们各自坐地铁到了最西端苹果园站，然后出站租了个车，一颠一颠来到了爨底下村。这个村子依山而建，包裹着半山，号称北京地区的民版布达拉宫。我们俩小股鬼子一样在村子里流窜，其实人家可以地道战地雷战统统往我们身上招呼，分分钟灭我们，只是人家觉得我们不配，不屑而已。

这里很旧，所以很美，每个角落，似乎都藏着故事。我们来到了村子最上方的一个败落的小院，古窗的窗户纸都破了，院子久不住人蒿草过头，很聊斋的野朴，可惜我们穿的是户外冲锋衣，不然很适合拍点宁采臣的长衫照，再请一个长发脸白的女子，扮一下人鬼情未了。

转了很久，到处瞎拍，后来少阳偷拍村口坐在碾盘上晒太阳的老太太，被老太太骂了，这说明偷拍有风险，比如国外海边常有裸体浴场，那时候少数游客喜欢拿着相机去偷拍人家屁股，而且最可恶的是自己不脱，只拍人家，结果弄得人家只好也穿上衣服，心里暗骂变态。我想，少阳这次虽然没拍人家屁股，但也是被老太太按照中国传统的高标准，看成了变态吧。

我们到一个小院讨水喝，和主人聊了一下，仙风道骨的老两口原来是北师大的教授，早年退休后花了不到一万块钱买了这个明清的小院。我发现小院里有个香案，却不见菩萨，就问为什么院子中间插香。老人说，你看看后面的山像什么？我们仔细看，像是一个头朝东仰卧的半身佛像。老人说，我们刚搬来时也没注意，后来有次山上冒霞光，就在佛头的位置，我们才看到。这是佛缘啊，钱买不来的。我们在院子里喝了清凉的井水，又坐了一阵，佛没有搭理我们，仍躺着憩息。

少阳北大毕业后没有离开学校，就租住在校园里，他自称是台湾某著名诗人的亲戚，我问了一下，不是我当时喜欢的席慕蓉，也就不再感兴趣。少阳平时靠翻译文稿和写作维生，看见老外就爱过去搭茬。我去过他的出租屋几次，就在未名湖附近的小平房里，曲里拐弯的小巷，小屋子很简朴，有很多书。我们喜欢在这里喝茶聊天，偶尔也去未名湖上乾隆年的石舫上坐坐，濡染的都是校园的文秀之气。

记得有次一起登香山看红叶，金秋十月，人比红叶还多，下山时天都黑了，就靠手机的光线往下走，我不小心崴了脚，背包也就都归少阳背了。要说的是，他为了省三十元的门票，居然冒充里面香山饭店的住客，景区守门的狐疑，又打电话去饭店确认，饭店的人也糊涂，以为真是客人，我们就混了进去。大门外有一对卖艺唱歌的男女死盯着我们，好像是看穿了我们的伎俩，他们唱的是《再也不能这样活》。我们混进去后，还真的去香山饭店双清别墅转了转，这是主席进北平住过的地方，我们受到了教育，觉得再也不能这样活。

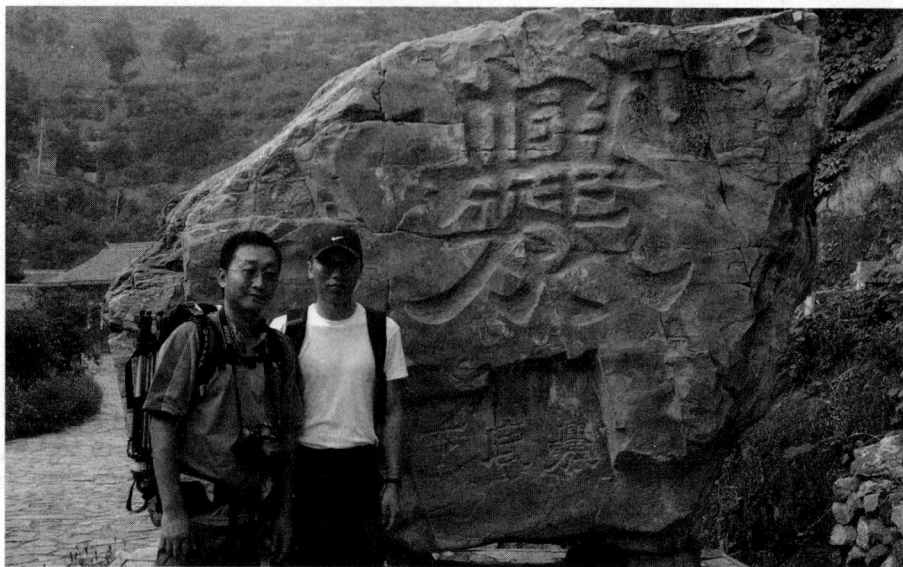

　　少阳也喜欢唱歌，我听他唱过好多，没事就哼唧，说实话我太难了！我觉得他适合唱给伤害过他的人听。有一次我们去碓臼峪摄影，少阳去他朋友那里借了一辆破桑塔纳，那时他刚学会开车，瘾头有点大，我坐着提心吊胆，一只手死死吊着顶上的拉手。少阳脸上挂不住，说，有那么紧张吗？我说，我坐公共汽车吊惯了。少阳一路上又在唱歌，给我一种二手烟在车内弥漫的感觉，开窗都不管用。这时，少阳正在唱解晓东的《今儿个真高兴》，我突然看到有个汽车轮子高兴地在前面跑，车紧跟着往右边猛地一歪，就听见滋滋刺耳的摩擦声。少阳正唱到最后一句，嗓子被这意外卡住了，打了一个颤，差点把歌词硬咽了下去，但是他很快又硬顶了出来，嘴里凄厉地吐出了最后一句：今儿晚上真呀真高兴！唱完了，他就踏实了，但我不踏实，下车一看，后轮子跑掉了一个。

　　有次我要买个移动硬盘，少阳主动帮我联络中关村的某数码商店，然后很认真地劝我买这家的，热情得极不正常。看我犹豫打退堂鼓，他终于忍不住说了实话。原来他看上了数码商店打工的一个勤工俭学的女大学生，想追人家。我陪着去看了一下，果然是刘亦菲那种世外的纯纯的美，也就想成全他的讨好。最后我硬盘买了，钱也花了，但"刘亦菲"没有上当，少阳终究没能成功，但我感觉少阳是快乐的，他花了朋友的钱致敬了自己的爱情。

少阳对器材的发烧胜过我，不过他烧得有点怪异和狡黠，有次他跟我讲，他明天要和尼康中国总代理见面，人家专程从上海过来见他。原来他在国外资料上发现他买的相机型号应带GPS，结果销往中国的机型没带，于是威胁要投诉尼康中国，别人赶紧过来和他谈判，结果是给他的相机加上GPS，让他加了八百元，我也不知道他拿GPS干啥，这小子本来想占点小便宜，结果闹了半天偷鸡不成蚀把米，着实好笑。

我通过他认识了几个朋友，有学生，也有职场的人，有时大家会约在北大的小餐馆吃饭，一起摆弄相机，谈论户外徒步经历。北大的小餐馆总是很热闹，有很多梦想在这里推推搡搡。有邻桌过来聊天，四十多岁头发不多，自称是当时网红神仙妹妹的经纪人，于是大家坐在一起乱七八糟聊了很多，少阳又聊起了数码店的"刘亦菲"，说见过网上神仙妹妹的照片，没他的"刘亦菲"好看，要不就把神仙妹妹喊过来比一比，然后又问人家要不要买硬盘，搞得经纪人内心很凌乱。我心想，《天龙八部》里刘亦菲演的是神仙姐姐王语嫣，可不比神仙妹妹厉害？不过我看那经纪人油腻的样子，根本就不像与无量山的那个山洞有关联，也就忍住没搭腔。

后来和罗少阳约着去拍野长城，因时间原因终究没有成行。离开北京后，和少阳就没有再见，后来大家都换了手机号，也就失了联。我也不知道这小子现在是否还在北大校园里发酵发霉，要是，一定长成未名湖畔伞大的野蘑菇了吧。

不过，这样一个朋友，很难得的真实，就像我的生命因干燥产生的一次幽蓝的静电火花，噼啪一闪，又倏然消失不见，但我慵懒的记忆会因此受到刺动，让我突然想到这个人，想起他的好他的坏，并祝愿他的未来继续如此丰满多姿，如此无所禁忌百无聊赖……

愚　人

我笨得像猪，我骄傲了吗？

这个世界却充满复杂，即使递过来的人心，也像一个要你收件到付的快递，裹着一层又一层包装，撕扯了半天，也不知道里面到底装了些啥。

托尔斯泰说，没有单纯、善良和真实，就没有伟大。我觉得"人性"这东西，有一个好的名字，却没有一个好的名声。

当我意识到人性中单纯的珍贵，就滋生了一个愿望：希望自己路过人群的时候，社会说，你很老实；大家说，你很善良。但又隐隐听到背后的议论，这家伙真蠢……不过我不介意，因为听人说过，活下去的诀窍就是保持愚蠢，又不能知道自己有多蠢。

生活对我的想法视若无睹，认为我是在矫情，仍在一本正经地帮我裹着一层一层包装，似乎让别人看不透，就是一种安全，也不管我透不透气。

那天我出差在外地，一个同学醉醺醺地打电话说自己生病了，我问啥病，他说是精神出了点问题。我认真地安慰他，觉得该舍身为同学做点什么。电话里传来同学的浪笑：哈哈哈，你笨得像猪！开个玩笑啦！我才想起这天是四月一日。

弗洛伊德说，并没有所谓玩笑，所有玩笑都有认真的成分。所以我开始

反思，我有可能真的是猪。

我被骗了！我有可能是猪！但心里却升起了幸福。幸福的是同学精神基本正常，更幸福的是发现了自己的单纯。

我不希望生活在欺骗和防范之中，虽然我知道那些欺骗大都是为了防范，那些防范大都防不住欺骗。但我仍不想把日子过得无趣，即使自己不具备骗人的动机和能力，但也希望偶尔拥有哄人的浪漫。于是我想找个机会，将一些平时憋在心里的真话，以玩笑的方式硬塞出去。

这次经历给了我启迪，愚人节提供了特别好的机会。于是此后每到这一天，我都觉得该干上一票，让绷得辛苦的人生至此无憾。

这一天可以骗人，是双十一都难有的优惠，又似在索然无味的日子里，挤上一点开胃的芥末。但这个节日不太符合国人的正统观念。偶听有人讨论，老人问，这是一个什么节呢？年轻人说，就是可以随便骗人的节日，老人大感不解。也是，他们那一代活得实诚，以骗人为耻，不知道现在还可以有骗子的狂欢。再者，这一天离清明节近，似乎又觉得这些年轻人暗藏忤逆。

我想参加狂欢，但从没想出过一个好梗，也不知道该骗谁。骗不了人，就盼着大家竭诚骗我，我一定认真上当，这也算是一种欢度吧？但遗憾的是，没有人再来骗我，这让我怅然若失。于是开始期待平时看见就掐的诈骗电话，想跟他们道歉，想缠着他们多聊几句。奇怪的是，他们这时都不打了，或许是他们知道这一天说啥都没人相信，所以在集体休假，也或许是他们也怕被骗子骗吧。可惜他们不知道，对于平时假话连篇的他们，今天才是说真话放松一下的难得机会。

对于正常生活来说，这一天真假莫辨，充满风险。邻居吵架，砸锅摔碗，好心去劝，原来邻居老婆从娘家回来，打电话叫他去机场接一下，结果被他当成了愚人节的玩笑……我心里竟涌起一股悲凉，目睹着成年人心中好不容易滋生出来的一点点浪漫，就这样在现实的生活中被摔得粉碎，永不再生。

过了这一天，生活重又道貌岸然，像一个精密的机器，环环相扣，步步为营，容不得半点戏谑差池。遇到很多中国节日，也大都优雅礼貌地度过。倒是西方的万圣节延续着俗趣，娃儿们扮成小鬼满街敲门要糖吃，不给糖就捣乱，在人家门口和花园里撒尿。他们身后，或许还紧跟着几个单纯、善良、笨得像猪的真鬼，亦步亦趋感受着人间浪漫。"人皆养子望聪明，我被聪明误一生。惟愿孩儿愚且鲁，无灾无难到公卿。"苏轼的娃儿，一定也扮鬼、吃糖和撒尿吧。

其实，中外的节日不过是画风不同的心情，是喜欢胡思乱想的我，用来涂鸦的纸。

荣格说，理解自身的阴暗，是对付他人阴暗一面的最好方法。那么，我想，珍爱自身的单纯，是不是就能够看到世界的单纯？

我是一个不喜欢复杂的人。我撞破过太多聪明反被聪明误的机关，也目睹过欲望中的沉沦和背叛。我们每个人都在时光里嬗变，越来越分不清是人是鬼，是恶是善。满街都是包裹得严严实实的快递，装着看不见的人心，被命运漫无目的地派送……可怕的是，混乱之中，我越来越记不清自己的单纯被放进了哪一个盒子。

……

虎年春节，像一个宽大柔软的沙发，坐在上面，人人都像百兽之王，享受着众兽来朝，接受着四处涌来的祝福，又随手转送给了别人。

　　节日街头，碰见了那位久未谋面的同学，非要拉我去旁边小酒馆喝两杯。微醺中他说起以前班上的同学，有的发了，有的升了，有的离了，有的判了，还有的走了……又呷了口酒，一脸绝望地说他自己病了，抑郁。

　　我平时与同学们接触少，同学会也基本没参加，听到他们一个个复杂多舛的命运，我感慨万端。但眼皮子下的绝望，需要我抚慰。

　　我端起一大杯酒，真诚地拍着他的肩：看开点嘛，有酒喝，生活还是美好的。

　　同学破功大笑，绽出烟酒熏黄的獠牙：哈哈哈，你看我笑得这么浪，你觉得我会抑郁么？我离了以后，早就把啥子都看透了，没得意思，简单就好，我过完年就要去大佛寺当花和尚了。哈哈哈，你笨得像猪！

　　我晕，你这家伙不按套路出牌！今天不是愚人节啊！你让春节情何以堪？

　　又纠结了，他当花和尚的事情，会不会是真的？

　　我好像找到了那个盒子，心里清晰地升起了久违的幸福……

密　码

一

那一年，曾和单位同事去广州出差，他在广州有个亲戚。晚上他去亲戚家吃饭，拎回来一个银色的铝合金密码箱。

我脑海里全是港片的画面，想象着里面是一叠叠厚厚的钞票，以及戴墨镜穿黑西服的大汉。

同事说，亲戚说他经常出差，送了他一个从德国带回来的密码箱，但是，密码忘了。

我提了一下，轻飘飘的，摇一摇，里面是空的。

钞票大汉在我脑海中淡去，我有点小失望，但同事倒是很高兴。

第二天坐火车从广州回重庆，就有了这样一个情景：同事坐在卧铺下铺，把密码箱放在双腿上，挨着拨动密码箱上的数字：000、001、002……拨一次，摇晃一下，又拨一次，又摇晃一下，他是想挨着试，找回密码。

于是，车厢里充满了他有节奏的"哐当哐当"的响声，和火车"哐当哐当"的声音相呼应，给人一种火车提速了的错觉。

我算了下，0-9三位数大概有一千种组合吧，我佩服他愚公移山的毅力，不过也有点担心，他那希望失望上上下下的小心脏，最多会颠簸一千次。

德国的密码箱紧咬牙关，严守着秘密。后来，终于被愚公折磨得疲惫了，便张口投了降。这时，火车都快到桂林西了。

朋友很高兴，一看密码是812，立刻打手机给亲戚报喜！打完又显得有点失落。我问他咋了，他说，亲戚说后来也想起密码了，8月12，是娃儿的生日，心想不急，准备等他到重庆再打电话告诉他……

二

过去生活很简单，也很透明。

那时候老百姓最多需要记住的，只是一两本银行存折的密码。而且根本就不需要记，那是做梦都想得起的几个重要数字。

随着社会发展，生活越来越好，信息交互和资源占有越来越多，我们就有了很多存放的需要，也有了更多防范。于是每个人都有了更多秘密，每个秘密又都设有密码。

记密码成了一个麻烦事，人的脑袋里要装下银行账号、社交账号、生活缴费、各种 App 注册登录等许多密码，我们的手机号与生活死死绑定，片刻不能脱离，各种身份莫测的推送中又潜藏着机遇和风险。

记不住，就得写下来。有的拿小本本记，然后又把小本本藏起来。我在手机备忘录里备份了各种账号、用户名和密码，又由于担心手机丢失，或遭黑客入侵，所以那些密码用了隐语，含沙射影，欲说还休，主要是想给自己暗示。后来这样的暗示多了，我自己也就看不懂了。总之，我自己设的密码，从来没防过别人，而是成功地把自己防了。

这里所说的密码，并不是正规的密码，《密码法》中的密码，是指采用特定变换的方法对信息等进行加密保护、安全认证的技术、产品和服务。我们常用的，其实只是进入个人手机、电子邮箱或者个人银行账户等的口令，就像通行证，是一种简单、初级的身份认证手段，是最简易的密码。

说到口令，我立刻想起了阿里巴巴的"芝麻开门"，那是全世界人民都知道的重要口令，但遗憾的是，大家都想用，却都不知道宝藏的门在哪里。而且我觉得那时候说句话就能进金库随便拿，真的比现在去银行取个钱方便得多，你得绞尽脑汁想密码，取几百块自己的钱，人家都死盯着你，好像你要拿的是他的钱一样。怪不得有首歌唱道："阿里，阿里巴巴，阿里巴巴是个快乐的青年！"

军事上的口令，主要用于敌我身份判断。比如你说"土豆"，他回"牛肉"，土豆烧牛肉，一锅志同道合的好菜，所以一听就是自己人。如果一个说"韭菜"，一个回"菠菜"，那就有可能是敌军，因为韭菜和菠菜不可同时食用，要拉稀。

其实而今已有了越来越多的加密解密模式，比如指纹和人脸识别，一定程度上省去了记密码的麻烦。

当然，有时候也会找麻烦。我有次去建行办业务，反复好几次，就是通不过人脸识别，让我对我的脸产生了自卑。银行职员说，你以前登记的照片和现在有变化，你比以前更帅了！所以需要请你去派出所重新照相。我觉得他说得很有见解，就接受了建议。后来我去派出所补办过一次身份证，新照了相，录入系统，自此，官方的网络系统上，我就有了证明我就是我的证明。

邻居换了智能门锁，有次下班我看他落寞地站在门口，就问咋回事，他说是指纹不对，进不了门。然后又把手指头放在衣服上使劲擦。我说你的指头还是好指头，只是现在门锁不想认它，应该是识别系统出了问题。不是有密码按键么？他说平时都用指纹，密码搞忘了。我掏出钥匙开门，说你先到我家里坐坐，想想办法。他眼睛一亮：哦，对了，我还有备用钥匙，在车里！

三

为了防止忘记密码，于是设置密码就成了关键。从安全角度，设置越复杂越安全，也就常常有了用英文字母大小写加数字加符号设置复合型密码的提醒，而且还给你一个弱中强的风险评级。你设置得简单，它还要说你弱爆了！但是密码太复杂更记不住，于是就有了各种心机。

用生日设置密码是最常见的，好记，但人家也好猜。比如你在朋友圈里发了个吹蜡烛的图片，也就可能等同于公布了密码。

我有次临时借用朋友的笔记本电脑，问他登录密码，他说打死我都不说。我说你笔记本里有啥秘密么？为啥不说？你不说我咋用？他说密码就是"打死我都不说"。我突然想起电影《甲方乙方》里李琦扮演的厨子，接头暗号就是用的"打死我都不说"，结果差点被打死。

我大笑，说用这个密码的人不止你一个哦，也不安全。

他说：那我加个方言嘛——"你娃打死我都不得说嘎"。

还有一次接到一个朋友电话，说他在外面有急事，让我帮忙登录他的邮箱，帮他收个邮件。

我说：你用微信把用户名和密码发给我嘛。

他说：不用，好记，用户名就是我的名字，密码是"这里是我的邮箱"，拼音首字母！

我问：那你的微信密码就是"这里是我的微信"，QQ密码就是"这里是我的QQ"？

他说：哎呀，遭你晓得了！

四

对了，谁有大自然的密钥？

我们生活在大自然中，又是不是真的了解它？大自然总给我们演示不同的场景，时而风和日丽，时而电闪雷鸣，暗示着它也有秘密，也会耍脾气。

我们在享受大自然给我们哺育和馈赠的同时，是不是也该多了解下它的心情和所需。热爱大自然，保护好生态环境，尊重自然规律，与万物和谐共生，我们只有这样做，大自然才会敞开心扉，宽容和支持人类，其实，"芝麻开门"并不是宝藏的密码，青山绿水，才是金山银山的外衣。

有时候，这个世界像一个大型游戏，我们扮演着自己的角色，又都各自在寻找着通关密码。

大家互设了重重密码，用于彼此的防范，结果常常是闭锁了自己。于是，贪婪和私利引发了世界的动荡乱相，让无辜的生命惴惴不安。

其实世界的通关密码很简单："和平共处，相互尊重"。己所不欲勿施于人，消弭疑虑，共谋发展，这才是国与国之间关系的正解。人类有着共同的命运，我们不同肤色的手应该紧紧牵在一起。

……

我们的心灵之门都关着，渴求理解却又怕被人看穿，心理层层设防，所以不管我们脑袋里要记住多少密码，最重要的，还是要找到心灵的密码。

刘震云说过："一个人的孤独不是孤独，一个人找另一个人，一句话找另一句话，才是真正的孤独。"

所谓物以类聚，人以群分，我们都在人生路上左顾右盼，希望遇见看着顺眼，聊着开心的同路人。

人的一生，遇到爱，遇到帮助，遇到感动都不稀奇，最难得的是遇到懂得。三观一致的人，才能够心灵相通，这样的相遇和契合，才是人生之幸。

我们彼此掌握着心灵密钥，你能打开我的门，我能找到你的锁，打开了，也不用进去乱翻，因为都知道，我有的你有，你有的我也有，所以，有没有都有；你可以不在，我可以不在，不在也像在，所以，在不在都在。不用费心揣摩察言观色，也不用彼此怀疑防止背叛，啥都可以说，说啥也都愿信，看事有共识，遇事能互助……有这样默契的人，是因为心灵有着同样的密码，而且你从不用担心它会重置和更改。

即使没有碰见这样的人，也不用把时间浪费在三观不一致的人身上，如果遇到那些和你看世界的眼光不同，人生的判断不同，价值的取向不同的人，与其违心迎合，还不如抽身而退，一别两宽，扭头去做自己喜欢的事情，然后静静地在岁月中等待属于你的心灵机缘。

人生大都是平淡的，但也藏有乐趣。我们或许会遇到那个不务正业热衷于用符号和密码来传递信息的达·芬奇，给我们的生活设置一些谜面，又抛出几个线索，让我们在人生旅途中，学会用细腻的观察和智慧的逻辑，去识别人性，破解心灵的密码，最终找到快乐的藏身之地。

好吧，如果我真的遇到了你，我就告诉你。

我的密码是：zlswdxl。

给每一人生命相亲的那背影

一次深情的目送

目
送

放滩儿

一

清晨，被一阵喧闹声叫醒，到阳台一看，江面上隐隐漂着六七个橘红的小点，那些小点叫喊着，向下游漂去。

这一季冬泳的人，又开始放滩儿了。

……

放滩儿，是我少年时的奇幻漂流。

以前每年都听说长江里淹死人，其中不乏下河洗澡的学生，所以大人对娃儿私自下河坝管得极严。

有个初中同学，家住在河坝街竹器巷十四号，那里就是我们的地下交通站，站长叫张乃木，代号奶妈。之所以取这个名字，是因为他很细心，又很啰唆，大家就想到了母爱。

奶妈家离长江很近，不到一百米。那时又没有修滨江路，没得护洪坡，所以每年夏天涨水交通站基本上都要遭淹。涨水了，就要朝高处的一个旧仓库搬家，水退了又搬回去，我们几个弟兄伙也会去帮忙。那个仓库角落有四个卡车内胎，是奶妈去他开汽修店的么舅那里找来的，以么舅要存放的名义。

这几个轮胎，就是我们放滩儿的装备。

我们有商量好的行动计划。去放滩儿首先需要编好对付娘的理由：学习小组讨论。我们都有经验，只有跟学习挂钩，娘才会格外爽快。但讨论地点在长江中间的轮胎上，是娘做梦都不会想到的，就像敌人不会想到嘉兴南湖的游船一样。

几个娃儿，扛着轮胎嬉笑着往长江疯跑的时刻，是最欢乐的，就像热爱自由的人终于奔向延安。到了沙滩缓坡，又松手猛推，让轮胎在前面跳跃翻滚，径直往江水里冲；我们在后面笑喊着追赶。按照以前的游戏规则，任何比赛，谁获得第一，谁就可以弹最后一名一个脑崩儿。奶妈的轮胎很啰唆，落在后面，所以他的额头被我的中指弹了一下，空洞清脆的声音，我用了很专业的动作，潜意识中模仿的是爹在买西瓜。

我们五个人一个"学习小组"，然后又做了"学习"分工，灶鸡儿、奶妈、我三个各自单独坐一个轮胎；大双小双瘦小，同坐一个，这得感谢他娘把不多的营养给他们俩进行了平均分配，不然船还不够用。

我们在江边脱了衣裤，只剩裤衩，然后用塑料袋装好，扎紧袋口，再用麻绳绕圈儿绑在轮胎上，然后就深一脚浅一脚地往深水里推。到了水深快及腰，就摁住轮胎边缘，借着浮力背跃一跳，身子平躺到轮胎上，双手快速在左右往前划水，轮胎便往长江中间漂。

二

在岸上白天远看长江，觉得像一匹摊开的黄粗布，夜里，又似蓝丝绸一样平滑。其实不然，落入其中，你才发现它暗流涌动，没有一寸安分。它就像一个巨大的即将沸腾的火锅，在蠢蠢欲动。底下，似乎埋藏着万千激情火辣的想法，马上就要开锅。而我们，不过是火锅红汤上漂着的几颗花椒。

找准了水流，或者说根本不用找，长江就按照它的奇经八脉把我们推向江心。岸越来越远，速度越来越快，此时划水已经没有了意义，长江接管了以后的一切，包括我们的性命。

我们从开始离岸时的呜嘘呐喊，到后来的不说不闹。江面像一个巨大的黄脸，不断变换着表情，又似乎越来越急躁，越来越狰狞。我们专注地观察着周围的一切，新奇中，陡生了紧张。

一条灰白的鱼，在我面前浮出，不紧不慢地在周围巡游。它长着尖尖的鸟嘴，头顶的鼻孔喷着好看的水花，眼睛很小，背上三角鳍，全身青灰色，翻转的时候腹白浅亮。

它用晶亮的小眼睛静静地看着我，在江水中沉浮，又像是在围着我舞蹈，鸟嘴居然一张，发出一声婴儿一样的高音，它是想对我说什么，又像是在深情地歌唱……我好像被催眠一样迷失了，竟感到了一种安宁和温柔。忘记了时间，忘记了黄脸，忘记了娘，也忘记了紧张……

呜——呜——

雄浑的船笛突然响起。鱼倏然往下一沉，温柔隐去不见。一艘巨大的轮船径直驶来，锋利的船头犁开长江的胸膛，江水惊恐地朝两边翻滚逃离。

呜——呜——

船行很快，转眼就要到我的左侧，短笛声也越来越急促。这时，那条鱼又在巨浪中探出半截青白的身体，鸟嘴像食指一样指向右岸，好像在指引我如何逃离。

江面卷起巨浪。我看见一堵厚厚的高大的水墙从左侧涌砌起来，又推挤过来。水墙后面，是山一样矗立的冷峻的钢铁。那钢铁，沉沉地低吼着，震得黄脸扭曲变形。它如泰山压顶，从空中俯瞰着我，其实它根本就没有看我，而是无动于衷面无表情地昂着巨首，朝前方坚定地行进。

我的轮胎在天地之间剧烈摇晃，蹦床一样起伏跳跃。我看不见灶鸡儿和奶妈他们，他们已经被巨浪挡在了视线外面。那条鱼的白影最终也被挡在了墙外。

我拼命抬头，仰望着那座钢铁高山，高山和蔚蓝的天空融合在一起，多么美丽骄傲，多么冷酷无情。

我真切地感到了死亡的恐惧！原来恐惧是一种从毛孔里渗出来的可怕能量，好像全身每一个细胞都在拼命收缩，最后紧紧地蜷缩纠缠在一起……

大船擦行而过，一江碎浪欢快地跟随大船跑去，又弃下我们几颗微不足道的花椒，继续随波逐流。

后来有些什么，记不清了，刺激之后的其他，已经不再重要。不过肯定的是我们漂到了对岸，这不是我们的愿望，而只是长江想送我们过去。

从下游上岸后，我们是用奶妈塑料袋里的大家攒的活动经费，坐公共汽车转小轮渡回来的，只是轮胎太大，坐车的时候被加了四张票钱。

三

我被捕了。

原因是回去晚了，引起了娘的注意。

到家已经快晚上七点了，天已渐黑。娘守在门口，姐姐已经吃完饭，趴在饭桌一侧做作业，旁边是盖着的碗。

在日光灯下，娘发现了我身上浑黄的肤色，便抓起我的胳膊，用三指指甲轻轻一刮。三道白色的印子便清晰地挂在胳膊上。证据确凿，我下河洗澡了！另外一个巨大的破绽已经显得不重要，书包还在家里。

我大意了。以前偷偷下河洗澡，回家前都要回交通站用清水冲洗一下

脸和胳膊，以免江水泥沙干涸后在皮肤上形成证据。这次太赶时间，没来得及。

娘不揍我，而是用了更残酷的方式——沉默，这冷暴力比揍我一顿可怕百倍，我从娘眼睛里读出了深深的失望……

我最怕的就是娘对我失望，我一直很在意地维护着上进儿子的形象，因为我见过娘在人前夸我时的神采，多么精神和好看。

我招了！一招起来就特别顺滑，竟有隐隐的快感。我出卖了同志！我成了狗叛徒！

一连串的后果是，娘把情报通知了奶妈的娘，大双小双的娘，又告诉了爹，爹又通知了灶鸡儿的爹。

站长张乃木同志被拷打了，原因不是下河放滩儿，他在江边长大，下个河在他家不算什么事，罪行是伙同了我们几个，提供了犯罪工具，重点是被别人的家长找上门告状；王大双、王小双同志受刑了，他们是单亲家庭，娘养他们俩很不容易，如今遇了险，要是有个三长两短，那就是两尸三命，他们的娘也就活不了了；只有赵吉同志虎口脱险，他爹忙着做生意，没空管他，后妈更是不想管。

见过风浪有过传奇的四个轮胎被奶妈的爹挨个处决放了气，垂头丧气地瘫痪在角落。我们那段时间也活得瘫痪，不再快乐。特别是我这个狗叛徒，更是直不起腰杆。反正从那件事以后，我看见他们就道歉，不管遇到什么事都道歉，连我请他们吃凉糕也道歉，道歉成了我不痛不痒很舒服的习惯。其实他们心里早就原谅我了，觉得我是个诚恳的好叛徒。奶妈说，你很啰唆！大双安慰我说，其实娘没打疼。小双再说，娘一个人打两个人，痛都被平摊了。

我们的地下交通站，就这样被敌人破坏了。

四

很多年以后，我才知道了船笛的意思：一声短，是请从船左舷会船；二声短，是请从船右舷会船；船长真瞧得起我们，拿我们的破轮胎当船了，而且还给我们用了官话，但我们也得听得懂啊。不过，我想船长当时也是吓坏了吧，他肯定没有想过自己一个开船的，还会差点出"车祸"。只有大船，气势如虹，从来不想知道我们的存在……

前不久已移民的灶鸡儿从加拿大回来，我们几个玩伴在一起喝酒烤羊，又说起了放滩儿的旧事，我道完歉，又多敬了大家几杯。小双喝醉了，嘴就不把风，说他差点撞船的时候吓流尿了，幸好在河里看不出来。奶妈说他在金碧天下小区建了新的交通站，欢迎大家多联络。灶鸡儿捂嘴笑，交通站？我也有，微信群嘛！哈哈哈……大双也指着奶妈笑，他又想当站长！哈哈哈……

不过他们从没说过豚鱼的事，就像从来没有看见过。

他们没看见过，我隐隐高兴，说明豚鱼只是为我而来。我时时会想起那条豚鱼，那条跟我仿佛有着某种联系的豚鱼，应该是从什么地方故意穿越而来，在江中等我相见。我一直认为它的出现绝不是偶然，而是我的命中注定。

我久久陷于这样的迷情，后来在日记里写了下面的话：

梦像一条蓝黑的江，水面氤氲缭绕，缥缈而虚无……

又听到那歌声，细腻而悠长，游丝般穿透烟霭，落入我混乱的迷梦。

又见那白色的身影，在遥远的水面舞蹈，在层层的雾纱后面，摇曳生姿……

水妖，或许是这世上最美丽最灵异的生灵。如《聊斋》中的白秋练，比人更善良无私，更有情有意。

那清澈透明的歌声，伴随着江浪的喃喃呓语，轻易湮没了所有高扬的矜持。

沉溺于妖的诱惑，或许，是人对人生的一次幸福的逃亡。

梦的深处是水，水的深处是梦的家乡。

……

白秋练是条白鳍豚精，我相信遇到的就是她。

我就像承认我是个狗叛徒一样，承认那就是我的初恋。

童　年

　　每个人只有一个童年，儿时的幸福度，是吃进肚里的含糖量。那时觉得童年太过漫长，巴不得早点长大，能像大人一样口袋里变出钱买糖。不料真长大了，想要的却是其他。

　　原来生活有比糖更杂乱的滋味。每个日子里有无数人，每个人又有无数欲望，无数乘以无数，终于明白世上为啥这样拥挤，也明白了小时候老师非要我们学好乘法的深意。我们矮小的童年，早已被高大的欲望推挤到了墙角。但是，当我们看到别人的童年，偶尔也会触景生情，回想起自己不光只有忙乱的当下和叵测的未来，也曾有过简单生长的童年。

　　于是一回头，又发现现实太长，童年太短，那些记忆，已经模糊，只有从现在孩子们的一些特质对比，来搜寻儿时懵懂的快乐。

　　街上，看见一个小孩一手拿着"糖关刀"，一手揪着娘的衣摆，哭闹着要买路边摊上会发光的玩具。现在的玩具，大都是花花绿绿的塑料和毛绒，说不清什么材料堆填。当然最狂热的是电子游戏，三四岁的孩子，就可以争抢大人的手机，趴在沙发上顷刻化身职业玩家，眼里透出冷峻的杀气。对于学龄的孩子，打游戏永远是和大人之间斗争博弈的焦点，大人会说，不要浪费学习时间，你就是打死一万多个小人又有啥用呢？孩子们对大人的废话是

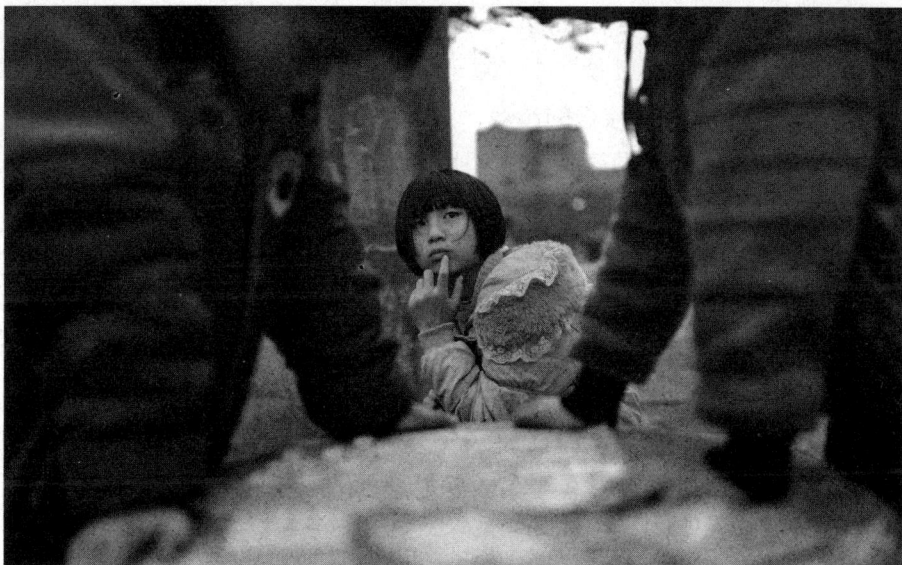

不屑的，他们之间有游戏的术语黑话，觉得大人根本不理解自己在残酷学习竞争之外对快乐的"开黑"，也觉得大人这种智商，根本就看不懂他们的美丽新世界。

对比自己的童年，没有这么多炫酷的玩具。那时候的玩具大都是就地取材手工自制，童年的游戏，也是有一帮伙伴的集体活动。

"藏猫儿"是经典的游戏，只是后来被网络抹黑赋予了歧义。小时候和伙伴们在院子里躲，所有的藏匿点都暴露过上百次了，我军敌军都腻了，于是相约跑去城郊农村耍。在山野里藏猫儿，如鱼得水，也有过历险。有次我独自转过小山包，猛见不远处草地上盘着一条浅白的蛇，正昂着头温柔魅惑地盯着我，吓得我扭头晕晕乎乎飞跑回家。初中时曾想到同学家玩，到他家小院落，突然想偷看一下他在干啥，于是从木门缝瞄进去，竟见一个裸女浅白的背影，正在院子里洗澡……人生第一次见裸女，更多的是害怕，我扭头晕晕乎乎飞跑回家，跟上次看见蛇一样。这两次受的惊吓极大，所以印象深。后来有了点文化，突然怀疑起这两件事的关联，会不会是白素贞？

"跳房子"就是在地上画上一些方格，单脚踢攒成一串的算盘珠子，必须准确踢进下一个目标格子，踢偏了或者跳格时双脚着地就算输；"抓子儿"多用桃核，或用砸碎磨光的瓷碗底棱，五个以上为一组，抛起一颗的同时抓起地上其他的，再赶紧接住，抛一抓二，抓三，抓四……谁手大谁有优势；踢毽子是女孩子间流行的游戏，男孩子帮忙做些偷鸡毛之类的后勤工作，铜钱做毽头，鸡毛做毽尾，除了比谁踢得好，还要比谁的毽子好看。于是院子里漆公公经常发现他喂的公鸡尾巴秃了，更不幸的是没了尾巴的公鸡在母鸡面前变得自卑，不叫了，走路都低着头。其实当时鸡不知道自己还有生命危险，没注意到院子里所有小孩看它们的眼神都很邪恶，都阴险地急盼着大人快点杀鸡。

滚铁环是男孩经典的游戏，一根带钩的粗铁丝，推动着铁环行进，用速度维持着平衡；那时候更高级的，是用废轴承和木板做能操控方向的滑轮车，到斜坡上放滩儿，或用人力，"推背感"极强；还有用八分干的白散泥雕刻玩具手枪；用粗铁丝、自行车链条和橡皮筋制作火药枪，火药自然是偷大人的火柴，一根根捻下红红的火柴头。

要说的，还有吹画儿。早期街上有连环画书摊，一分钱看一本，好看的两分钱。后来大家可以买连环画了，又有了新玩法。那时有《三国演义》、《隋唐演义》等画武将的连环画，便用剪刀仔细地把武将和手持的冷兵器剪下来，一般两三个孩子对战，先各自派出自己的一员大将，然后趴在地上撅着屁股，轮流吹气，谁的兵器覆盖到对方大将的身体，对方就输了，然后灰溜溜交出一些小纸人当人质。我们一般是不愿拿大将来当赌注输的，除非杀红了眼。那时最喜欢用的大将，是拿青龙偃月刀的关羽、拿丈八蛇矛的张飞、拿擂鼓瓮金锤的李元霸和拿滚云枪的罗成。比武中自然常有争议，孩子的世界也是江湖，就跟足球差不多，免不了犯规和黑哨。

还有更无聊的，有段时间流行炒作大人的姓名，谁父母的名字被提起，就会顿时感到受到莫大的侮辱，当然父母们万万想不到自己的名字如此不堪，竟等同于骂人的词。有个同学的家长叫丁德容，我和这位同学有了矛盾，就故意在桌子上敲出"叮咚""叮咚"的声音，让他自己去拼读理解。没想到他拼音果真很好，后果是第二天早上上学时，我发现我爹的大名被一米大的粉笔字写在了校门口的水泥斜坡上。

还有分土地、划甘蔗、爬树、下长江洗澡、弹弹子、斗鸡儿、打沙盔儿等，就不赘述了。至于炸茅坑的恶行，早已在前面写的《陶哥哥》里自首

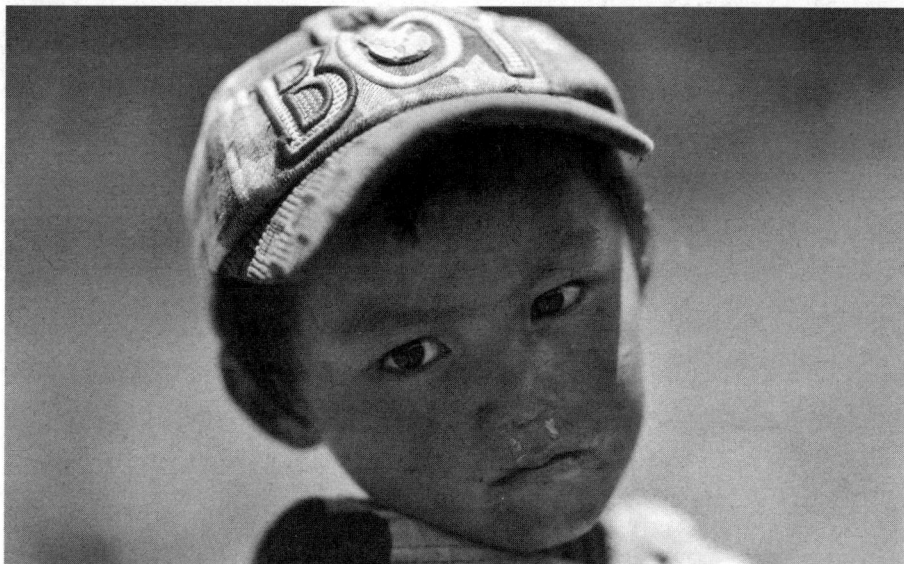

过，鉴于涉及隐私，就不再赘述。

说实话，我常常同情现在的孩子，在书本卷子的追捕下，除了往虚拟世界逃，还能往何处去？在真实世界里，缺少适合他们自由徜徉的空气和土壤，失去了邻里的独生子女们，更是找不到玩伴。所以，即使他们的电玩更炫目高级，但是内心，比起我们那时候更加孤独。

孤独了，就想找个伴儿，很多孩子希望家里养只狗，而大人们却怕影响孩子学习。其实需要狗的不只是孩子，孤独症就像雾霾一样，早已在物化的社会里弥散。于是街上有了很多与狗为伴孤独的人，也有了越来越多孤独的流浪狗。很多人的精神仿佛都有庇佑的屋顶，但其实都在狗一样流浪。

我们可以有游戏的童年，却不可以游戏人生，不然我们早就被人生先下手玩死了。一个个新鲜的童年，渐渐被岁月磨旧，变成了可有可无的故事，小石砾一样被随意扔在了来路上，风雨侵蚀，尘沙半掩。遗憾的是，即使还记得，我们的童年也不能给现在的孩子什么启迪，只好无奈退到一旁，看着孩子们的童年，熙熙攘攘，又孤孤单单，花花绿绿，又冷冷清清……

青春那团事

我青春那些事，是和共青团分不开的。

我参加"革命"较早，小学时老师看见我积极，就让我当了少先队大队长。怎么积极呢？打个比方吧：如果赶上抗战的时候，我已经当王二小牺牲了；如果生在新中国初期，我已经像刘文学一样被偷海椒的地主掐死了；如果生在神话里，我已经像哪吒一样抽完龙筋后把自己分尸了……这一切都源于我从小就有的英雄主义幻想，以至于后来在布鲁塞尔埃杜弗街口看见小于连的铜像，心里还在暗自遗憾今生撒过那么多尿，却从没有被民众看见和认可，没有人家一尿成名的运气。由于生在和平的凡间，我只好老实长大，好在党又看见了我的老实，我就成了单位共青团的书记。

话说，哪个青春不惹事，哪个青春不迷惘呢？青春是一团火焰，更是一地鸡毛。火焰热烈耀眼，但一闪而灭；只有鸡毛，可以做成美丽的掸子，挂在记忆墙上，在心灵积尘时扫一扫尘土，在沉沦放弃时揍一下屁股。掸子上有多少鸡毛，从来没有数过，今天弄几根抒抒。

初上任开团委会，我站着发言，老书记说，你坐下说吧。我才知道当领导开会坐着说才端庄。几个团委委员都是同样积极的青年，工作上很抱团，有着小目标，都想着一起整出点动静。吃瓜群众说：团委嘛，就是吹拉弹唱、迎来送往、客串红娘、带头鼓掌。后来印证他们说得是，也说得不是。

系统内几个单位的团委，有深厚的友谊，每年都会有很多交流，也就有了很多好朋友，有时也会私人请客聚聚。年轻人在一起，总是火星碰地球，有一次气氛太惨烈，我们一个没酒量的同事在旁边看红了眼，一咬牙人肉炸弹一样猛砸了上去，结果人家只扭头冲他哈了一口酒气，他就倒下了。另一个同事扛着他回租住的母子间，一路上他就趴在别人肩上痛快地吐。送完客我晕乎乎地去看他，他瘫在床上无力地冲我挥手："我不得行了，你们接到整！"晕乎中我想起他这层意思好像国父曾经说过。

大家称上级团组织吴领导为主公，他身边有一批大将谋士，而我文不能诸葛，武不及关张，话又少，所以勉强算徐庶。主公工作勤勉细致，经常组织我们开会到凌晨一两点都不收场，于是我们就听见宾馆走廊里服务员来来回回浊重的脚步声，使劲咳嗽声，后来实在忍不住了，就推个门缝挤进半边脑袋脸红筋胀地问啥时候开完。但主公保持了虚心接受存心不改的良好作风，仍然夜晚总开会，我们被他的敬业精神感动，都亲切地尊称他为"夜总会"。

每年的五四青年节是最忙碌的时候，那年搞大型篝火晚会，近千名团员

青年穿上了统一制作的文化衫，胸前写着红色的"我们同行"。分了四个片区，准备了四堆架高的柴火。点火仪式前正在忙碌，旁边却传来火光和哄笑。原来是一个喝了点小酒的青年，压抑不住内心的激动，哗众取宠提前点了一堆。不是说好我们同行的吗？气得我差点把他就地火葬。组织完大活动，我精神一松就生了病，第一次住院，发烧烧得迷糊，醒来第一眼是母亲关切的脸。

团组织组建了青年志愿者服务队，大家总想着扶危济困，但又没得啥事。我正犯愁，后勤部门老领导主动来找我商量，说："单位计划把二门岗右边那片树林改种桂花林，要不你组织青年志愿者把以前的杂树砍了？我给你们提供工具！"最后又回头眨着眼睛诱惑说："你们可以叫青年林嘛。"我大喜，终于有事情做了！还可以冠名！手痒了两天，终于等到周末，便组织志愿者把杂树林砍了，谁知道周一一上班就遭到很多员工痛骂。我恍然大悟，中计了！被当枪使了！他提供的哪是工具，明明是凶器嘛，姜还是老的辣啊！唉，城里套路深，我想去农村！这就是成长的代价！

团组织关心青年，与地方医院的青年联谊活动持续多年，类似于非诚勿扰的简版，是为了解决单身青年耍朋友的问题，很受单身青年欢迎和非单身青年嫉妒。2000 年为了组织"世纪牵手"集体婚礼，曾化缘一样挨着做工作，终于凑齐了几对。集体婚礼在俱乐部举行，我客串"神父"。吉时已到，有对新人却迟迟没来，打乱了很多安排，但只好按时开始。半小时后二人牵着手跑来了，解释说是起来晚了，引来一阵哄笑。我第一次当"神父"没经验，不知道他们这种晚到的情况算不算晚婚。每对新人都到青年林种了一棵桂花树，浇灌了一桶爱情的热水，挂上画着心形的名字牌。如今树高了，牌掉了，花香了，人旧了。迟到的那对最终没有算晚婚，而被法院算的离婚。

单位和背后大山上的军官训练教导队是共建单位，团委和他们常有往来，新来的员工也会接受他们军训。教导队每年都要开复转军人欢送会，有次我被邀请去当主持人，穿教导队长的军装，路上一走，沿途哨兵都朝我敬礼。女主持是地方大酒店的一个女孩，走的是插科打诨闹洞房那路子，而我受党教育多年，风格自然比较庄重。欢送会氛围跟以往很多场合不同，多年朝夕相处生死与共的战友情，在这一出口爆发，空中乌云一样积郁着久久弥散不开的男人的悲壮，好多兵嘶吼着一起唱过很多遍的歌，今天最后一次一起唱，却是最不成调的一次。

每年三月五日要组织学雷锋活动，各团支部在单位门口摆摊，开展些修理咨询问诊擦鞋等便民服务。补锅生意最好，老百姓把攒了一年的破锅都抱来了；还有就是擦鞋，没人擦了，大家就互相擦，活动结束，大家脚背都亮闪闪的。有来单位工作的德国老外，看见我在给大家发共青团团徽佩戴，便故意到边上蹭来蹭去。我懂他的意思，便顺手给了他一个，跟他说："The Communist Youth League！"他大喜过望，立刻别在了胸前。我却马上后悔了，你还没经过组织考察呢！

有团支部把学雷锋标语用铁丝挂在门口灯柱上，另一端拴在了侧门上。没想到有人拉侧门，锈蚀的灯柱被拉倒下来，顶端的玻璃灯砸在一个看热闹的青年头上，划了一个口子，流了血。万幸！再朝前一点，铁灯柱就砸着脑袋了！我心里一紧，想起雷锋同志就是这样牺牲的！这事至今后怕。

青春总该有冒险。那年重庆团市委组织团干部到金佛山搞培训，当时金佛山还没有开发，要先坐火车到南川，然后再坐汽车蜿蜒三四个小时上山。山上海拔高极寒冷，七八个人住一个蒙古包，没热水，只好排队用小于连的尿那么细的凉水洗。我肚子疼得要命，山上又没有医疗点，想下山又交通不便。疼得胡思乱想：要是有孙悟空就好了，拔根毛变个医生也好啊。这时就听见帐篷里有人说："我带了青霉素胶囊，你过敏不，要不要试试？"这时候哪里还顾得上过敏不过敏，病急乱投医胡乱吃了两粒，第二天居然好多了。后来分析是急性肠炎，没想到人家用两粒"仙丹"救了我，哎，难道你真的是猴子搬来的救兵么？

有一个女团干出发时在重庆火车站没赶上火车，大家以为她不会来了，不料她竟孤身坐下趟火车赶到南川，又在山下雇了一个山民带路，一路抄山道步行爬了上来，第二天下午她赶到时我们已经准备下山了。找到大部队的瞬间，她落泪了。这场景电影里见过，比如伤员在老百姓家养伤，为了重返前线，历尽万难，终于找到部队之类。说实话，现在的人，更会算计得失成本，这种傻愣执着的精神已不多见，只是最近在电影里碰见了一次——李雪莲说，我不是潘金莲。

金佛洞是一个距今五百多万年的巨大溶洞，当时没开放。洞外有一只野狗，追撵着我们来不及纠结，就很快进了洞。我们二十几个人顺着昏暗的灯光往前走，我走在前面，觉得该等等后面的人，便停下来，后面一个人就超越了我。不久前面传来咕咚一声，灯光一照，他正从一个土坑里往上爬。要是我不等后面的人，就该我爬了，难道这就是传说中的善有善报？走进山洞深处，突然停电了，我们顷刻被吞入无边的黑暗，在十来公里长，几十米深的地底，恐惧像潮水涌来，大家一阵惊呼。有人喊："稳到起，牵起手走！"于是大家手拉手，借着一个人微弱的手电光摸索着回逃，时不时还报数，怕掉人。为了壮胆，我们就像小时候走夜路怕鬼一样唱着歌走。虽然洞里混响很好，但每个人都没有心思唱出自己的真实水平。终于看见洞口的光，众人欢呼一片，庆幸获得重生。出来后看啥都觉得特别亲切，碰见洞外那只野狗都想追上去抱一抱亲一口，只是野狗不理解我们此刻的心情，还在纳闷为啥进洞前是它追我们，出洞后是我们追它，吓得逃了。有名女团干拿出个小本子，让每个人都签上名，或许在她心目中，这就是有关犹太幸存者的辛德勒名单。回重庆下火车分手时，好几个女团干都哭了，不知是因为生死的情谊，还是生死的惊吓。

青春里有过很多朋友，在岁月里载沉载浮，看得见的一起老去，看不见的依然年轻。

华东死了。噩耗传来，我目瞪口呆。他是宿舍楼年龄略长的一位，和我们几个关系很好。他大学毕业后搞技术，刚结婚，却意外病逝。我哭了，哭得很伤心，一个老哥呆呆地一直拍着我的背，感念我对朋友的真情。为什么哭？我也说不清，为了真情？好像更多是其他，我此刻对生命产生了严重的质疑，其实我更悲伤的是，青春为什么会死？！这个问题我始料不及。我至此对人生产生了迷茫，也感到隐隐的恐惧。而当后来目睹了越来越多的死亡，又多了无奈。直至母亲的离世，我才终于彻底看清了死亡冰冷狰狞的嘴脸，也终于敢直视它阴毒的眼睛。华东的新娘后来去了上海，死亡擦改着很多人的命运。

除了死亡刺目的黑白，青春的颜色终究是多彩的。为了改善单身青年业余生活，在工会支持下，我和几个团干用汽车拉回两张台球桌，安在单身宿舍楼五楼，设立了青年活动室。请一个团支书进行经营管理，他姓但，从此单身人士江湖中就有了但老板大写的名号。单身生活培育了一代又一代象棋、围棋和吉他高手，以及各种神通。同宿舍的哥们儿喜欢画画，就素描了一幅硕大的外国美女头像贴在墙上，可恨的是画得太像，害得我经常睡不着觉；团干兄弟红林对音乐发烧，烧糊涂了就自己买喇叭，用木板钉了音箱，四大天王刺耳的歌声响彻了大楼。除了神通，也滋生暗鬼，单位在宿舍给我安了个电话，于是有个男青年常敲门借打电话，从偷听的情况分析，他结交了一个"飞广"的女人，估计从事的不是正当职业。我没有证据也不好说啥，只是有点如鲠在喉，他用过了电话我会下意识地擦一擦。

那时候市场上刚有传销，国家还没有反应过来，处于管理真空期，喜欢新事物的青年人更是分不清，有两三个团干也在参与。他们抱回来两台摇摆机，不知道咋用，又想给大家示范，有个人就把头枕在上面，通电摇了一会儿就懵圈儿了，爬起来晕车一样呕吐。还是但老板见过世面，一摇就摇对了！大家一夸，他就得意，准备睡觉时继续享受，把机器放到被窝里，脚放上面摇着也不关机，结果第二天下不来床。大家会诊病情：抓蛇的时候需要捉住蛇尾巴使劲抖，蛇的骨头一散就瘫了，结论是：他遭抖散了！不过锻炼也有好处，摇头的后来成了管人头的部门经理，摇腿的但老板成了子公司跑市场的副总。

和系统各单位书记都是很好的朋友，也是多年的"损友"。损者，不是说他们是害虫，其实他们都是利国利民的益虫。只是大家关系好到了你我不分的程度，就喜欢整蛊搞怪，以互相打击为主，然后在对方的尴尬中觅得开心，不过大家已经皮糙肉厚，早就不尴尬，只剩下开心了。广书记长我两岁，义薄云天，有关云长那种二哥风范，他当年坐火车在进站口替外人出头，和一个在火车站工作的姑娘吵了一架，吵出了感情，姑娘就含恨嫁给了他，不过我至今怀疑他当时是设局碰瓷儿，后来我将这疑问告诉嫂子，但从嫂子平静的反映看，我又觉得嫂子当时应该是将计就计；军书记是我一生"死敌"，他以前酒量只有三十五度一杯，有次喝完一杯后他笑眯眯的很正常，人家告诉他，这是五十二度的，他一听马上脸变了色，倒桌而醉，上次又被一帮如狼似虎的女同学拉出去灌了酒，然后求我开他的车把他送回了家，他还有很多罄竹难书的事，气得我都不想再说了；重庆直辖前，曾和远书记去成都团工委出差，公共汽车里门楣上写着十大文明禁语，其中有个词是"广尔石"，我们重庆人不懂，就问售票员，售票员斜睨了我们一眼，没有说话。后来才知道，"广尔石"就是"瓜娃子"的意思，跟我们说"憨包、宝器"差不多，我终于明白了售票员看我们的眼神中的含义。吃完麻婆豆腐，我和远书记坐在斜对面的青羊宫门口休息，有个背袋子的青衣道士来问："可以挂单不？"挂单，原来是借宿的意思，江湖中总有那么多青春不懂的事。还有些朋友，都是有故事感的男人，比如江湖人称白面书生的昌书记，最近见过一次，依然白面，正感冒了咳嗽，我总觉得像《西游降魔篇》里的空虚公子，但聊起来人家过得并不空虚；昱书记幽默快乐灵活，形神皆胜功夫熊猫阿宝；于书记给朋友们都取了俄国、日本等外国名字，他自己是个韩国名字，姓朴。还有姓经的书记，圈内称"经得整"，因再婚又被大家改称"经不起"，他在跟人自我介绍说到自己姓经时，常有热心人旁边伸头帮腔，补充说是月经的经。我知道今天说了这么多，还写在书上，肯定会招来他们的"打击报复"，不过大家早就习惯了"自相残杀"，损人不利己，痛并快乐着。

青春那些事，其实是一坨彩色毛线团，我们曾经想用它编织未来，却从来没有理清过头绪。后来才明白，青春只是在岁月里挂了个单，很快又是新的征程。青春编织不了所有梦想，但它也留下了激情忙乱的奋斗痕迹，以及梦想和友情的余温。后面的日子依然一地鸡毛，同一个系统认识的团干部，有的去了国外，有的下了海，有的升了官，还有个进了监狱。"夜总会"依然和大家保持着亲密的感情和联系，但听说现在晚上要陪夫人散步，已经不开会了。老团干微信群里，调到河北的翔子每天大清早都会发《三分钟新闻早餐》，加拿大的姚大哥就天天即时点赞，他曾是"夜总会"的前任，而今在广袤清冷的异国，由于时差关系，他一直拿我们的早餐当情感的夜宵。损友们依然很损，常常在微信群里不安好心地坏笑。共青团建立的情谊，由于没有社会功利关系，所以最真挚和纯净，可以浸透整个人生。聚是一团火，散是满天星，即使如今深空寂寥，我也从来没感到过孤独，因为，我时刻看得见你们灌满温暖坏水的眼睛。

我常常因为某些事触景生情，在遇到困难的时候，不禁会怀念起共青团那帮同生死共进退的兄弟。

在贵州苗寨旅游，点了篝火跳舞，然后抛绣球，玩得开心，钱也花了不少。我又想起那位义务帮忙点了篝火差点遭我火葬的兄弟，人家至少是免费的。

在北京工作期间，我有次喝醉了，第二天醒来发现床前有吐过又整理过的痕迹，于是给朋友打电话："不好意思，昨天你开车送我回来，还帮我收拾……"朋友说："我开车送你回马甸，但你是自己上的楼啊！"房子又没别人，又没土地公公田螺姑娘，原来是我凭着革命意志，在彻底倒下前自己收拾的。以前那位被人扛在肩上吐得痛快的兄弟，是不是比我要幸福得多呢？

时光远了，江湖深了，无奈就多了。我是天秤座，总喜欢把一些现实和过往，放到秤盘里称。共青团是我最珍贵的秤砣，它让我在摇摆的命运中维持着成长的平衡，保持着青春在不断倾斜的人生中应有的权重。后来的团委，已换过几届，但我仍对后辈有着深厚的情感寄托，每年五四他们搞大型活动，我们几个老团干偶尔也会私下坐坐，感念青春情谊，展望茫茫来路，并在心里默默对窗外说：我不得行了，你们接到整！后来遇到青年节，连私聚也不便了，即使团干群里冒个泡儿，又都赶紧趴在沙滩上装出一副死透了的样子。这节日，越来越不好意思露头，打扰了！

如今，我们就像追自己尾巴的猫，看得见青春绚丽跳动的尾稍，团团转想追，又追不到。那么，又追它干啥呢？停下来，看看也好啊。

每天早上八九点钟，旁边幼儿园的喇叭都会传来一首哄娃儿的儿歌："你真的很不错！真的真的真的真的很不错！"

太阳升起，我发现还是以前那一颗。

真的很不错！

我和我的家乡

一

如果没有江，就没有津，就没有人会停留，就没有千年的繁衍，就没有那么多绵长的故事，就没有那些沧桑变迁，就没有载沉载浮的前世和梦想萌动的今生。

有龙则灵的是水，有水则灵的是城，土地被一条江温柔地剖开，流溢着丰盈肥美的养分，使万千生命得以生息成长。

小时候住县城，家离长江边不到一公里的距离，偷偷去河坝，一路上总担心会遭到大人的围追堵截，所以步步惊心，到了河坝就彻底放敞了。那时对于长江是亲密的，我们在江滩上玩沙，堆砌好多堡垒，再各自踢垮；又在沙滩上"打沙盔"，把鹅卵石立在地上，赋予它大家都讨厌的人的名字，比如说喜欢罚站的孙老师，我们故意挑了个瘦长的鹅卵石，因为它具有孙老师瘦削死硬的气质，我们站在几米远的线外扔石头打倒，比谁打得准，后来孙老师真的病了，听班主任说是头疼；我们有时还在沙滩上躺成一排，埋在沙子里，只露出两个鼻孔，让背过身去的同伴转过来，竟猜这是谁，猜出来还好，猜不出来时，也有恼羞成怒的同伴顺手抓一把沙子把俩鼻孔也堵上；又挖沙坑做陷阱，每有人落入，便惹得大笑；还有就是搬开鹅卵石找螃蟹，捡薄片石子打水漂。长江就像一个巨大的游乐场，包容着我们的天性。我们往长江里倾倒了很多快乐，所以长江水也快乐地奔涌起来。有一只白色红嘴的鸟，在江面上飞，又来我们头顶盘旋，好像也很快乐。

那时候长江里放木排，上游往下游运输，有松散掉的浮木，在长江里孤独地沉浮。沿途专门有人管，所以有的独木被人拖上来摆在了江边。这些浮木都很呆愣，好像泡坏了脑子，在那里傻想，我不知道它是在怀念上游的家乡，还是在向往下游的远方。很多人喜欢去捡水柴，估计是拿来晒干了烧，又听说是不经烧。我喜欢被水流磨得奇形怪状的小水柴，有圆润的弧度，像各种各样的人物和动物，主要是拿来玩。有时候，泥沙包裹着的水柴混在鹅卵石堆里，根本看不出来。后来曾看到有人在江边挖到一个巨大的树根，找了很多人用绳子拖出来，剥去表面腐层，露出里面黑乎乎的部分。长大后才知道那是乌木，也就是阴沉木，是被埋入淤泥中的树在缺氧、高压、微生物作用下，经成千上万年的碳化过程后形成的。"家有乌木半方，胜过财宝一箱"，后来我在家具馆看到乌木家具，就会想起那个树根。

长大以后，见过不少江河，也经历了人生江海的波澜，对于长江，就有了更宏观的比较和认识。我在印度时，听印度朋友说起他们那条洗濯灵魂的恒河，我不示弱说，我们也有长江，更长更宽我还放过滩儿。我看他恍然大悟的表情，却有了担心，因为翻译的放滩儿是把身体放在水里面漂，他是不是理解成了恒河那种放漂尸体？

一方水土养一方人，这实际是说地域人文与自然的同质化。德国有父亲河莱茵河和母亲河莫泽尔河，所以德国人母养父教，兼具了严谨和创造力；可惜的是我们不知道父爱的重要，男女不分地把长江黄河都比作母亲河，看见谁都喊妈，也从来不问爸爸去哪儿了？相对于父母之爱，其实我有时候觉得长江更像一个宽厚大德的智者，绵绵不绝布施着慈恩和智慧，暗示着人与自然的血脉联系，以己之流动带动生命之律动，以己之渐进引领世事之更进。流来，满满都是大爱；流走，滴滴都是禅意。

长江，就像一个斜卧的沙漏，一刻不停地流泻，仿佛在提醒着我们人生匆忙和得失因果。我有时会看着江水出神，想起以前那些哺育过我们的逝水，它们现在到了哪里？又滋育了哪里的心灵，皈化于哪一片海洋……

二

如果没有津，就没有渡，就没有人的交流，就没有过往的繁华，就没有那么多雾封的记忆，就没有那些天涯比邻，就没有乱云飞渡的昨日和天堑通途的今朝。

说到渡口，是一代人的记忆。由于工作地点在长江对岸，那时每周末回家一次，所以必须要坐小轮渡。也有跑通勤的同事，天天涉河渡水。通泰门的趸船，一直蹲在那里，吞吐着人流，也吞吐着江岚和晨昏。上趸船的跳板，要根据水位的高低增减，涨大水时，跳板会加长几节。水深点的地方，有安全护栏，越是挨近江边浅水，跳板越窄。遇到起大雾，看不见江对岸，就会停航封渡，有好多人在江边打堆等候。开渡了，都往上挤，特别是从岸上踏上跳板的第一步实为不易，好多脚都在那里堆叠互踩，有时有人会被挤到水里，打湿了下半身。小轮渡哐啷哐啷摇摇晃晃地在江上爬了几十年，直到有了长江大桥，还继续坚持爬了一阵，实在是拼不过越来越多有人气的大桥，才停运退休。蹲着的趸船改成了餐船，有了更俗艳的灯火，吞吐着食

客酒气。直到前不久环保治理，趸船被拖到了别处，至此，这段记忆再无证据。

古人常有野渡无人舟自横的意境，而今早已难觅，车和桥替代了脚和船，好像是进步的象征。我后来倒是在香港繁华的维多利亚港，坐过天星小渡轮，据说它摇摇摆摆服务已逾百年，成为一个城市记忆的象征。其实一个城市的传统文化架构，不应该完全被拆解，在我们越来越依赖于时代进步带来的便利的同时，不要忽略了心灵最柔软的所需，以及城市子宫里与生俱来的让人安宁下来的气息。

如今，美丽的滨江路代表幸福包围了我们的生活，也切断了亲水的传统。朋友在微信上发了几张江津老照片，看得我有些发呆，那东门公园的望江吊脚亭下，曾留下过我们多少欢乐的打斗和童子尿。前不久和同事到老车渡江边野炊，看见一位背着背篼的洗衣妇人，在石板上捶打着一家人的换洗，在江水中洗刷着自己粗淡的生活。这一幕突然让我涌起一股久违的暖意，因为很久以来，我们忙乱于欲念，已很少有这种对平凡真实的走心和关注。

这些年，随着城市管理的进步，洪灾已经变得不像过去一样严重。每次重庆这边有洪灾的消息，北京的征叔就会在微信里发一些这边洪灾的视频，

问我们有没有受灾啊？我回没有。有一年洪水漫上了滨江路，我给征叔发了个洪水的视频，征叔回答：哦！隔着手机屏幕，我都能感受到他的感慨。

三

有了江，有了津，就有了江津，就有了爱江及城的江津人。在外地，轻易区分江津人的是那招牌似的 C 调乡音，高亢亮丽，他们说话总是把入声字狠狠地砸给你，却砸不疼，这是因为他们性格中的坦诚直爽和友善分寸。江津地处巴渝，是重庆不可分割的一部分，江津人比成都人多了些刚性，比重庆"土著人"多了些柔性，使得城市有了刚柔并济的包容和张力。改革开放后，很多城市克隆着一样高大冷峻的水泥建筑，百姓复制着一样热闹浮华的现代生活，到后来才幡然猛醒，开始回归并努力站稳本土文化之根，因为这才是可以代代遗传的精神层面的"硒"元素，是一个城市和群体不同于他人的独有气质，是一片土地永恒生机的营养之源。这个城市的人性情中少了一些外界的干涸浮躁，不也是因为长江经久的滋养涤荡，而变得温润灵动么？

其实对于江津，我就像一个擦边球，祖籍在北方，却在江津生长，而工作又在驻津的外系统。在这片土地待久了，慢慢的，更多了返璞归真的从容和简单，我对这片土地开始有了根的信任和依赖，这就是我的家乡！

我对于这片土地之爱，缺乏无条件感性的一面，而更多停留于与外界理性的比较和认知上。欣喜的是，我能看到它的厚重和底蕴，也能说出它的青涩和迷惘，因为我和大家一样，一直在感受着这个城市的疼痛和变迁，感受着它伴随太阳升起的梦想和希冀，感受着坝坝舞老阿姨们对生活酗酒般的熏然陶醉，感受着这个城市的光荣和羞怯，自信和奋发，也感受着我个体的人生和这个城市一起成长和蜕变。

冬天，三百多只红嘴鸥从天山西部以北的地方飞过来了，我不知道有没有童年那一只……

从你的全世界路过

路过国庆假期，看了一场电影，VIP 厅，容易陷入情节的软沙发，两三个散落的观众，这是一个最适合看电影的情境模式。

我是一个关心流行，却不迷信流行的人，之所以共鸣，有写点什么的冲动，一是因为电影是在重庆拍的，无论是荔枝把茅十八追得屁滚尿流的十八梯，还是晚上圣诞树一样层层叠叠的山城灯火，都是这个城市让我感到熟悉亲切的特有基因。但更多的，其实是我对电台特殊的情结。

多年前，FM 调频电台兴起，热线类节目流行，年轻人躲藏在各个角落激情凌乱的梦想线头，突然有了可以用电波编织的无垠时空，于是一时间，电波中挤满了积压的情感和新鲜的愿望，连空气里也隐隐有一丝躁动和兴奋。人们把自己的情绪倒入大锅，搅拌成一锅杂汤，又希望呷摸出喜欢的口味。其实不管哪个时代，聆听和倾诉，永远都是每一个心灵的刚需。

我也有着这样的心灵，为此，还差点进了电台工作。由于原单位领导不愿放人，又由于一些干系人认为那是一条"邪路"，所以，在纠结和干扰下，我终于继续留守在了原来的"邪路"上。

不过经此折腾，我在电台熟络了一帮朋友。那时候电台初建，不知道是台长敌我不分还是想日行一善，对我这个"革命队伍的逃兵"居然还比较宽容，故意睁只眼闭只眼。所以，我可以在业余时间自由出入演播厅，戴上耳机，和其他主播一起主持栏目。

那时候热线接得多，大多数听众是打电话来点歌，特别是那些暗恋别人的，最喜欢拿我们当枪使，类似于以前电影里赵小帅雇收破烂儿的跑人家楼下帮忙喊："安红，额想你！"一块钱十声。也有问问题的，基本上聊完他们就更迷糊了。因为，我们都未经多少世事，难道还能当神父听你告解给你解药？即便给了你药，也难担保你不会吃出并发症。不过，无知者无畏，我们是勇敢的！来吧，告解吧，我们浅浅的心灵没有底儿，是个窟窿，能够盛得下你们所有的迷茫和罪恶！

就这样，生活在胡乱和绚烂中度过。不过最兴奋的，是从耳机里听到自己的声音，食指中指轻轻向上推动滑钮，通过电波把声音撒向窗外迷离的深空，送入千家万户，这确是一件奇妙的事！电波里的我是真诚温暖的，不管你在收音机前干什么，即使你正在洗手间，我也愿意给你放个应景的音乐。

"我希望有个如你一般的人，如这山间清晨一般明亮清爽的人，如奔赴古城道路上阳光一般的人，温暖而不炙热，覆盖我所有肌肤。由起点到夜晚，由山野到书房，一切问题的答案都很简单。我希望有个如你一般的人，贯彻未来，数遍生命的公路牌。"这又是一个爱情电影，容易激发情感的荷尔蒙。这是拍电影喜欢选择的题材，永不过时，还总有眼泪和钱赚。以前一直不理解，为什么成为经典的爱情戏大都是悲剧，后来才慢慢明白，这是因为在现实中，错过和丢失，破灭和缺憾，常常多于拥有和完美。所以，路过爱情的人才会有那么多幸福的疼痛。

其实在电波的两端，我们是陌生的，却又似乎从没分开。我并不知道当时电波那端的你是不是孤独，反正青春的我并不孤独，而现在孤独了，却远离了可以找到你的电波。

不孤独是因为年轻的心在像风铃一样碰撞，发出悦耳的合鸣。当年我也有过粉丝，曾有初中女生到电台门口想见我，可惜我不是陈末，你也不是幺鸡。现实中哪有那么多爱情故事，路过的，更多的是青春的慌张和盲目。

后来，电台的主播朋友们各自有了归宿，有女的一溜烟嫁人了，也有男的一咬牙自己当了领导，有的一跺脚去了 FM106.7 电波搜索不到的外地，有的一转身到了再也听不见看不见的幕后。最可敬的，是那个唯一还坚守在

一线的兄弟，这么多年，他就像我们留在青春里的卧底，一直守在话筒前，怀藏着带大家进入记忆仓库"芝麻开门"的声控暗号，让我们开车时只要打开旋钮，就可以顺着他的声音，立刻找到回归的路。

那年，朋友们建立了微信群，取名"永不消逝的电波"，其实大家心知肚明，希望永不消逝的，是那些时光里的情感痕迹。生命是一条线段，来路越长，去路越短，不过奇怪的是，走了很久，落在后面的，离开越远却越容易想起。所以，大家念旧，轮番请吃，其实我对吃是比较无感和恐惧的，但正是由于那份旧旧纯纯的情谊，让我每次都义无反顾视吃如归。其实深层次原因，是因为我们都不想"在同一个时区，却有一辈子的时差"。

现在这个时代，或许是物质的砝码加重了，另一端的精神就相对缺失，所以现在各地电台都有很多精神治愈类的节目，往往在深夜里给你陪伴，给你的心灵搞盲人按摩。因为这个时候，人的能量最低，最容易孤独无助自我否定，身边没有有温度的人，就希望空中有 City Radio 有温度的声音。那时候我们尚无能力像陈末一样治愈他人，也没有他那样的情感伤口需要治愈。而今，我们都有了，却发觉大家都已病入膏肓。电台记忆对我来说仿佛就是更漫长的人生治愈，因为它就像一条永远随着我人生起伏而始终平行的声线，忽远忽近，忽轻忽重，或有或无，不离不弃，熟悉而温暖。

　　"一个人的记忆就是一座城市，时间腐蚀着一切建筑，把高楼和道路全部沙化。如果你不往前走，就会被沙子掩埋。所以我们泪流满面，步步回头，可是只能往前走。"这虽是一个爱情电影，在我看来却有更多深意。就像我在自己博客边栏上写的那句话："时间会留在原地，离开的只是你自己。"是的，我们以前常感叹岁月如流，总觉得被时光辜负，其实哪知岁月永恒，人生才是不断流失的沙漏，而每一粒滑落的砂砾，都是我们的路过和丢失。如此，在人生途中，谁路过了，他又路过了谁，谁丢失了，他又丢失了谁，实在难以细数和厘清。但可以确定的是，我们路过了温暖安谧的母腹，路过了熙熙攘攘的人生，最后终将路过黑暗的泥土，以及不知道多深多长的死亡甬道。所以我们唯一真实的行程，就是这段人生道路，因为它承载着可以一路感知的全世界。

　　在全世界里，有你，有我，而你和我，又有着各自的全世界。每个人对全世界的定义不一样，很多男人的全世界是权力和财富，很多女人的全世界是爱情和婚姻，维系这些全世界的，是人类共通的情感。我们每个人的情感都有着幽蓝的能量场，不断释放着无形的电磁波，在浩渺的空中沉浮。有的相吸交缠，有的撕踢排斥，有的若即若离，有的从未遇见。我们都从彼此的全世界路过，路过清风，路过阳光，路过清晨，路过夜晚，路过山野，路过书房，路过爱情，路过理想，路过胜败，路过成长，路过我，也路过你……路过的，都是会丢失的，生命每一次遇见，都路过了万千次毫不相干，千百次擦肩而过。我们唯一能做的，就是可以用记忆去留存某些瞬间。所以，不管是路过了什么，那些在路上倏然的感悟和感动，以及那些偶尔翻腾记忆时还能够重新温暖到你的东西，正是这次生命想要给你的价值和意义。我们应该努力抓住眼前路过的那些能够触动你的人和事，因为它终会丢失；我们也应该常常回望那些温暖你的记忆，因为那就是你的全世界。

　　"我觉得这个世界美好无比。晴时满树花开，雨天一湖涟漪，阳光席卷城市，微风穿越指间，入夜每个电台播放的情歌，沿途每条山路铺开的影子，全部是你不经意写的一字一句，留我年复一年朗读。这世界是你的遗嘱，而我是唯一的遗物。"

　　让我们，一起从全世界路过……

朗读者

一

朋友看我整理书稿，深沉地说了一句，人生才是一本书。

我问，如果人生是书，谁在阅读？

朋友随口说，上帝在读。

我说，上帝很忙，书又太多，你咋知道它会翻我们这一本？

这个问题朋友始料未及，就不再理我……

我知道我的人生之书是孤单落寞的，被随手丢在上帝宽大杂乱的书房角落，落满灰尘，只有窗隙里的风，偶尔无精打采地翻动一两页，连那一缕旧旧的看似温和的月光，都不曾心甘情愿地洒落……

我习惯在深夜写作，那些字节灰尘一样弥漫鼻息，段落纸片儿一样翻飞脑后，又随风飘出窗外，散失在无边的黑暗深处，至此杳无音讯。

生命喜爱欢歌？不，我觉得它更属于寂静，仿佛一直在沉思，又仿佛一直在承受。但我却难以入睡，觉得有某种情绪在胸膛悄悄凝结，密谋着一次倾诉……

于是，我想起了朗读，这是生命赋予我的另一种权利。

我又回到了童年，在妈妈的怀里，听她读故事，那样熟悉的声音和气息，成了我梦想初生的温床。

我又回到了青春，曾把朦胧诗派诗人北岛、顾城、舒婷、江河、海子等的诗歌挨个捉出来朗诵，兴起之处，还连累了外国的泰戈尔、普希金和叶芝……男单身楼时常夜半惊魂，飘荡着我深情而凄厉的惨叫。我甚至还把所有的诗人请进浴室跟我一起洗澡，与湿漉漉的诗歌，在热气腾腾的白色幻境中，赤裸相见。

由于不甘浴室的狭窄和推挤，觉得盛不下我的情怀，于是我又梦想走向社会。很久以前，曾和一个女同事合作，在单位参加朗诵比赛，得了一等奖，奖品是一对枕套。这让我感到尴尬，一人一个吧，又怕人家不愿意，于是我毅然把自己的这一个枕套送给了她，她带着我的枕套飞快地绝尘而去，连一声推脱都没有。我怅然若失，嗯，祝你幸福！

后来有了朗诵类的 App，可以自己用手机玩票，我也录过几首，闭着眼都能背诵的，无非就是《致橡树》《雨巷》《当你老了》《我愿意是急流》和《火绒草》那几首，外行乍听纷纷点赞，内行一听打个冷战。

二

在那个年代，即使我差点进了电台，但我并不具备专业的声音，我只具有想说话的灵魂。

这一次整理《火柴天堂》散文集时，或许是大家对我的文字有共鸣，也或许是大家的灵魂也有话要说，有融媒体的领导说，录音吧，把你的文字录下来！还有时任区委宣传部部长秦敏，一直支持本土作家创作，作为曾经的电台主持人，这次也要参与录制。

于是，一段时间，我的文字和许多人的声音，开始了一场盛大的约会。

首先是"永不消逝的电波"群里的朋友们，大多数虽隐遁播音幕后多年，又都有各自忙碌的事业和生活，但在原台长罗勇老师的号令下，又纷纷集结回到话筒前。其实，我们都知道，在繁复杂乱的生活中，我们都失声太久，太过憋屈，我们曾在电波里听人告解，而今却也想对着话筒倾诉。或许

大家只是需要某个理由，去回望理想，我们都是一群正在生活中经风历浪的人，在千帆未尽处翻寻着初心。

我把《火柴天堂》的文字，做了几十段节选，像摆菜摊儿一样，陈放在群里，由大家来挑。好在大家也不挑食，像精准扶贫一样纷纷认购。我乐在其中，我不是药神，但很高兴我的文字成了大家治心病的药引子。

我一冲动在家录了《末日》《藏行》两段，发到群里。罗老师问，什么设备录的？我说，ZoomH5 录音器。罗老师情商高，含蓄委婉地说，可能还是应该到台里来录，效果稍微好些。群里有损友马上踩上了一只脚：哈哈哈，对头，难听！罗老师说出了我正要说的话。

那天下班正在开车，潜伏在电台的兄弟亚军在群里说，准备好耳朵哦！嗖嗖嗖，九段朗读录音跃然而出。我马上连接车载音响，刚听完罗老师朗读的第一段，就赶紧停车到路边致敬！这条上下班之路我走过千百次，即使今天依然堵得要命，但心里却觉得是最美好的行程之一。到家后我发了一段感性的话，感谢你们的声音，为文字插上了最美丽的翅膀。说实话，我以前以为文字是万能的，所以能够驾驭文字的我也无所不能，现在我才突然发现还有文字不能抵达的心灵，而浸透了文字的声音才是真正的心灵捕手。

　　我是由衷的，我静默黑白的文字，就像我浅淡沉寂的人生，总是那么低调和内敛，即使有很多所思所悟，也大都在自生自灭。而今，你们的声音却让这些文字苏醒，充满了鲜活的魅力，仿佛得到新生。有一位诗人说，爱一个人，始于颜值，陷于才华，忠于人品，痴于肉体，迷于声音，醉于深情。或许我们都是一群在后面两条里自恋的人，爱就是我们的声音。

　　罗老师带头录制了《自序》和《后记》，后来，除了电波群里的朋友，又有很多人参与，有其他电台的原台长齐东，电台当红的主持人，以及朗诵爱好者。我只剩下几根火柴，并不自带太多温暖的属性，而大家纷纷加入，又带来了好多柴火。拾柴添薪的，还有书画界的朋友。我朋友不多，联系也不频繁，这让我感到温暖无比。不相吸，便不相惜，无论距离多远，寒路多长，或许这就是同样灵魂之间的默默相吸和惺惺相惜。我庆幸世界上有这样一些和我一样的人，让我觉得并不该孤单。我们在一起点燃思想和情感的篝火，映照着人生之路。

三

　　我喜欢朗诵，也喜欢朗读。

　　朗诵是声音的创作，有表演的成分，我钦佩那些朗诵家，用声音呈现思想的恢宏和深远，情感的炸裂和低回，语势、重音、停顿、节奏及气息技巧的处理，使得作品具有丰富的色彩和音乐的韵律。

　　朗读是一种有声的阅读方式，我觉得它是一种温婉的力量。央视的《朗读者》节目，吸引了很多人，我甚至买过节目的书。参加《朗读者》节目的，很多不是专业的朗诵家，而只是一些有生活阅历和思想内涵的人。此外，我还看过一个美国电影《朗读者》，迈克和汉娜复杂的情感故事，让朗读成为坎坷命运中唯一温情的存在。

　　而今，二十多位朗诵者加入《火柴天堂》朗读的行列，更是一种平静的宣示，又像是另一次启程。我们一起汇入到一条潺潺流淌的生命溪流，一路没有惊涛骇浪的奔腾，只有浅浅淙淙的流响。

　　上帝听见了这些清新悦耳的声音，轻轻走到角落，捡起我的人生之书，掸掸灰尘，随手翻阅起来……

荠菜饺子

春天是一把蘸着绿的大刷子，被天上看不见的巨人拎着一刷，田野就绿了。巨人倒提着刷子在天上散步，那些剩下的绿汁，还在顺着刷毛一滴一滴往下滴落，又往土地里渗，便长出了一簇簇的野菜。

一

我对于春天的情感，仿佛是从野菜开始的。

小时候家住县城，每到三月，奶奶、妈妈就要带上我和姐姐去城郊挖荠菜，这是我们家走进春天的正式仪式。这个活动，我从冬天就开始期盼。

春天是吃野菜的季节，荠菜则是"野菜之王"。荠菜生长在山坡、田边及路旁，有肥大厚实的锯齿叶，摊开紧贴在泥土上。鲜嫩的荠菜叶子和茎是灰绿色，如成熟了就会长出细杆，三角的裂片，开白花。荠菜营养价值高，高纤维，药食两用，食用时主要吃嫩茎叶，茎叶中含有的氨基酸和味精相同，故清香鲜美。荠菜糊古时又称"百岁羹"，只是后人很多不懂。

荠菜软嫩，挖出后，用手提着菜心，整棵菜叶子像收伞一样下垂，煞是好看；又一闻，有特殊的香味。有一种叫辣蒿的野菜和它长得相近，闻起来没有味道，也可以食用，但口感辛辣。

我们家祖籍山东，保留了山东的一些饮食习惯。所以采摘野菜，并不是生活所需，而是家俗文化。

南方人不吃荠菜，故而路人诧异，问我们挖这种野草干啥？奶奶答："尾长毛吐！"奶奶虽来南方几十年，仍改不了山东的乡音。

我在心里抗议，奶奶撒谎！我们不是长毛兔！

我提着小篮子，和姐姐比谁挖得多。奶奶总是把她篮子里的偷偷塞给我一把，又在我胜利的欢呼中跟着开心。姐姐虽委屈，但也不会认真，她很谦让我这个弟弟。

二

荠菜拿回家，奶奶挑选，扔掉我和姐姐错采的辣蒿，摘除老茎叶，清水洗净，热水烫熟，又捏成团挤出水分，用刀剁碎，加入两三个鸡蛋的蛋清搅拌，就成了包饺子的馅儿。

奶奶擀的面皮很薄。我很喜欢吃她做的面食，有很多花样，比如面做的鱼、鸟，都是用黑色的花椒籽做眼睛；还有做了褶皱的荷花，以及顶上点了红药水的白面馍馍。最好吃的，是那烤得薄脆的饼，焦黄香脆，一掰，有清越的脆响……

包饺子的时候，奶奶最为娴熟，面皮窝在手心，点上馅儿，一挤，就变戏法般，从虎口里升起一个元宝一样饱满的饺子。妈妈总是第二名，我包的饺子都是躺着的，妈妈说就像我睡着的样子。

按照惯例，奶奶又会把一个洗干净的伍分硬币包进某一个饺子里。我们都知道它的含义，谁吃到了，就会一年都有福气……

三

很多年过去了，奶奶妈妈早已过世。城市在不断地扩张，追撵着那些野菜，慢慢退出了我们的视野。

我去过很多农场、苗圃和花市，总觉得那些棚养盆栽的蔬菜鲜花，不管自诩多么生态昂贵，却始终怯懦浮艳，没有野菜的简单朴实。

野菜，没有满地野草的感性疯长，没有点点野花的自恋小气，有的，只是对生命最朴素的理解，它无声无息地生息轮回，不矫情自艾，不纠结得失，活过，就给世界一次最真实的价值。哪怕平凡得被人不识、错失或遗忘，它仍会在生命的角落里平静地存在……我想，做人如是。

巨人依然每年用蘸着绿的大刷子把人间刷上一遍，依然会滴落绿汁儿，长成野菜。所以，不管城市怎么嚣张，荠菜每年仍会在田野生长，开着小小的白花。我也曾想过带孩子去挖，但却多了更复杂的心思。我路过了很多野菜，却最终没有了再蹲下身去的勇气。

现实生活的繁裕，隔离了很多，鱼肉酒气当中，我越来越害怕失去对野菜的嗅觉，从而失去对人生本质的感知。说实话，我对于过去很多事的记忆都是模糊的，但儿时那荠菜的味道，会常常弥漫了我梦的鼻息。

后来，我明白了对于野菜的情感，其实就是对亲人的情感。那些野菜，只是美好过往的一种承载。有一些人，貌似你失去了，其实永远未曾失去。因为她们已经住进了你生命的四季，会像野菜一样在春天里为你盛开，又会在冬天里，留给你春天般温暖的期盼。

我也明白了，为什么常常会从自己的碗里，找到那个包着硬币带着祝福的荠菜饺子……

生命追思

遇到熟识的人辞世，心里总是唏嘘。这些年来，参加了一些人的葬礼。程式化的仪式，以及对某个人生的盖棺论定。

古代帝王活着的时候，就开始修建陵墓，古代百姓也似乎对生死有着现代人不具备的理解和膜拜，仿佛听得懂生与死的对话，了解它们之间的密约。那时候，活着和死去都很自然，不悲不喜，不忙不乱，人们平静地接受死亡，又在另一个轮回里悄然重生。

总觉得现在很多人死得不带劲，最后一幕了，大都草草收场。这或许缘于人们的浮躁，活得太忙，一切都顾不过来，谁还在乎死的质量？活在当下，使我们忽略了对人生的终极眺望。由于没有死过，人们并不知道当一个人离开的时候，最需要的是什么，于是便以主观臆断送别个体的生命。有人说给他穿黑的吧，有人说给他穿白的吧；有人说土葬吧，有人说必须火葬；有人说请和尚念经，有人说请道士下山；有人说不能请，只能自己念；有人说住临峰山公墓吧，有人说住猴子山公墓吧；有人说买双人床吧，有人说买单人床吧；有人说这边贵，有人说那边也不便宜……死者最后终于住进去了，也像在挤上班地铁。死亡听见了吵吵嚷嚷，看见了熙熙攘攘，死者不厌其烦，后悔死了。

很多人死得着急，因为商业已先死一步，提前霸占了冥界。商业在那边也搞房地产开发，造成经济泡沫，通货膨胀，发行的冥币也越来越大额……你不抓紧死，那边的房价又要涨了；当然还有其他说不出口的担心，他们糊的美女越来越马虎难看了！

很多人死得难堪，极少人能躺在一个干净安静的地方，让灵魂随清风冉冉飞升。如果能死在自家床上，都是一种万幸。他们不得不躺在一个很多人睡过的有机玻璃盒子里展览，好多灵魂，在里面推挤和纠结。

安乐堂里并不安乐，放的音乐只代表活人的心情，从来不管死者爱不爱听。他们过节一样打着麻将，在死亡面前，继续着人生的赌博。

一直欣赏《非诚勿扰2》里的香山，在离开之前给自己开一个人生追思会，把该说的说了，该听的听了，该笑的笑了，该哭的哭了，该了的了了，然后找个大海把自己埋了，不把自己的皮囊交给别人摆布。哭着出生，笑着离开，活得个性，死得自在。当然，这些言论纯属个人见解，并不是劝你明天就办，而是希望你善待生死，向死而生……

死亡的粗鄙让我失望心疼，直到看了一部日本片《入殓师》，才让我对死亡有了新的正解。

小林大悟看见的死亡是多姿的，有死亡数周的老太太、留下年幼女儿死去的母亲、有着很多吻痕寿终正寝的爷爷、因交通意外逝去的小太妹、美女人妖死者等等……

"把逝者重新唤回，这个过程平静舒缓仔细"，入殓师小林大悟终于战胜自我，用心灵去呈现往生者昔日的容颜，给予他们人生最后一次完美亮相，让亲人们带着对他们平静的爱，送别他们走过死亡之门，这是多么神圣和崇高啊。原来，死亡也可以如此安宁和美丽！

小时候对于死亡的感觉是遥远和恐惧的，不知什么时候起，我们身边一些亲人或朋友会不辞而别。当我们怀着哀婉之心，去参加那些葬礼的时候，才发现年少轻狂的我们并不能主宰生命，越是珍爱的东西越容易被轻易夺走。生命需要用死亡来烘托它的珍贵，这显得很无奈，但这也是冥冥中的定律，生和死相互辉映，从来不曾分开。

在繁复的人生中，我们常常会忽略一些细致的情感，它们就像那沉默的石头信，永远不会说话，但始终陪伴身边。只有当我们聚集在那扇死亡之

门，送别人生的时候，它才会出现在门边。读懂它时，早已生死相隔。或许，我们在这之前，就应该握住这样的温暖。

其实死亡就应该是这样一个神圣安详的仪式，它并不该有太多的泪水和遗憾。用爱轻拭去他们人生的疲惫，认真地端详他们吧，因为，过去我们从来没有如此仔细地看过他们。

感谢死亡，映射出生命的尊严和美丽……

老 人

一

以前当团委书记，每逢要组织晚会，老年健身协会的谢阿姨都会带着宝剑来找我，说，我们协会给你们出个节目要得不？我看着她的宝剑，爽快地答应了。

团委的节目青春四溢，但老阿姨们的节目四溢的却是整个生命。她们是认真的，每一个表情都刻印着对生活的理解和尊敬。虽然身材不好，但姿势绝不潦草，看得出她们的决心，就是爬，也要爬到美的端头。她们眼神里的光彩，绝不是年轻人那种青春张狂，而是只有感恩、快乐和留恋，仿佛这个舞台，就是生命枯萎前的最后一次绽放。

但生活是肤浅的，目光被四溢的青春淹没，似乎并未搭理老人们的感恩和留恋。

不知从什么时候开始，忙碌的事业，让我们失去了对快乐的感知。

那天在电梯里又碰见了六楼的王老头，退休了，经常开个老年代步小三轮车到处逛。据说每天晚上都要到滨江路，带着一群中老年妇女跳坝坝舞。

说真的，我从来没有注意过这个群体，并没有发现这些在街边或广场上

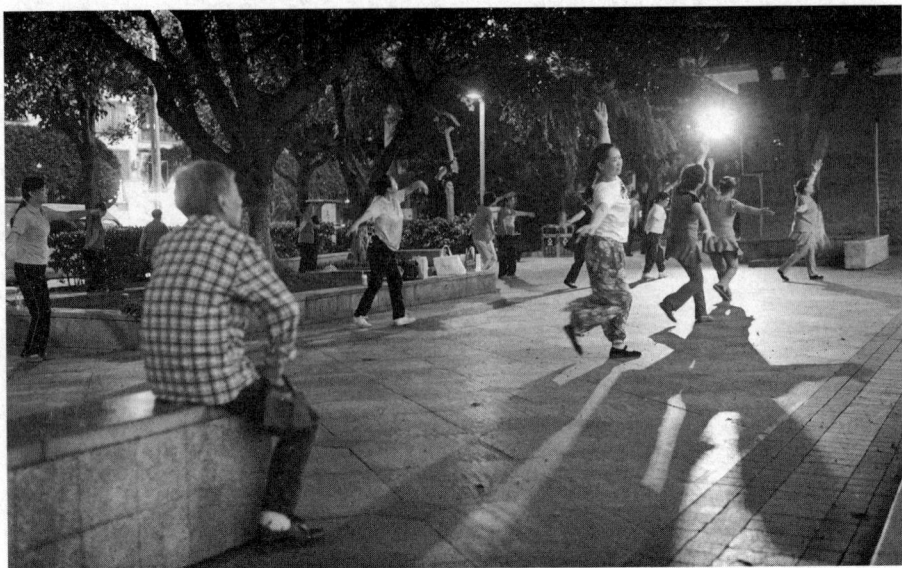

和着嘶哑的音乐扭来扭去的身姿有多么好看，甚至还有些不屑；我也曾怀疑过那个躲在一大堆老阿姨中间，扭得最妖娆的王老头是一条能随着笛声舞蹈的印度眼镜王蛇。

那天独自出去散步，爬雪山过草地一样，辗转路过了一堆一堆的坝坝舞，累了，停下来看了一小会儿，竟真的有了一种从未有过的感动。

老人们是那样的投入，随着音乐起舞，即使不那么翩翩，也绝对热烈。她们没有一丝矫揉和做作，散发着的状态满是对生活酗酒似的熏然陶醉，她们全然不会因自己的身材舞姿不好而自卑，也不会被白天柴米油盐的生活挣扎所负累。此刻，她们人人感觉自己就是明星，正走在生活的溜光大道上。她们的眼里没有所谓阳春白雪般精致设计的虚荣，也没有江湖群殴落下的哀伤和恐惧，有的只是平凡而自信的生命释放出的浅浅星辉，即使不那么耀眼，也绝对干净透亮。

站在队伍最前面的王老头也看见了我，一边扭动，一边微笑着朝我吐了吐"信子"。

这样的快乐是简单的，也是真诚的。原来快乐是可以简单的，只要真诚。现在回头看来，我过去都是小人之心啊！那么刻薄和狭隘！

那么，就让简单的快乐去感染世界，感染每一个途经这个世界的生命吧……

二

老人是突然老去的。

偶遇一个认识的先生，退休后去了外地女儿家。他春节回来，在路上招呼我，我简直不敢相认。原来"挑染"的白发已然全白，人随精神矮了一头。由此慨叹岁月魔咒，无人能敌，有太多的人，就这样突然老去了。

这样一个人，也有可能是你的母亲。

在家摆弄相机时给旁边的母亲拍了一张，导入电脑，突然凝重了，母亲熟悉的面孔上啥时候多了好些陌生的皱纹，过去我怎么就没有注意到。

母亲的微笑依然慈祥，从小到大，我们一直徜徉在这样的温暖里，却没有留意微笑背后那张逐渐枯萎的脸孔。

母亲年轻时有清澈的美，我小时候喜欢把照片上母亲的脸用彩色笔涂红，也搞不清那时候作为男孩的我为啥能干出些现代萝莉才会干的事情。

突然觉得愧疚，于是找一个蹩脚的理由，去握住母亲的手，但又很快松开。我发现自己已经无法像小时候那样率性地扑进母亲的怀抱，哭诉自己的情感，那么依赖，那么自然。

原来，有很多亲人，日后已不会再拥抱，剩下的，只是温暖的凝望。

后来，母亲去世，那样的拥抱永远不能补上，连凝望的对象，也变成了一块不会微笑的冰冷石碑。

……

老人老了，默默走进社会和时代的角落，隐忍着一切缺失，善良、平和、退让。由于他们的人生承载了太多东西，所以更懂得珍惜既有。没有了梦的挣扎，剩下的只是一个个平凡的日子。在他们眼里，变幻的世界只是年轻人的舞台，拯救地球不是他们的责任，只有亲情，才是这次人生的终极意义。

其实，老人是慢慢老去的。

　　忙碌是老人帮我们找的台阶，用以宽容我们的疏失，也宽慰自己的孤独。在我们拼杀于战场酒场的那些日子，老人始终会在那一个地方安静地牵挂着我们，守护着我们的童年，和一份始终伴随着我们成长的祝福。在这些日子里，他们就像一盏照亮回家路的油灯，在等待和期望中慢慢枯干。

　　老人会装得漫不经心一样注视着我们的人生，有时也会可有可无地唠叨几句，飘过我们的耳鼓，我们根本不会听进去。其实那时候，我们毫不知觉他们貌似平静的外表下汹涌着怎样的大爱与慈恩。

　　我知道，迟早有一天，我们也会慢慢变老，激情变得温情，锐利磨得平滑。老，只是人生最后的乐章，不再华丽澎湃，但愈加深厚甘醇。

　　或许，在某一个美丽的黄昏，我们可以停下追逐的脚步，去细细品读这些老人，搀扶着他们，回到夕阳下荒芜的记忆之城，和他们一起，翻开发黄的相册，抚摸冷暖人生。

　　那么，给老人一个拥抱吧，他们的怀抱，曾经温暖过我们……

票 友

父亲是川剧票友。

不知从什么时候起，曾经幽默健谈的父亲，变得少言寡语，或许是因为他发现时代的发展越来越脱离自己的认知控制，所以决意退隐江湖以沉默抗争吧。

但每年过年亲戚聚会，他喝了两杯白酒，话就又会多起来。反复说起的事，一是我四五岁时随他在重庆挤大辫子电车，我从人腿缝中挤上去占座，吓得还在排队的他赶紧翻栏杆拦车，生怕车把我拐走；二是我随他看戏，《沙家浜》里郭建光有一句唱词："驰骋江南把敌杀"！而牙牙学语的我学成了"巴其沙"。再有就是《柜中缘》中救岳雷的小姐刘玉莲有个傻哥哥叫淘气，我爱学说他的戏词："我笑嘻嘻笑嘻嘻就来喽。"

第一件事我记不清了，但有关川戏的事倒可以作证。因为从朦胧记事起，父母就经常抱我去看戏。这是我人生的艺术启蒙，只是我当时不解风情，大多时候在父母怀里百无聊赖地挣扎，或在鼓钹胡琴的伴奏中流着口涎瞌睡。

或许是因为生命渐行渐远成长的陌生，才使得父亲对我小时候的事记得那么清楚，甚至成为他记忆最温暖安全的部分。

小学时同桌是个女同学，她的母亲是川剧团演员，我小时候看过她母亲演的戏。有次是演《雷雨》，她母亲演繁漪，我当时看不懂，只是心里替同学难过着急，她的娘咋成了人家少爷的妈？印象最深的是《铡美案》，她娘演秦香莲，女同学客串秦香莲的女儿，陈世美派韩琪去关帝庙杀娘仨，我至今仍记得同学扯心裂肺的嘶喊："娘啊！娘啊！"演得真好！看来同学是真怕了！亲生的嘛！好在杀手恻隐自尽，再后来就要感谢黑包公救了女同学一家。

父亲和川剧团的人熟稔，几十年的"四川凉粉"，经常台上台下低头抬头该见不该见都碰见，就有了些感情。

这些年，川剧青黄不接，渐渐没落，剧团解散了，只剩几个旧人和爱好者，成立了民间川剧协会，没有固定场地，他们就红军长征一样，四渡赤水，辗转出没于茶馆空屋、空屋茶馆，不为挣钱，也挣不了钱，只为了守护曾经的荣耀和心中一份情结。

父亲退休后毅然自备"武器"自带干粮追随"红军长征"，负责摄像照相，不拿一分钱，还自己买了器材，学了PS，时不时在圈里发发图片，刻录碟子送人，又在众人漫不经心的胡乱点赞中满足。

由于需要时不时关心父亲的动向，一延伸，我渐渐对这个群体有了好奇，有次脑袋一热主动请缨说想去拍照。父亲很高兴，背后跟着一个长枪短炮全副武装貌似很专业的儿，自然是撑腰杆儿的事。

……

我的到来在老人河里溅起一圈涟漪，又很快平复。几十年的专业演员，老叔叔老阿姨们阅人无数也扮人无数，戏里戏外，早见过太多世态炎凉人情世故，经历就是世面，镜头感不过是抬头就来的东西。也是，当年他们花团锦簇风光无限时，我还在豁着不关风的奶牙唱"巴其沙"。

场地不大，有个高出一截的小平台，就成了舞台。

临时化妆间里，演员正在化妆。脂粉填入脸上纵横的沟壑，水泥一样抹平，打磨，涂上厚厚的油彩。熟练的流程，镇静从容的自信，眼神里的光彩，仿佛从未因岁月的薄情寡义而黯淡。

观众都是老人，对剧目唱词早已烂熟，但仍熏然沉醉于唱念鼓点，其实他们来这里只是为了完成例行的仪式，完成了，周身巴适，完不成，毛焦火

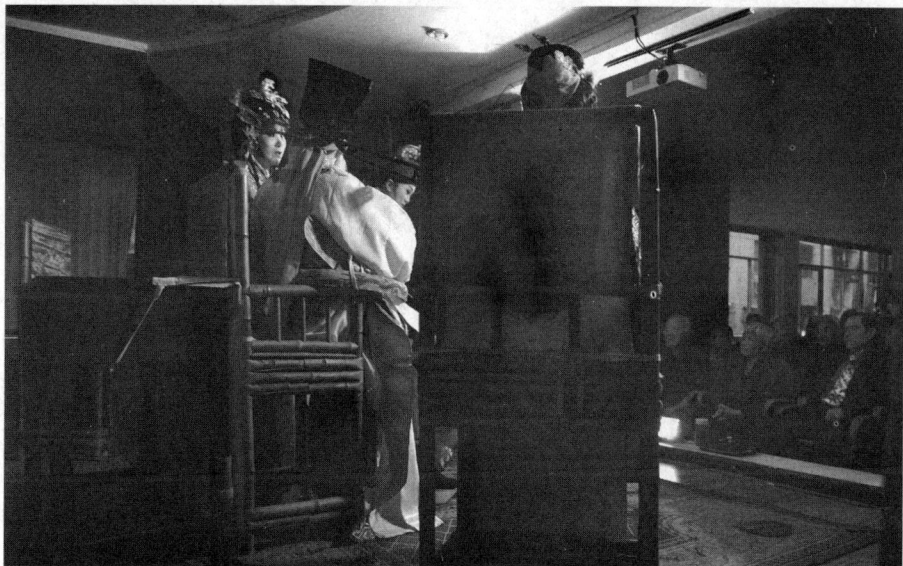

辣。倒也有观众转过来看我，好奇"革命队伍"里咋混进这么个异物。这地方，老戏骨常见，而小鲜肉不常见呐。

在后台，我一眼就认出了秦香莲！花白了头发，身体也不再挺拔，但仍是当年的优雅，她正在后台弹戏灯调之间帮高腔。父亲引荐，寒暄几句，原来女同学结婚后开了家婚庆公司，现在经常开车自驾到处游山玩水。秦香莲又幽幽说，我不得去，我是追不赢年轻人的。我突然怀念起黑包公，没有他，就没有女同学的幸福生活。

演出结束，有点亢奋的父亲把我喊到台上，往我头上扣了一顶公子文生的冠帽，摁坐在太师椅上硬要给我拍张剧照。由于我觉得自己的舞台气质还不如《柜中缘》中鼻梁间扑白粉的小丑淘气，所以拍的照片就不贴出来丢人现眼了。又想起父亲有个须生脸谱的杯子，我初见眼熟，拿起细看，不由立刻毕恭毕敬小心翼翼放好，生怕摔了，原来杯子上印的美髯须生就是我亲老汉儿啊！怪不得他经常端着水杯在我眼前晃来晃去。也对，混这么多年，也总该有个星光大道群演的纪念品吧。

父亲昂头挺腰，带着长枪短炮全副武装貌似很专业的儿，走离了人群斑斑点点的目光，那背影煞是了得，比起朱自清他爹后背的冷清，自是威风不少，人生如是，夫复何求？

……

父亲的剧情还在发酵，前段时间他去北京旅游，姐给他买了一套皇上和格格的戏服，让他拍照玩。他很高兴，回来到处找人扮皇上和格格，但当今他的圈子，皇上勉强可以由向天借了五百年的老头代替，但格格不好找啊，谁穿谁像格格巫。

由于有这样的父亲，我从小对戏剧有了轻度传染。工作后单位有个五大三粗豪爽的郝大姐，这个女人哪不寻常，喜欢在办公室拍着桌沿哼戏，我耳濡目染，也不知不觉听会了几段："包龙图打坐开封府""蓝脸的窦尔敦盗御马""谁说女子不如男"……京剧、豫剧、越剧，有点杂烩串烧。我有次在江边树林散步，一时兴起哼起"天上掉下个林妹妹"，天上果然啪嗒掉下一坨白花花的东西，显灵了？我很惊喜，一看，是鸟粪！好尴尬啊！不过，我觉得自己的水平配得上鸟粪！可惜的是我一直不会唱川戏，哪怕一句。这一点，我深感对不起妈老汉儿的培养。

父亲是票友，其实严格讲还不算，因为票友自己会玩票，有的虽然业余但唱得还是不错的。父亲只是听，围着戏转，却很少唱。我常常觉得自己对于文学，总在边缘捣鼓，又不得正果。其实父亲也一直游离在戏剧边缘，也不得正果。所以，咱爷俩顶多算是各自爱好的脑残粉吧。

就这样，父亲在戏里，一辈子守着别人的故事，流着自己的眼泪。而在戏外，却似乎忘了自己也是人生的领衔主演。这其实是我的错觉，不理解他的笑泪在心，甘苦自知。是啊，人生如戏，谁在戏里，谁在戏外，啥时候是戏里，啥时候是戏外，又有几个人拎得清呢？

那一天，父亲斜在沙发上看戏曲频道，我问父亲，他们还唱吗？父亲说，天太热，凉快了会唱。我说，我下次再跟您去拍？要不顺手给他们写篇文章？

要得！要得！父亲直起腰杆儿。

母 亲

一

母亲走了，我是个没娘的孩子了。

我知道这一天就要到来，而当真正到来的时候，感觉天真的塌了下来，一直围护着我的那堵温暖厚实的墙消失了，留下一片空寂，冰冷的风灌进心里，现实冷漠而残酷，容不得一丝商量。

死亡很真实很暴力，一下子夺走了最珍贵的拥有。

两个月前，当得知母亲罹患绝症的时候，我的心一直往下沉，落不到底。晚上，我准备好毛巾，独自到阳台上狠狠哭了一场，哭得自由率性天崩地裂，我把所有的爱和委屈都倾泻在了眼泪里……哭罢，自己擦干眼泪。我知道，男人一生哭泣没几次，哭完了，就不能再哭，就又要去扛起责任。

两个月的住院让母亲饱受病痛折磨，让我心如刀绞，我时常暗自埋怨自己的无能，又倍感生命的渺小和无助，拉不住母亲渐渐远去的身影。

母亲真的走了，当我看母亲最后一眼的时候，我其实想说："妈妈，我爱你！"但妈妈二字一出口，就顷刻泪如雨下，哽咽难言。我知道，这一刻，已是永诀。

那一天，天气出奇的好，时近清明，春日的阳光和煦地照亮大地，仿佛暗示着经历了这段时间的苦痛挣扎生离死别，生命又如春草般开始滋长重生。我抱着母亲的骨灰盒，就像她过去抱着儿子一样，心里充满了温暖的爱。阳光若无其事地洒在我们母子身上，像往常一样，平静而安详……

公墓坐落在一个风景秀美的山上，这是喜欢美丽、简单和干净的母亲的新的栖所，墓碑上，刻着我给母亲撰写的墓志铭："勤善俭让，厚德无私，您永远温暖着我们……"

二

母亲走了，剩下的只是记忆。

这样的记忆，已被现实的忙碌冲刷了很久，以至于拼凑起来有些破碎，但是贯穿始终的，是母亲的慈爱，它就像永远点亮着的灯。有人说，母亲在哪里，家就在哪里，不管是在人生的哪个阶段，不管是在看得见的身旁，还是在看不见的远方，母亲始终都在那里，用她的爱默默围绕着我，让我感到踏实、安全和依赖。即使现在，我仍相信，她还在那里温暖地凝望。

我的老家在山东，是个书香淳朴的大家族，重视教育，曾祖父多地为县长，由于抗战，举家随机关辗转内迁，后定居重庆。父亲在抗战胜利那年出生，故名中有渝。母亲比父亲大几岁，曾听人说，父亲聪明好动，母亲内敛持重，听说当时是父亲追的母亲，但这事由于我不在场，所以也不清楚，只听人说曾祖父常夸赞父亲有眼光，找到了个好孙媳。

曾祖父解放前书生从政，解放后为爱国民主人士，清廉俭朴历来是家风。四川出生的母亲秉承了这一作风，辛勤地支撑着家庭，孝敬爷爷奶奶公公婆婆，照顾丈夫儿女，克己为人，无私付出。记忆中母亲曾用包装箱的木材自制柜子，自己刷漆，很多东西都是母亲自己张罗，勤劳俭朴，生活简单。

儿时迷恋母亲清淡芬芳的气息，每天晚上躺在母亲臂弯里，听母亲给我读那些看过百遍的连环画，讲那些我知道结果的故事，然后满足地睡去。母亲的怀抱是最美丽的港湾，从这个港湾出发，我开始了人生的初航……

孩子的世界是最接近自然原态的，没有太多杂念和干扰，这是人生最幸福的时期，虽然那时也盼望长大。母亲的青春在儿女的成长中渐渐流逝，而爱却源源不绝，她耗干自己，滋壮我们，仿佛从来就没有剪断过连接我们生命的脐带。

长江绕城而过，我小时候貌似很乖，但仍有调皮本性，常偷偷和伙伴去长江边游泳，母亲检查的惯例就是刮手臂，如果有泥沙的白道，就是下河了，不过母亲从来没有打过我，她只是装着轻松地笑着说："你要下河洗澡，我就拿根绳子把你拴着吧，我在河边拉着你。"于是，爱，这根无形的绳子就这样一直拴着我，游过了人生的风浪江海。

三

随着长大，和母亲一起的时间越来越少了，现实的挣扎和对明天的欲念渐渐充斥了我们的时空，亲情在这一刻悄悄淡出，成为心灵家园的一盏孤灯。母亲依然辛苦地操持着这个家，没日没夜，无怨无悔，仿佛付出就是她应有的本分。

日复一日，年复一年，生命只是个简单的过程，点点滴滴复写着平凡的故事。记得看过一首劝孝的诗，如今再看百感交集："十月怀胎娘遭难，坐不稳来睡不安；儿在娘腹未分娩，肚内疼痛实可怜；一时临盆将儿产，娘命如到鬼门关；儿落地时娘落胆，好似钢刀刺心肝……把屎把尿勤洗换，脚不停来手不闲……每夜五更难合眼，娘睡湿处儿睡干；倘若疾病请医看，情愿替儿把病担……三岁乳哺苦受满，又愁疾病痘麻关……八岁九岁送学馆，教儿发愤读圣贤……衣袜鞋帽父母办，冬穿棉衣夏穿单；倘若逃学不发奋，先生打儿娘心酸；十七八岁订亲眷，四处挑选结姻缘；养儿养女一样看，女儿出嫁要妆奁；为儿为女把账欠，力出尽来汗流干；倘若出门娘挂念，梦魂都在儿身边；千辛万苦都受遍，你看养儿难不难……"我不知道这是谁写的，为何句句紧逼，字字锥心，让我此刻泪流满面。可怜天下父母心，男儿膝下，可以不跪天地，但必跪母亲！

其实，我并不想在这里点点滴滴地攒起珍珠般的记忆和泪水，所有的文

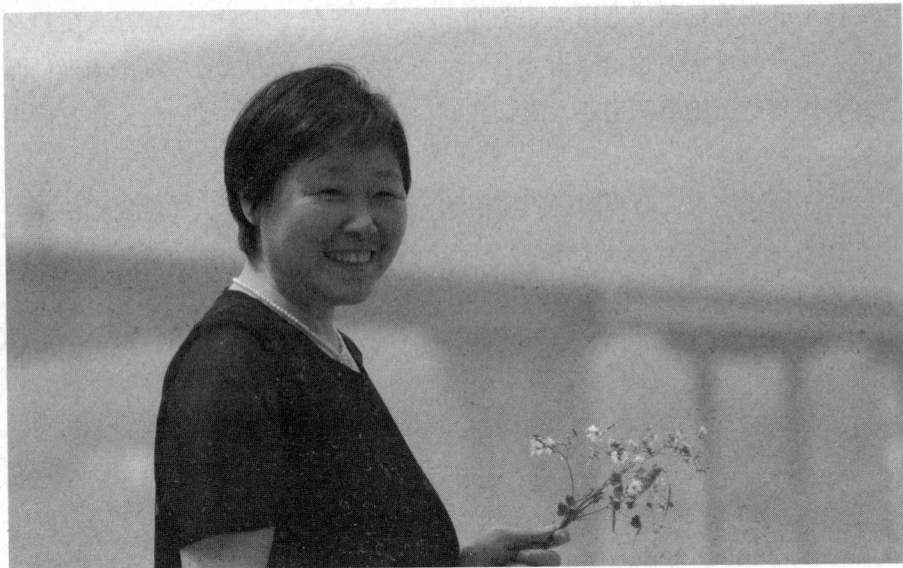

字和哭喊都显得那么肤浅而矫情，我只是想在心中默默留下亲人爱的印迹。母亲没有传奇，没有财富，得到的却是亲人朋友由衷的尊敬，她的无私厚德闪耀着朴素的光辉，在我们孤单和彷徨的时候，给我们的心灵以温暖的抚慰。

母亲病重期间，曾悄悄给一个亲戚说："真希望一阵清风，把我轻轻带走。"我不知道是哪一股清风带走了我亲爱的母亲，我只乞求风儿走得轻一些，再轻一些，不要太急，因为我担心母亲会像从前一样晕车。

母亲走了，再也不会回来，留下的是这张微笑的面孔，那么熟悉、亲切和慈祥。这是我在长江边陪着父母散步时，亲手给母亲拍的，当时母亲手里还拿着一束小野花，和蔼幸福地回头看着亲人们。我知道，此刻母亲正在天堂庇佑着我们，一样的慈爱无疆，一样的拈花微笑。

母亲没有走，母亲的生命留在我生命中，融入我的血脉，和我的生命一起搏动，赋予我平凡生命珍贵的价值和意义，让我永远不会孤单，也让我的心中，更加充满着爱的力量！

......

四

仿佛冥冥中有暗示，每年在母亲忌日那几天，花园自种的橘树都会开出清淡芬芳的小白花，闻闻，竟是母亲的气息。

又是清明的夜，多么清明……而今，母亲离世已十年。

遥望漫天星辰，我知道，那里有母亲的眼睛。我常望着星空发呆，那是小时候歇凉时母亲常指给我看的地方，或许她知道今后自己会去那里，想让我明白将来在哪里能看到她。

还有更多看不见的亲人的身影，隐在宽大黑色的幕后，悄悄地守望着人世，微笑着，将我轻烟一样袅袅的怀念，捧于手心。

空气中，弥留着似曾熟悉的气息，那是亲人生命散落的微尘，我感受到了月光游丝般的温暖，那是他们依然残留的体温。

我知道，自然最诡异强大的秘密，都藏在星空背后，世界上一定存在着一种纯洁的方式，维系着生与死的联系，让逝去的人们不会走远，不倒的精神支撑着身后的社会与人生，就像映耀人间的点点辰星，已然隔世，却相伴永生。

怀念是对所有过往人生的尊敬，让我不再恐惧于生死的得失，而是更加懂得存在和珍惜……

目　送

　　有一次和几个人开车赶路，我不经意地在车上放龙应台的《目送》，不久，后座隐隐传来唏嘘声。诧异回头，原来是同行的一亲戚在抹眼泪。突然大悟，她儿子也差不多十五六岁，也到了渐行渐远，告诉你"不必追"的年龄。

　　我仿佛受到了传染，心里开始无聊地预演起那一幕，回家后又忍不住把这告诉了儿子。儿子冷冷地说："我读过《目送》，我也不会回头。"虽早已预知年少逆反的他说话肯定是这种口气，但我心里仍清晰地升起了落寞。

　　不管是龙应台还是张小娴，女作家的散文都离不开亲情爱情的话题。她们的文字，可以代表女人的感性，而我作为一个男人，居然也腻腻歪歪，好尴尬啊。但据说活到极致的人，必是雌雄同体。我也觉得，无情未必真豪杰，怜子如何不丈夫，最温暖基本的人性，其实并不是男人世界的钢筋铁骨，而是女人世界的细腻深情，如此，男人侠骨里藏点柔情，又有何妨呢？

　　想开了，也就想得更多更远。少年派的奇幻漂流里，那只和派一起经历斗争博弈和生死患难的孟加拉老虎理查德·帕克，上岸后径直走进了丛林，再也没有回头看他一眼。为此，派趴在沙滩上号啕大哭。

　　还有我喂养的那只画眉，我被它坚贞不屈的撞栏和打死不说的精神感化，

决定放了它。刚一开栏门，它便嗖地窜了出去，别说回头流连，连鸟毛也没剩一根。可怜我还在幻想"孔雀东南飞，五里一徘徊"呢。或许这就是人类和动物的区别，人类有情感需要，而动物即使有，也不善于索取和表达。

不回头，更是因为自由的牵引，而自由的获得是一个个胜利和自信的累积。暑假和儿子去游泳馆游泳，他提出和我比赛。从泳池这头到那头，五十米距离，我很认真努力地划水，眼角余光中有一个熟悉的身影，总是在旁边如影随形，这个身影，已这样相伴我十多年。冲刺时，我略微领先了一点。好歹赢了，说实话，我比他更怕输，因为随着时间的推移，我很快会一败涂地。以前趁孩子年幼建立起的父权地位几经怀疑冲击，早已江山不稳。儿子没有说话，但看得出他的失落和不服。我突然有些伤感，相煎何太急，这可能是父亲最后一次赢你了。

在这样的关系里，或许一直有个古老的魔咒，大人们总在孩子身上付出和寄托太多，有的人甚至把孩子视为人生意义的全部。而孩子却并不了解身边那些注视和碎念下满溢的情感和阳谋，他们的眼睛始终朝着前方。小时候孩子因天真烂漫是家庭快乐的制造者，青春时却因偏激叛逆成了家庭快乐的破坏者。青春里有太多张狂和不屑，仿佛亲情只是对翅膀的束缚，越是成长，越是挣扎得厉害，直至倏然挣脱的瞬间，便迫不及待地逃离，哪里还顾得上回头。但是他们现在还不知道，他们终将成为控制者和施予者，岁月迟早会慢慢唤醒他们人性中潜藏的情感，让他们慢慢明白亲情的意义，终将安排他们回到原地，聆听、妥协和追悔……

前几天在北京看望家族老人，其实就是为了聆听，即使有些故事我已听过很多次，但我仍然享受着谦卑地坐在老人身边，大声和老人说话聊天的温馨。我喜欢此时老人满足的状态和眼里闪烁的光芒，也让我有种踏实的归属感。这时，我们的精神同时在家，无关梦想，无关风雨，两只沙发，就可以围起简单满满的幸福。所以，有时大家真该放下忙碌的借口，回到父母荒芜的视野里，放下遍体鳞伤的自我，去向亲情妥协，重新做回一个孩子。

小时候，身边总有父母的怀抱和伸过来的温暖厚实的手掌。初中时学朱自清的《背影》，根本不能领会文中之意。直至长大了才发现，每一次相见，虽仍是那张慈笑着迎来的脸，但上面陌生的皱纹，会突然告诉你父母正在老去。他们目送我走进生活的前程，却留下生命渐渐远去的背影。

这样的轮回不断重复，覆盖人生。如果有一个水晶球，或许才能回看到那些遗失的背影。人生就是这样，会让你经历很多阶段，每一个关口，大多会有一场重建，而分别只是某一个段落的结束，和另一个段落的开始。有的分别是一种礼貌和逃脱，而有的却是你心中重要的一瞬。但是，这一瞬往往只是自我的心境，对于别人却毫无知觉和意义。你总是觉得这一刻该有个仪式，依依不舍，三步回头，释放你所有情感的牵系，但是结果往往是分别得那么仓促，开始得那么平常。

于是，我们不断浪费着人生中的生离，不料却突至冰冷的死别。说不出口的心结，还有奶奶和母亲的离世，当时我并没有守在她们身边，而当我赶到的时候，却已天人相隔。我突然发现我的背后，曾落满了她们温暖的目送，而我却从来没有完成过一次完整的对她们的送别。直至她们生命最远的一次行程，我仍然错失了报答的机会。我们至此不再相见，为此，今生我的心会一直隐隐作痛。

写这篇和龙应台同题的《目送》，是想完成一些目送。想给那些落满我身后的毫不知情的爱，一次感恩的回眸；也想用同样的爱，去给每个生命相牵的背影，一次深情的目送……

人生好去处

人生好去处

烟

有人说：男人不抽烟，枉自在人间。

我听出来这是在骂我，我的底线是，你可以骂我不是人，但不能骂我不是男人。我从来不抽烟，以至于在抽烟的男人之中有一种自卑感。他们彼此发烟的时候，根本就当我不存在。烟在我眼前递来递去，打火机的火光照亮他们刀削般的轮廓，一缕青烟，在性感的胡茬上爬行，忧郁、果决、坚强。而此刻，我却像他们点燃的烟雾一样飘渺，似乎并不具象地活在人间。由于不抽烟，他们说我是好男人，我咋觉得这好像也是在骂人。

我不抽烟，是因为烟的危害，我也对烟味敏感，每次参加完聚会都要回去洗澡，全身换衣服。其实我对烟只是叶公好龙，在某些躲不脱的场合装模作样，最多一年抽两支烟，上半年一支，下半年一支，以证明我全年都是男人。我点烟的时候动作潇洒，因为这动作我观摩学习了很久。但我抽烟的姿势并不性感，烟吸到口腔里，都不往喉咙里吞，就直接漱口一样吐出来，却装出一副摇头晃脑欲仙欲死的样子，但可惜他们一眼就能看穿我所有的虚伪和浅薄。

极少数女士抽烟，用红色指甲的修长手指指腹夹了细细的烟，慢慢放到红唇上，轻轻一吸，就像女妖一样把人们的真魂吸了进去，又把魂放在高高的鼻尖上缠绕，袅袅婷婷，久久不散。

有一个诗人朋友说，烟是走累了颓废的慵懒的驻留，说他欣赏烟形状的百变，可以构成即时心情的图案，快乐了就发散，忧愁了就弥漫，感叹岁月时就年轮一样吐圈圈儿。我不认为抽烟有啥好处，它不仅影响自己的健康，还污染空气，危害他人。况且，你诗人好好喝酒就行了，抽什么烟！你要看圈圈儿，点一盘蚊香是一样的。

辛晓琪的歌《味道》里："我想念你的外套／想念你白色袜子……和手指淡淡烟草味道……"其实只有少数女人认为男人身上的烟草味是一种气质，而多数女人是反感抽烟的，会把男人的这种气质赶往厕所，让自卑的厕所也充满"气质"。这首歌写得奇怪，把烟和袜子放在一起说，又让人联想起袜子的味道。

我觉得，烟，是一种含情脉脉带毒的语言，挑逗着人与人、人与世界的某种情绪，它就像抛媚眼递眼色，感觉不那么具体，但又一切都包含在里面，啥都没有说，也啥都说了。

还有就是烟灰，慵懒而松散，有形又无形，以一种伪哲学的方式存在，它在人间留下堕落的身形，但又经不起拿捏，吹弹即破。

不知为何，很多作家写作的时候，旁边的烟缸会有很多摁死的烟蒂，比如鲁迅、巴金。鲁迅去世前每天抽五十支烟，巴金的养生哲学是抽烟喝酒不锻炼。怪不得马克·吐烟，不，吐温说：差不多所有的作家都是瘾君子。我不赞成！也有例外嘛，李敖！或许还有我。

话说烟"醒能使醉，醉能使醒，饥能使饱，饱能使饥"，这样玄妙夸张的说法让我怀疑烟有啥阴谋，想着深入虎穴，一探究竟，有朝一日，剿灭"毒巢"。于是在他们发烟的时候，主动伸手要了一支，他们一点都不意外，只是若无其事地看着我，似乎并不在意我内心的狐疑和盘算。

我点燃了下半年的那支烟，袅袅婷婷的烟雾向上攀升，绘成了几个字：男人装抽烟，枉自在人间。

酒

头天晚上，我给雾哥发微信，雾哥说，正喝酒呢。微信头像迷离惝恍，眼神就像山城的迷雾。

第二天晚上我又跟雾哥发微信，雾哥说，正喝酒呢。微信头像朝我喷出一口迷雾一样的酒气。

我回他：酒与文学，都是人生好去处。

然后，我们都留了同样一个会心而猥琐的笑脸。

这时我突然想到一句台词：喝醉了，就会失去成人的理性和虚伪。我觉得这就是很多人纠结于喝不喝的原因，因为这是他们最怕失去的两样东西。而雾哥，则是无畏的，这正是他现在最想失去的东西。因为雾哥是个真正的文人，理性与感性中，更喜欢感性；真诚与虚伪中，更热爱真诚。

男人喜欢喝酒，是因为想展示生活中的雄性，文人雾哥喜欢喝酒，则是因为想展示生活中雄性的温情。

喝了酒，酩酊的文字摇摇晃晃地飞越现实的篱墙，它们是多么快乐……

当天地颠倒翻转的时候，他就是行走在天空的上帝，一伸手，就能扶起多少跌倒的魂灵；而在大地，他又如同骑士堂·吉诃德，杜尔西内娅是他的情人，风车就是他一生的仇敌。

这时刻，迷离的醉眼看着命运的混乱，微笑着，一下猜透了命运的牌局……

我佩服雾哥文字泡酒醉虾般的境界，我却很少喝酒，所以我写的文章大都理性而虚伪，缺少不管不顾舍我其谁的酒气。但我也知道喝酒的好处，很多年前主持晚会，都要先喝二两才上去，感觉人要兴奋一些，台词记得更熟。二两酒恰到好处，一是可以保持在台上的理性，说得更顺溜；二是可以丢掉人前的虚伪，笑得更真诚。但多喝是不行的，记得有个来宾，喝多了上台讲话，站在台上被明晃晃的大灯一照，就开始吐露真言：龟儿，啷个黑黢黢的哟，我看不见张总，我看不见王总，我啷个一个人都看不见哟？

古代很多文人都喜欢喝酒，江湖上喝酒排名前十的是李白、杜甫、苏轼、白居易、李清照、陶渊明、范仲淹、曹操、顾炎武、王翰……这里面居然还混进了一个女酒鬼，还有一个坏人。

古代喝死的人当中，排头的还是李白，五代的王定保在《唐摭言》中说："李白着宫锦袍，游采石江中，傲然自得，旁若无人，因醉入水中捉月而死。"就是说李白在江上旅游，喝醉了，很傲娇，看见水里面有个月亮，就跳下去捉，结果月亮被营救到了天上，李白却遭淹死了。这让大家很能接受，大家纷纷觉得诗仙就该是这种浪漫的死法；可惜诗圣杜甫不够浪漫，他不是喝死的，而是边喝边吃的时候撑死的。

诗人喝酒的风气被传承了下来。现在的诗人很多也喜欢喝酒，我就是被一个喝迷糊了的诗人大哥发酒疯拉进诗人群里的，由于我在群里的出身不正统，又没有啥作品，所以从来不敢说话，又不好意思退出去，怕脚步声引人注意，暴露我假诗人的身份。群里有一个女诗人经常发作，几乎一两天就要贴一首出来，好像从来就没有清醒过，我都担心这个人日常生活咋过，而且我怀疑她就是李清照。遥想本公子当年，同样恍恍惚惚，才思泉涌，啥时候变成现在这副行尸走肉不自信的样儿了？因为没喝酒么？岁月啊，我那挡不住的才情和杀不死的温柔呢？

最近看了几首老外的诗，觉得好好的思想和意境，被翻译喝醉了翻成了酒话，就连普希金的都没放过，也不怕普希金爬起来跟他决斗，或许我还是适合国产的海子顾城吧。很多年以前，我看世界的眼睛都是醉醺醺的，觉得万物都在托我言情明志，就像我是《人鬼情未了》里的灵媒奥塔。现在我精神倒是正常了，但世界看我的眼神却是醉醺醺的，觉得我不喝酒不够耿直。

第三天我没再敢发微信，我怕雾哥又在喝酒，怕它的微信头像又要对我进行雾化。

但我们都知道，酒与文学，都是人生好去处。

就在刚才，我把刚写好的《酒》微信链接发给雾哥，雾哥秒回：好，正喝酒呢，一会儿回家慢慢看……

茶

有一个故事：父亲吃完饭点上一支烟悠闲地靠在餐桌旁说："饭后一支烟，快乐似神仙！"过会儿儿子也吃完了，端了一杯茶，也坐了过来，无意中说了句："饭后一杯茶，神仙是我儿！"

这个故事说明了一个深刻的道理，茶比烟高级，茶是烟的爹，茶才是人生好去处。

有时候说到对一个人的评价，会说到这个人烟酒茶三开。三开，就是通吃，接近于吃喝嫖赌抽的境界。

其实我这样说茶是不妥的，"五毒"里并没有茶，所以茶是无辜的。但我纳闷的是，烟和茶同为树叶子，为啥地位品行却如此不同。

我想，是不是茶与禅常常相伴，听多了佛说，就有了禅意，自然比较清高。但是又觉得不完全如此，以前路边的老荫茶，两分钱随便喝，所以又感觉茶很市井。

爹每天去茶馆，坚持几十年了，把自己的日子一个个装进盖碗里，冲上开水，自己品尝，所以个中滋味，他了然于胸。在他眼里，人生如茶。

看来爹在市井之中也喝出了禅意。据说佛家把人一生的艰辛经历浓缩于一壶茶水，头道水浑浊，代表少年的迷茫；二道水青涩，代表青壮年的打

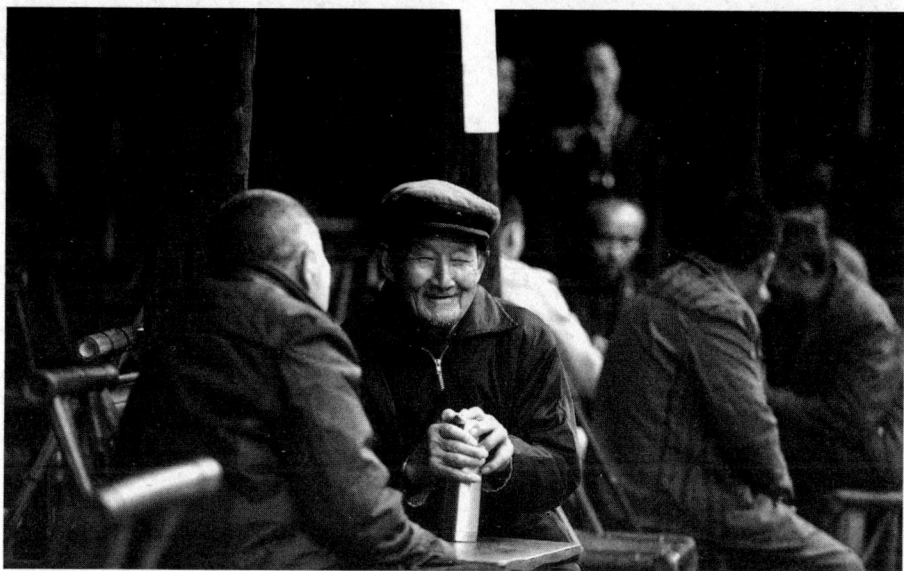

拼；三道水甘醇，形容中年的收获；四道水清淡，代表老年的退隐。正在喝四道水的爹，是不是正在清淡中努力地咂着回甜？

我的人生孤悬于盖碗之外，却仍能变化百味。所以我觉得一定是命运在悄悄泡我，不答应也得答应。或许生活就是一个大盖碗，但我确定自己不是好茶叶，最多只是想活得有一点味道的树叶子。

有朋友对于茶研究很深，有次邀我去他工作室喝茶。工作室布置得很有文化，书画、古董、收来的清代木窗、拆房淘来的木梁等，处处体现了朋友的精致。他还特意请了一个人来做茶道，在这样的环境里，我这不太会喝茶的人，也喝出了雅趣。有时品茶也像品红酒，需要小口去酌，但也有不同，品茶品的是人生的灵魂，品酒品的是人生灵魂的寂寞。

……

我觉得自己是一个在烟酒茶边缘徘徊的人，五毒俱无的我时时感到尚不如四道水的寡淡，由于对生活沉醉不够，所以又咂不出回甜，连苦涩，都变得不够过瘾。所以我渐渐明白了一个道理，有时候生活的颗粒感，也是一种真实可贵的品质，自己或许也需要某种途径，去直达生活的心灵，需要某种催化，来实现人生的聚变。

烟就算了！酒与茶，都是人生好去处……

音乐之声

　　我最近听了很多歌曲和音乐，相比之下，更喜欢音乐，其中对交响乐、小提琴和大提琴有些偏爱。以前因无知而无畏，还曾在悉尼歌剧院前吐过一口音乐无产者的唾沫。这些年虽附庸风雅去剧院听过几场交响乐音乐会，但基本没听明白，又由于票价贵不好打瞌睡，还要偷学周围观众的表情，很辛苦地装懂。也不能说一点收获没有，至少有过到此一游的心理安慰。而今，我却突然有了涅槃的征兆，恍惚之间，自己依稀成了"一个高尚的人，一个纯粹的人，一个有道德的人，一个脱离了低级趣味的人，一个有益于人民的人"。我为自己的进步倍感欣喜，眼前突然浮现出办公楼洗手间小便池上那幅每天激励我好几次的小标语："向前一小步，文明一大步。"

　　以前我和很多人一样，大都跟着流行听歌，现在越来越觉得那些歌曲尖利、肤浅和单薄，不能完全表达事物的全貌，听多了还容易在小情绪的阴沟里淹死都爬不出来。听《鬼吹灯》《盗墓笔记》等有声鬼小说也不再刺激，好多鬼都已成了左手摸右手般熟视无睹的朋友；听朗诵吧，觉得除了乔榛丁建华以外，其他的人多少都有点矫情，我心里冷笑你们敢跟我比矫情？于是录了几段自己的朗诵放车上听，顿时觉得亲生的声音跟捂着耳朵说话一样既熟悉又陌生，不过配点背景音乐倒有几分新鲜……总之，各种折腾试验之

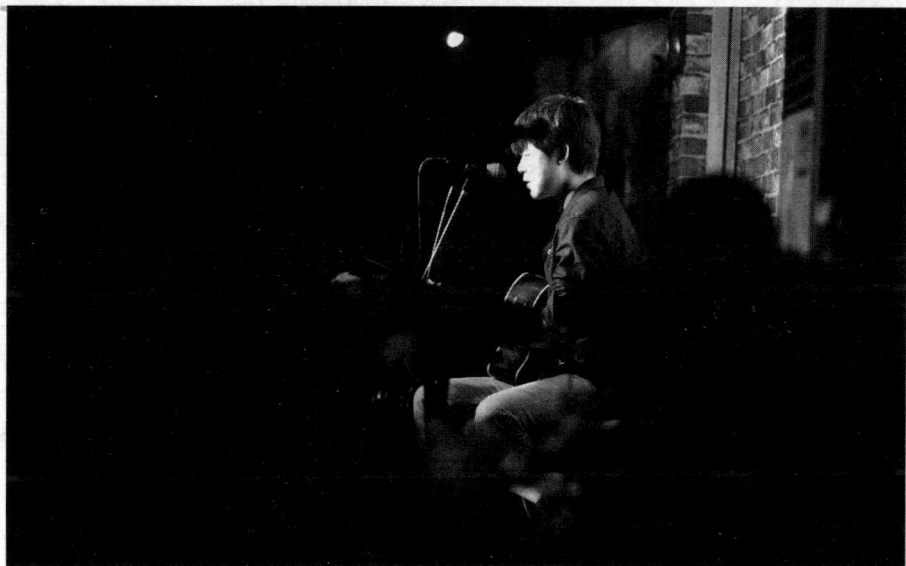

后，回过头来，还是发现放音乐的时候，我不那么躁动，有一种安静的皈依感，就像来到了一个港湾，飘荡的灵魂得以停靠，渐渐接近了稳稳的幸福。

相对于以前音乐的经典，现在的音乐形式和内容更丰富，音乐已不再自说自话，而是想在多姿多彩的时代里蓄积和爆发更多情感和梦想，而商业化就像高铁，提供了快捷的通道。其实音乐跟人类一样，从根本上都源于自然，所以，自然万物皆有此灵性，不信，你给你家狗狗戴上耳机，它也可以立刻伸出舌头微笑着哼哼唧唧地踏上通向音乐之家的站台，并且竖起尾巴摇晃出阿尔图罗·托斯卡尼尼指挥的节奏。

对于乐器，小时候只当做游戏的玩具。当初少不更事，加入少先队乐队后得到一个小铜号，吹了几天觉得枯燥，就找吹着头晕的借口塞还给了老师；初中时大人给我买过一个国光口琴，能够嘶嘶拉拉吹一些鸡鸭喜欢的调子；后来还有个二手吉他，除了《爱的罗曼史》，其他的也都不熟；工作后也曾想买一台钢琴，后来觉得脑袋、屁股和手指头都不够用，也就作了罢。

其实以前很喜欢听理查德·克兰德曼的钢琴曲，至今仍能在膝盖上拍打出每一个起伏和节奏，那是青春对音乐教堂的怯怯张望。钢琴是乐器之王，有宽阔的音域和胸怀，俯仰天地，仁政亲民，既有舍我其谁的恢宏气派，又可以家长里短娓娓道来，弹指间，就可以实现从清越的水滴到奔腾的江海，从低沉的爬行到高远的飞翔。儿子五六岁时学过钢琴，但没有成为音乐王子，才三个月就坚持不下去了，毅然拿压岁钱赔偿给了大人，从此获得了新生。

以前不理解为什么说交响乐是世界通用的语言，现在真心觉得只有交响乐才配得上生命的代言。它可以唤醒你的每一个细胞，加入情感的和鸣。它海纳百川，有足够大的气魄和包容，就像大海，可以平静，可以深邃，可以浩瀚，可以汹涌，可以咆哮……它也融合了人类精神生命的明灭，可以新生，可以搏动，可以挣扎，可以爱恨，可以死亡……交响乐体现的已不只是情感汇聚的入海口，更是精神升华后所见的无疆大爱，它像一个教堂，包容你所有尖锐碎片的告解，给予你谅解和指引。是啊，我们的生活酸甜苦辣，原本就不是单一的音色，而是弦乐管乐打击乐色彩乐组成的立体和多元的混响，我们耳朵里饥饿的味蕾，期待着情感交融后的有机变化，渴望品咂出属于自己生活的原味，寻找到心灵相依的共鸣。

而小提琴就像我这种安静优雅的男人（忍住别吐），永远若有所思。我喜欢它丝质的细腻和略显伤感的倾诉，仿佛说不尽内心的爱恨彷徨。当然，每个人的感受不尽相同，音乐没有歌词，所以更加包容，它不会给你统一格式的说明书，而是允许你凭着自己的修行与悟性，从标题里猜猜它是谁，它想说的是什么，能共鸣则同甘共苦，不能共鸣则同床异梦。你完全可以在音乐里自由展开想象，甚至可以根据心情大胆地在《思乡曲》里咂出思春的味道。

大提琴是一个饱经沧桑的中年人，灵魂在浊重地呼吸，喉咙里滚动着低吟。就像我们听过了维塔斯匕首一样的尖叫，以及那些指着自己鼻尖嘶骂喊痛的摇滚，在遍体鳞伤的自虐和痛快之后，希望吃点中药调理一下，这就是大提琴。它类似于歌曲界的蔡琴，半夜里穿个红睡衣爬起来幽幽地问一句："是谁，在敲打我窗？"

还有音乐剧，听过《猫》《悲惨世界》，当然最爱的还是《歌剧魅影》，幽灵魅惑的歌声，以及荒凉、神秘和悬疑的哥特式爱情，让我觉得做人做鬼做禽兽都该如此厚重深邃，个性鲜明。

另外对于歌剧，虽然张艺谋搞过鸟巢版的《图兰朵》，舞美华丽，但我还是觉得帕瓦罗蒂的《O sole mio》经典，静静地听，会觉得整个世界都顷刻温暖明亮起来，充满柔软灵活的胖子以及太阳蓬勃的生命力。

还有就是民族音乐，都有着中国人的哲学智慧，埙、笙、箫、笛子、古筝、琵琶、二胡，声音大都空灵、悠扬、婉约、圆润、隐忍、写意，淡入淡出，又美又讲道理。民族音乐也有各自的分工，比如宫廷敲编钟，庙里敲木鱼，当然民间历来藏狼卧虎，可以有野蛮的生长和自由的发挥，就像江湖上武功最高的是少林寺藏经阁扫地的老头一样，口哨吹得最好的，竟然是那个经常蹲在墙角给小奶娃把尿的小媳妇。

音乐，是一面宽大的背景墙，可以让你涂鸦任何想象。音乐能够吹尽黄沙，看到生活灰烬里残存的幸福，特别是搞艺术创作的时候，音乐是最好的催情，这跟奶牛听音乐能提高产奶量一个道理。当然，我听音乐的目的不是为了催奶，而在本质上是一种逃离。音乐可以让我暂时避开现实的纷繁嘈杂，回到精神的安全屋，去擦洗生活的伤痕，晾晒灵魂的内衣。

不过，现在仍然是喜欢听歌曲的人多，喜欢听音乐的人少；喜欢跟导师玩耍的多，喜欢跟大师思考的少；喜欢去酒吧喝醉的多，喜欢去剧院睡觉的少。这是因为我们处在一个激变的时代，有太多即时的情绪需要排泄，有太多快餐的情感需要交易。我们大多数人还活在就事论事的当下，需要解决的是感性的局部问题，而非理性的系统思辨。所以，我们整个社会精神文化气质的培育还任重道远。我们总是因得到而自负，因恐惧而自闭，因欲望而慌张，因自私而失礼，却不知道蝶变，往往从懂得敬畏开始。

我们每个人生时一样，死也大都雷同，只有几十年光阴，去呈现自编自演的人生戏剧。在我们太多无聊的情节中，应感谢音乐的善意和陪伴，让我们平俗的人生有了梦想的色彩。我们身在人生舞台上走台，只有走心才有所得，不然就可能在欲望的诱拐下走神，看人走眼，做事走调，从而在狭隘和混乱中丧失幸福的功能。所以，幸好有萦绕的音乐，时时在耳边提醒我们要面对灵魂，回归内心的真实所需，引导我们整理出各自命运的主旋律。它愿意为我们奏响序曲，让我们相信人生的下一幕，还会有更美丽的变奏。

此刻，窗外深空寂寥，星月无辉，灯火阑珊的城市隐藏着什么，又等待着什么。我知道，在城市的边缘，在那些被繁华蔑视和遗忘的角落，正上演着虫鸣蛙鼓的交响，那么远，那么近……

我该睡了，耳边又听到了魅影的歌唱："It's over now, the music of the night……"

电　影

我喜欢看电影。

家里有一个柜子，里面放满了蓝光影碟，还有几个大硬盘，应该收藏有上千部吧。后来又换了 OLED 电视，买了高清投影、音响、专门的沙发等等，布置了几乎全套影音设备。家人说，你有毛病么？

我很肯定，我有毛病！

很多年前在北京工作，每天上班要经过"新马太"（新街口、马甸、北太平庄），北师大对面有一家小小的音像店，卖些很新的正版碟，也偷偷卖一些盗版碟。这里生意好，买碟者多是大学生，也有好些外国人，其中韩国人最多。

那时候我到中关村买了个小音响，常常晚上抱着本本看碟，或在网上在线看电影。我喜欢这种自在的方式，因为不被电视台左右，自己有选择的权利，也避免了垃圾广告对时间的偷窃。

我挨着豆瓣评分往下看，看完又对比其他评分体系，如猫眼、烂番茄、IMDB，又结合票房等，觉得好看的就想方设法买来收藏。后来蓝光碟慢慢过时，又买硬盘拷贝 4k 以上的高清视频资源。

看得多了，就有了些感受，从没写过影评，但不等于我没话说。

美国片突出了视觉上的冲击，追求的是感官刺激，科幻片神叨叨，恐怖片血淋淋，情感片赤裸裸，战争片乱哄哄，动作片悬吊吊，基本有这样几种元素：人、兽、机器、半人半兽、半人半机器，充耳的是金属的碰撞，爆炸的闪光，让你坐立不安，时间长了，你会感觉自己就是一个终结者，走路咔咔响，眼睛里闪烁的是二极管的红光；欧洲片中，西班牙片偏重悬疑，不停地反转啊反转，就像有一只无形的手，抱着你的脑袋不停地左偏右偏，最后又咔嚓一声猛地扭到背后；法国片离不开浪漫，即使是犯罪，也有几片飘逸的温情；德国片很严谨，有跟人一样死板的逻辑；意大利片却少有托斯卡纳明丽的色彩，有点意识流，但也分不清是意识的流浪还是意识的流氓；印度宝莱坞有较强的实力，编剧也不错，喜欢用歌舞注水，电影都显得微胖，就像女主角一样，有丰腴的身材和水汪汪的大眼睛；日本片在变态中思辨，诸如东野圭吾系列，在暗黑的谋杀中揭示人性；韩国电影像红白的泡菜，总带着命运的咸酸；泰国的女鬼小有名气，只不过我不看，女鬼就拿我没法。

最后要说国产片，这些年随着科技发展，确实有较大进步，只要是安静下来，还是可以拍出一些良心佳作。国产片在政治和艺术之间不得不把握极强的分寸感，政治和艺术都懒得理睬的，是那些粗制滥造的神剧，让我们尴尬无比的同时，也欢乐无比。

我还有个疑问，为什么很多影视里都住着一个吴妈？吴妈大多是敬业的忠仆，负责端茶送水伺候老爷小姐，那是她们公开的身份，很多吴妈都是特工。带着这个疑问，我曾问过一个女同学，她家请了保姆，我就问是不是姓吴，她果真说是，我说你得留意她跟谁接头。过了一段时间，女同学回复我，接头的是个男的。我又想起阿Q想睡觉的那位脚太大的吴妈，记得初中刚学了鲁迅的文章，大家一下课就给班上一个姓吴的男同学取了吴妈的美名，至今源远流长。

说了无脑的影视，不得不说到无脑的观众，我发现有病的不止我一个，听说有人把电视剧《我的前半生》看了十五遍！拿自己的前半生甚至后半生不停地致敬别人的前半生，除了礼貌，我看不出有其他意义。

影视作品沉淀下来的，还是那些经典，大多数集中在几十年前。那时外国经典片台词很优美，主角还能看得出来是人。国产经典片很单纯很愉快，世界是黑白的，眼睛是清澈的，好人坏人是可以靠长相区分的，拍电影是要穿衣服的。

对于穿不穿衣服，观众似乎有一种特殊情结。改革开放初期，首都机场出现了一个广告，画面是泼水节三个在沐浴的很抽象的傣族女体，还有人专门坐公共汽车过去看，海外媒体甚至把这事当作中国改革开放的一个证明。欣喜的是，而今，我们对文化已有了更多自信和正解。

由于影视的魅力，影视圈是很多年轻男女向往的去处。有一次被朋友叫去聚会，还有他几个朋友，其中有一个学表演的女孩，自称藏韩混血，说是接了一部戏，要演一个疯子，然后戏精上身，把长发搞乱，拢到前额，翻着白眼儿，透过头发丝从下往上看……众人哄笑。朋友说，你这哪里是疯子，是演的傻子吧！只有我看出了她的潜质：她演的是贞子！

看多了电影，我看见生活中的事情，时常有观影的错觉。前段时间世界在集体围观一群云南大象，争论象往何处。而大象并无知觉，拖家带口，晃晃悠悠，不紧不慢，一边吃一边耍，沿途还有人接待和导游，零费用，无购物点，纯游团。嬉笑之余，我突然心里一咯噔，这场景，会不会是《楚门的世界》？

我写了一些文章，写的时候从不考虑体裁，总是在散文、小说、诗歌、散文诗、杂文之间流窜，至于这些作品咋归类，我不想管，这就跟乱看电影一样，是一种信马由缰的自由。

由于看了很多电影，见多了猪跑，就对吃猪肉产生了憧憬，所以我计划写剧本，买了《剧本》《对白》《故事》等书，想慢慢学习。莎士比亚戏剧书买了全套，我看不进去，但是我很喜欢莎翁戏剧中诗化的台词，那么华美和高贵，中国的《大明宫词》有点这种诗化的风格。写剧本需要好听好看的故事，我有了一个具体的计划，今后有机会想以北京叔叔惊心动魄的经历为素材来创作，如果能够成型，应该是一部有时代性和社会价值的作品。又听小婶说，叔叔的导演朋友曾邀请叔叔去跨界演成吉思汗，我觉得他的人生，有那样的壮阔。

但我的人生不够壮阔，就像一部没啥票房的电影，天天都在冷冷清清地上映。没有观众，我却化着浓妆……

声　音

内蒙古二连浩特，星空下的草原。

剧组忙完一天的工作，散坐在帐篷外。大家有一搭没一搭地闲扯，又各自闷头用光了手机里所有的电。没有了手机，就没有了羁绊，心静了，周围就变得清晰起来。

一切回归原始。虫子的叫声愈加透亮。

作为录音师，他对这些声音格外敏感。他拿出了录音器，捕捉着篝火的噼啪声、虫子的絮语声……他又伸向天空，那满天繁星的脚步声呢？

在这里，没有人觉得奇怪，大家都相信星星有脚步声。

身后，一缕烟一样的弦乐升起。

不知什么时候，剧组里聘用的蒙古汉子朝鲁，拿出了一把马头琴。朝鲁在蒙语中是石头的意思，朝鲁石头一样不说话。

相传有一个牧人为怀念死去的小马，取其腿骨为柱，头骨为筒，尾毛为弓弦，制成二弦琴，又按小马的模样雕刻了一个马头装在琴柄顶部，因此就有了马头琴。这个与怀念相关的故事，融入了蒙古族人民的精神血液。后来有了木制的马头琴，约一米长，有两根弦，梯形的共鸣箱，蒙古语称为"潮尔"。在蒙古族的历史长河中，马头琴声是人民心中最美的声音，望尽草原辽阔，听惯日月风吟，琴声马蹄声，诉说着欢乐和悲伤。

朝鲁用食指在弦上滑动换把，其他三指打弦，交替滑奏。在古朴圆润、低回婉转的琴声中，朝鲁喉咙里低吼出一首蒙古族歌曲，苍凉的声音，如歌如泣，就像一匹有着骄傲和伤痕的流浪野马，从暗蓝的幕后缓缓走出，在草原上孤独地嘶鸣。篝火映红了朝鲁，也映红了野马。朝鲁不是不说话，他只是想用琴声和歌声说话。

星空下的声音，竟如此干净明亮，瞬间掳走了所有感官，成了这个世界的主宰……

他又说起了呼麦。

呼麦，又名"浩林·潮尔"，就是纯粹用自己的喉咙，在同一时间里唱出两个声部。"高如登苍穹之巅，低如下瀚海之底，宽如于大地之边"。传说蒙古族古代先民山林狩猎，见河汉分流，瀑布飞泻，山鸣谷应，声闻百里，便加以模仿，又游走在广阔草原，学着用喉声与清风、野兽交谈，这就产生了呼麦。由此可见，人类最初的语言，一定是歌声。

他建议我听一下图瓦国的呼麦。我最近在看鲍尔吉·原野的散文，其中提到过图瓦国。

图瓦共和国是个只有十七万平方公里、三十余万人口的小国，却因为呼麦，在世界音乐殿堂上有着特殊的位置，恒哈图是图瓦音乐文化中最早走向世界的代表。

一触碰图瓦人的音乐和呼麦，我头皮发麻，心灵震颤，好像每一个细胞都在辗转反侧，每一个毛孔都在贪婪地呼吸。

在呼麦声中，混合着德国人对图瓦歌手的采访：

问：你在干什么？

喉咙说：我要回家。

问：你家在哪里？

喉咙说：我不知道……

这些是我和朋友最近聊天时，朋友告诉我的他的经历。他说，蒙古歌曲让他对这个民族有了依赖和崇拜……

当我趴在桌子上搬弄文字的时候，朋友正在山野里追赶声音。

他从很多年以前，就开始创建声音档案馆。他游走于高山河谷、江湖市

井，录下各种声线，并一一标志记录。

他曾去四面山大窝铺原始森林和伐木工人同住，用一瓶白酒和工人交朋友，录下了原始森林的呼吸声；他曾在重庆十八梯改造之前，录下了当时最底层百姓的日常生活，叫卖声、打麻将声、吵架声……而今，已是一个年代的绝响；他录下了自己孩子的第一次啼哭和笑声，第一声叫爸爸妈妈……当孩子长大后听到这些声音时，或许就能明白什么是生命的缘起。

他又说起细节对于声音呈现的重要性。《故宫》里，五吨重的宫门打开时沉闷的吱呀声，以及太和殿上山呼万岁，朝臣们叩首时朝珠在金石地面上清脆的摩擦滚动声……他说，有些日本人对声音的细节有极致的追求，而我们很多人还不够纯粹。比如，《Palace Memories》这首呈现了故宫浑厚凝重、百年兴衰的曲子却是日本人所作，令人尴尬和遗憾。

我对他说，如果我们坐在现代的沙发上，听到宋朝人说话的原声，该是怎样的震撼？几百年后，你记录下的这些声纹，也会成为后人解读我们思想情感的密钥。你在做一件有意义的事情。

有一次坐飞机，在飞机靠背屏幕看到他做音效的一部新电影，但飞机上是听不清音效的。后来又在自家电视上接多声道音响重看了一遍。我理解了声音的力量，他就像丹尼莉丝·坦格利安驾驭着巨龙，在完成自己的使命，这是多么幸福的事。

苍茫北境，一声龙吟……

写这篇文章，其实是肤浅的，因为文字并不能准确地表达声音。

我只是在用习惯的方式，表达对朋友的感恩。他为我推开了另一扇门，让我学会用耳朵，去打量看旧了的世界。有时候对某些事物激情的消退，不在于事物本身不再美好，而在于认知者没有找到新的方法和角度。我沉寂的思想情感的触须重又兴奋起来。我幻想着文字和声音的恋爱，世界那么深邃，明天多么美好。

我的生命找到了另一种语言——声音，这样的语言其实早就存在。只是我习惯把文字当作语言的代表，而对万物的倾诉充耳不闻。

朋友采集声音，采集万物的情感命运，他追逐着那些美丽的语言，这让他的人生有了动听的意义。

出于对声音燃起的爱意，我最近去买了专业的录音设备。人们习惯把手机作为摄影摄像和录音的通用工具，似乎都得到了，却损失了细节，也远离了纯粹。我变态一般追逐着纯粹，在这个不纯粹的世界。

"……在黑沉沉的大地深渊之中，呻吟、欢笑、怒吼，还有爱的絮语……尘世所有的音响混杂在一起。而沉静的群峰，冷漠的星汉，却始终无动于衷，面对着人类沉重的叹息……"周末一个人开车上山，由于天冷，小区已人迹稀疏。夜阑人静，我透过窗户面对寂寥星空和黑黢黢的大山，闭着眼睛录完高尔基的《火绒草》等几首诗。自己的声音听起来有点陌生，但那么好听。其实好听的只是声音，不是我。

窗外，沉静的群峰，冷漠的星汉，是最好的听众。即使它们不说话，也值得我竖起耳朵等待，因为我相信它们并非无动于衷。

声音在呼麦、在说话，这是老天的安排。这是一个古老的秘密，每一个声音的出现看似偶然，实则都是故事的一部分，我们都在故事中，被声音安排。

我们像声音一样响亮地、微弱地、粗犷地、细腻地存在着。我们的人生被声音证明，又随声音消散……

其实我们每个人都是一颗星星，都有自己的脚步声。

书信年代

偶尔整理旧物，找到一纸盒以前的信件，泛着霉味的纸香，大都是读书时和几个好友间的信件，以及北方亲人的家书。

小时候我经常写信，喜欢在略带寒意的夜晚，坐在橘黄色台灯下，轻轻铺开信纸的感觉，笔尖在空白的暗格上自由地行走，心中满是温暖流淌的情感和思绪。当然，我也特别享受到街口邮局寄信，用柜台上那支细绳拴着的笔写了信封，糨糊细细贴了邮票，封口前检查一遍有无遗漏，把信投入邮筒的瞬间，心便走在路上，此后好一阵，都是对回信兴奋的期盼。那种感觉，比现在等快递要清爽得多。

那个时候，笔是重要的工具，同学间生日相赠重礼也主要是笔。一只顺手的笔，就像是天天相见的伙伴，陪着成长。玩笔有了境界，竟故意把笔尖用钳子夹弯，觉得能写出书法般大气的字。

那时候天空澄洁，翩飞着往复的书信，像鸿雁一样的候鸟，传递着异地冬春的消息。一封家书，就足以瞬间融冰化雪，击碎所有人僵硬的矜持和自负。

说起书信，不得不说到情书，那是青春期最主要的游戏。不过必须承认失败，我没收到过情书，想写也没人愿收。而同学们可是从初中开始，就互写纸条暗送秋波了。可能是萌动期主要不看气质，加之我发育较晚，初三时个子也小，坐前两排，同桌的女同学都比我高一截。当然我也不是最矮小的，班上还有个最矮小的男生，被巍峨的女数学课代表取了个外号，叫$\sqrt{2}$。大家没怎么注意地平线以下还有我们这种生物，即使看到了，也万万没想到这种生物也敢有啥想法，所以散发着热浪的情书秋波都直接从上空嗖嗖飘过了，没洒下一滴雨露。唉，如果女同学们当初能预见我后来此般高大优雅玉树临风色艺双全，我可能早就像《香水》里的格雷诺耶，被那帮如狼似虎的女人们撕扯着吃了吧。真遗憾，浪费了我多少青春欢畅的时辰，不过好在她们倒是一点没耽误。当然，同学们也没有预料到$\sqrt{2}$后来也变成了$\sqrt{3}$，自己开了公司，最后逆袭娶了巍峨的数学课代表。

不是每个人都会写情书。班上有个大眼睛女生，被小眼睛的夏军打哭了，夏军的妈妈是学校老师，因为女生成绩好，专门安排夏军跟女生同桌。不知怎的，有天晚自习夏军突然无缘无故地在女生胳臂上重重打了一定坨（方言，意同拳头）。之前，夏军还喜欢藏大眼睛女生的作业，把女生的橡皮擦捏在手心，让女生自己拿，手掰都掰不开。后来女生家长来学校要求换位置，换到了我旁边。夏军从此像被抽走了灵魂，蔫了一大截，而我的灵魂却被注入了张牙舞爪的活力。夏军语文不好，写情书困难，所以忍不住用定坨来表达，打得越重，喜欢越深，至于为什么会突然动手，是因为感情积郁没憋住爆发得突然。我虽然也喜欢大眼睛女生，语文也好，写得出来情书，但又担心大眼睛看不见我，便没有勇气挥出爱的定坨。

人生很多事情总是阴错阳差，如果女生们当年知道找你茬的男生其实是喜欢你的话，会不会就不哭了呢？估计答案是否定的，那时疼是真疼，哭是真哭，没那么早醒，更不知道定坨的珍贵，倒是后来成熟了，可能才越来越多了讨打的想法。

说到情书还有更多鸡血亢奋的剧情，记得刚到单位时，有个比我大的哥们儿，有堂·吉诃德一样无敌的幻想，当时为了追一个姑娘，时常灌了酒写情诗，还经常派一个小兄弟潜伏到姑娘家门口堵人，替他送信送花。后来，姑娘终于被大哥的浪漫主义情怀吓坏了，壮着胆子嫁给了他。但可惜后来剧情由鸡血反转为了狗血，儿女情长，英雄气短，大哥没能爱情事业双丰收，而由于勤勉踏实，负责送信送花的"桑丘"后来被组织提拔为了"堂·吉诃德"的领导。

除了忙乱，还有温馨。听一个教师朋友说过，以前收到过一封开天窗的信，一看地址，就想起那个回原籍中考的清秀的青海男孩，看完信的内容，不禁微笑，原来那个男孩在信封里夹带了黄河边上捡来的石头，他把自认为很宝贝的石头慎重地装入信封，无限遐想着老师收到石头后的惊喜……

之所以现在对书信有了怀旧，是因为书信时代已不复存在。就像很多年前信鸽消亡一样，如今只能在滋补汤里看到了。至于偶见琅琊阁里的那几只，其实都是演艺圈里装纯的菜鸽。还有那霸气侧漏的响箭，更是靖哥哥射雕之后，再无人引弓。

如今，我们都不再写信。电脑和键盘代替了纸笔，网络重新格式化了世界，伊妹儿、扣扣、微信和抖音霸屏生活，传递着即时的信息，伪装着你美拍的颜值，也出卖着你素颜的灵魂，让你的小清新和文艺范儿在物化的现实面前几经挣扎，仍噼里啪啦碎落一地。我们在朋友圈里集体围观着别人的生活，却又同时成为他人意淫的对象。我们的人格摇摇欲坠，自由迷失了方向，人们在传染中异变，成为经济的走狗，沦为科技的奴隶。

在这个时代，粗暴的快捷和毫无隐私的直接让我紊乱，我开始厌倦那扑面而来让人窒息的谣言和真相，常常背身躲回到记忆中取暖，不管有过怎样的得失，因为已经在岁月中沉淀和达成新平衡，所以记忆才是现实最可靠的安全屋。在这里，我又可以安静下来，梳理根须，慵懒滋长，不知不觉又想起那绿色的邮筒，和伸向远方的邮路，以及那慢得悠长却幸福的等待。

于是，日后每每看到邮筒，我都会顷刻瓦解和柔软。记得在布达拉宫旁边，有一个天上西藏的邮局，绿色的邮筒站在门口台阶上，昂着头很骄傲的样子。也难怪，人家是地球上站得最高的邮筒之一，只负责传递来自天上的信息，也附赠着旁边布达拉宫撒落的慈恩和神意。

还有乌镇的清晨，老邮局前的那个邮筒，伫立在空寂的老街上，像一个穿过岁月的长者，耳朵已听不清昆腔咿咿呀呀的唱念和乌篷船吱吱呀呀的摇曳，却仍缄守着江南烟雨里明明灭灭来来去去的人生冷暖。前不久在鼓浪屿码头，一上岸就看见了老宅旁的绿色邮筒，这里离台湾很近，它自然心知肚明，潮起潮落里，藏着几多悲欢离合的旧事。

书信年代，已经久远，那般唯美温馨，又如民国时教育的兴盛，国学精

致，传统光大，散发的人文气息混合着书香，是几千年来文化舌尖上橄榄的味道，历哑弥甜，回味绵长。记忆，又如塞进信封里的宝贝石头，我们认为很重要，但未来得到的，或许只是一个带着温馨和遗憾的窟窿。

虽然，我写这篇短文时，没有用纸笔，但我此刻的敲击，依然如时代良心的叩问：我们失去了什么？我们得到了什么？我们还将失去什么？我们如何记忆一种记忆？我们如何保存一种存在？

其实，每个年代都会因疲惫而悄悄退隐，扔下我们孤独地站在未知的路口。回望如水，前程似梦，更深露重，天冷加衣，山高路远，各自珍重！这就是我，写给你的书信。

此致

敬礼！

华亮于冬夜

人生合约

一

一个慵懒周末的下午，我靠在沙发上打盹，窗缝中挤进一束窄窄的阳光，慢慢从地上、沙发上爬到了身上，又独自在墙上溜达一阵，最后悄悄脱离了我的视野……

屋子重又归于冷静。我突然感到一阵落寞，因为这个世界，就是这样的光影变幻，不会停留。你，始终抓不住那束似乎无视你，又似乎在意你的时光。

其实，每个具象的人和物，都是以光影的反射来显示存在。我们心中留下的东西，基本都是以一幅幅记忆的画面为存留，一闭上眼睛，那些人，那些事，那些景，便从心中升起，像幻灯播放老照片一样，在黑黑的眼幕后静静闪动。

很长时间以来，我习惯于用写作来记录我这次人生所发现的世界。一个个文字，像点点滴滴的雨水，濡湿着我生命的土壤，让自己的心灵得到滋养，避免着沙化和干涸。于是，这里悄悄萌动着思想的小草，让个体的人生在品味和遐想中保有一抹萌动的绿意。

但是仿佛还不够，这个世界云谲波诡，藏着太多美好和风险，我常常感到那些石沉大海的文字，不过是自恋或自怨的呓语，就像大海里的一粒粒小沙子，沉在浪底，翻不起一丝涟漪。有时候，会有一些认识或者不认识的人留言评点一下我的文字，多是激励，这更让我感到了回报的责任。人生还应该有更大的格局和意义，那就是，告诉更多的人你看到的世界，让别人能在你的安宁中得到平和，从你的美好中分享幸福，从你的悲喜中找到共鸣，从你的思想中获得启示。一个人的徒步固然自由从容，但是此刻，我的眼睛却应该成为更多心灵的窗口。

摄影，就是这样的眼睛。

二

初中时，曾听政治老师叨念，人不能两次踏进同一条河流，当时觉得老师无聊，长大后才知道这是哲学家赫拉克利特说的，我们后来感到了这样的无助。时间和生命是有着同样方向的河流，随时处在变化和流动之中，只是生命有一个个自己要到站的码头，而看似无极的大海却并不是时间的终点。我该做的，就是用镜头记录下时间的影像，留下生命在这一段旅途中的张望和背影。

所以，除了写作，我慢慢习惯了摄影的表达，虽然技术上还要精进，但至少开始学会用另一种方式，来留下光影变幻的瞬间，就像对时间按下pause，又把这定格的记忆，像明信片一样，寄给生命看不到的未来。让后来的人们，能够从某一张发黄的照片上，发现我们和往事的合影，看到过往的微笑和光影，让没有交集的人生，在那一刻相见。

由此，我心中充满了感恩，感谢生活赋予感知和思想的能力，让我成为一个有责任心的人，一个因使命而有了价值的男人，一个坚定前行的幸福的行者。

这就是我和摄影的人生合约。

三

这些年下来，我用镜头看世界看人生，觉得跟用双眼去看的区别在于：双眼忽略了很多细节，而镜头会留下它们，仔细地回看，从而找到情感的证据。我最喜欢的是用35定焦或长焦，搞人文摄影，我觉得有人的照片，会带着更多的情感，风光大片其实也能说出大自然的情感，只是我更喜欢直击人心。

镜头一：雨凡的小岛

和朋友去长江江心的中坝玩，曾用相机跟踪一个三岁的小男孩杨雨凡，拍摄了一组他和伙伴在小岛上生活过程的照片，然后组成了图片故事。雨凡和伙伴们的童年，盛放在这个小岛上，而他们的未来呢？又该何处安放？

镜头二：水上人家

船行白洋淀上，遇到两位老人的渔船。船工说，这老两口一辈子在淀上打鱼为生，有人向他们买鱼，他们也不会讨价，你给多少是多少。我们经过时打招呼，老人对我们说起含糊不清的河北话，听出大意是：他今年八十八了！满头银发的婆婆一直埋头梳理着渔网，没搭茬，只是专注于劳作……

镜头三：帕度柯尼

在印度，偶遇一群印度学生，和他们简单聊了几句。这个女孩叫帕度柯尼，上高中，在印度，能就读私立学校的，大都是高种姓的人。

镜头四：生命相牵

我在西藏拍了很多照片，脑海里常常浮起两只手。那是在布达拉宫，一个藏族小孩拉着母亲的手，正走在通向最高处红宫的白色石阶上。

镜头五：北川的重生

北川……一座死城，仍带着前日的幸福，昨日的剧痛。时光依然前行，山很绿，安静地伫立，仿佛一切都不曾发生。但是，这片大地上写满的废墟，还在诉说着那个悲怆的故事……巨大的山崩完全淹没了北川中学，近千学生长眠在一片巨石下……唯一屹立着的，是低垂的国旗。我看见在被泥石流和水淹没的废墟前，一位老人在这里呆坐了很久，身影孤独落寞，就用长焦拍了一张。放大看时，我震撼了，老人的眼里，竟有着悲戚的泪光。或许这么些年来，

他应该常常回到这曾经的家园，就这样默默地坐在这里，陪伴他深埋地下的亲人。

......

我知道，世界上有很多不同的人，很多不同的故事，值得我们去发现和记录，我庆幸除了文字以外，还有摄影的加持，这让我更有信心去触摸这个世界，走近更多的人生……

透过镜头，我看得见你的眼睛。

味　道

以前，我常看凤凰卫视新闻资讯。

偶见跳出广告，男人压低嗓子说："行多久，方为执着；思多久，方为远见。"我正听他讲课，不料他竟原形毕露拿出了酒瓶："时间，给了男人味道。喝出男人味！"

哦，原来是喊弟兄伙喝酒！从喝酒经验看，没喝之前是理性的，喝了之后是感性的，他说出如此清醒的话，一看就是没喝好，要不就是衡水老白干"很水"。

不过，"时间给了男人味道"，这句话开始让我想入非非。

时间给了男人什么？如果给了味道，到底是什么味道？我不放心地嗅了嗅胳膊。

又是哲学问题！其实我最近已刻意在躲避这些无聊的思考，盼望过上正常人有人性没野性有共性没个性的普通日子，今天它们又缠上我，纠纠结结凌乱我心。

对于时间和味道的关系，我首先确定跟洗澡无关，之后又想起了泡菜。有邻居会做，我看过她家几口黄黑釉水亮的坛子，泡海椒泡姜泡豇豆泡黄瓜泡萝卜泡鸡爪，就像重庆人把所有能吃的都往火锅里扔一样，她也除了砖头

啥都敢往坛子里塞。泡好了常送人品鉴，又在大家的称赞和感谢声中满足地笑离。她的泡菜香脆咸甜，早餐下稀饭，或吃油腻了尝两块都极清爽，于是大家碰见她都又"心怀鬼胎"地接着夸她。不过，会泡好味道泡菜的邻居却没有用时间泡出好味道的男人，她离了婚。后来又找了一个男人塞进了生活的坛子，期待着用余下的人生泡出正宗好味道的男人。

我又想起阳台上那只写着"花有清香"民国十六年的青花泡菜坛子，被我锯了已破损的口沿，当花盆种了花。如有邻居的手艺，我就不种花了，用它泡出九十五年醇醅的男人味。

其实泡在时间坛子里的不只是男人，所有人都在岁月中混合搅拌，发酵反应，然后慢慢沉淀定性。从天真烂漫的豇豆，到青涩脆弱的黄瓜，从激情澎湃的海椒，到沉着老辣的生姜，每一个质变，都经历了梦想迷茫痛苦快乐成功挫折的量变。

我用吃来比喻，是因为吃在中国最容易被喜欢和理解。想起那年在伊斯坦布尔，同事眉飞色舞而又艰难地向土耳其人介绍中国食物以及吃货、吞口的定义，都是让老外好奇兴奋之余，又细思恐极的事。

时间是用来泡人的坛，也是用来熬人的锅。如果时间真给了男人味道，说明时间是个执掌火候的厨师。我们都是时间舌尖上的人，被轮番呷上一口，觉得苦辣酸甜的滋味适合你，时间就放下筷子不再理你，由你去自享苦乐，饕餮生命，直至人间挥发。

就口味而言，男人和女人不同，听声辨男人，闻香识女人。色香味形中，女人侧重色香形，男人侧重味。男人们觉得，色是看的，香是闻的，形是摸的，而男人的味道则是需女人细尝的。男人还没来得及发现女人的味道，就过早在色香形中迷失；而女人们也大都不愿意像品酒一样去呷摸男人的味道，而主要靠听觉去判断冷暖得失。其实，味道不分男女，男人女人的味道，都需要在彼此欣赏和品呷中慢慢泡熬入味。所以，安静地关闭感官，用心灵去相互品味的情感，更显得智慧和珍贵。最懂得古法秘制的，是时间。

时间，给了男人成熟的味道，退去毛愣，变得醇厚，举重若轻的沉稳，云淡风轻的笑看。一个好男人是仰望的山，倚靠的树，等你的岸。他可能越来越安静，但每一句话和微笑，都会有丝丝回味；而时间给女人的味道，是历经爱恨的沉淀，知安天命的坦然，不再因青春易逝而慌张，而知道在人生的每一段都保持落落大方的仪态。还有那些被尊为先生的女人，更是用女性特有的细腻和才华，蜡梅一样，在清冷的精神世界里释放着灵魂的香气。

人生，只有一次；味道，却有百般。时间给了男人味道，都是成长过程的必然。所以，管他酸甜苦辣咸，都尝尝，才是活过；管他神仙老虎狗，都会会，才得圆满。

好吧，今天，既然时间举起了酒瓶，那就对吹！酒壮怂人胆，喝出男人味！

日　子

忙忙碌碌中，弄丢了一个个日子……

已经很久，没有那种滞重缠绵的起床气，总是醒得比闹钟早，又把这昼夜两不管的时段，当成私享自由的花园。直到闹钟响起，我又被生活接管，一天的日程沿着时间线自动铺开，就像在平底锅上慢慢淌开一摊早就不在乎命运的鸡蛋。

大多数人把每天早上起床当成渡劫，艰难地把散落满床支离破碎的一大堆梦话和细胞拾掇起来，拼成人形，然后洗漱伪装，扮成慌慌张张的学生、忙忙碌碌的摊主、梦梦铣铣的职员、风风火火的司机……这些流程总让我想起画皮，以至于走到街上，依然会怀疑遇到的路人没有灵魂。

日子在凌乱中开场。似乎每个人都拥挤在同一条大道上，红灯停，绿灯行，实际上却有着各自不同的生活岔道。他们在一个个路口偷偷消失，束手走向支路尽头等着自己的日子。

我已习惯了这样的程序，人类最终败给了人工智能，我以为能左右自己的生活，却发现日子已被 AI 控制，甚至不用喊小艺或 Siri，它就给我安排好了下一段际遇。

人的一生平均有多少个日子，有人算过，我却不想知道答案。不是害怕生命倒数，而是害怕意义缺席。因为这会让我直面一个原罪：自己对日子不甚珍惜，而大都以混沌的状态，辜负了太多晨昏。这样的自责，是间歇性的作态，造作完了，又心安理得重新混沌。

有朋友曾在儿子高三时，花万元陪着他到长沙追星，其他人不理解，都说他宠溺孩子，他说，虚度浪掷的光阴，最美。又说，无用之用，方为大用。我佩服朋友的大心脏大智慧，他让我悟到了对日子的珍惜并非只是严防死守捏紧榨干，也应有顺乎天道欲擒故纵。

我看清了一些真相：那些日子，快乐的、痛苦的、不安的、平静的，打地鼠一样，不知道会从哪个洞冒出来；日子里滋生的欲望，想钱的，争权的，所念之念，所有之有，最后都要全部梭哈，毛都不剩。我始终摸不透日子的秉性，它看似平和，却喜怒无常，看似无心，却玄机暗藏。它有时故意给我大把的时间，却逼我去做无解的选择；它有时给我幸福的期望，却又无视我深陷迷途。以至于在几经挣扎之后，有了死猪不怕开水烫的淡定和癞子不嫌虱子多的认命；那些意义，不管是崇高的、平凡的、博大的、狭隘的，都同样等价，贡献社会是一种增值，人畜无害也是一番善意。共同的人生观，只是最大公约数，对于个体人生来说并不能整除，我们总想留下除不尽

的部分，成为自己单独活过的标签和人设。

去朴园，听老人说那只黑母鸡又在围墙外面生了十来个鸡蛋，偷偷藏在了草丛里。我猛然开悟，鸡蛋的使命在于延续繁殖，而成为早餐却是人类强加给它的意义。那只母鸡，只是不愿意放弃自己的初心。

我突然有些感动和羞愧，想冲上去拥抱一下那只启迪了我人生的鸡师母，但它却侧目怒叫着扑棱棱飞走了。师母慢走啊，我配得上你的蔑视。

一个个日子，不厌其烦地在我面前走来走去，看似没完没了，实则越用越少。一天一天过得像肥皂剧，也没搞出多少新意。正当我疲惫游离之际，费尔南多·佩索阿拦住我，用央视记者的口气问："你幸福吗？"又翘起小胡子解释说："幸福的人，都善于从屁大点事中闻出快乐，所以你每一天都不要拒绝自然的馈赠哦！"也是哈，我是从什么时候起，失去了认真观察每一个日子的细致，和善待欣赏它们的耐心？见我眼神仍然空洞，费哥又接着说："兄弟，你好好想一下哒，你究竟是活了一万多天，还是只生活过一天，却重复了一万多次？"我无语，心想，费哥你情商真低！

网上有一句话："日子有毒，且没有解药。但止痛片很多，比如音乐、文字、风景和故人。愿时光清浅，故人不散……"我坚持写了十多年的涂鸦墙，就是想留一点丢失日子的线索，存一点梦想情感的残值，即使文字不能解毒，我也天天在用它止痛，可而今呢，却懒惰得一个多月没有写了。据说人二十多天就可以形成一个习惯，坏习惯也是。我不由感到了恐惧，这种精神沉沦的征兆，会不会在我的人生中种下巫蛊，蔓延扩散，让我元神尽毁，堕落尘埃，人设崩塌，现了原形，一辈子得不到师母的原谅和费哥的肯定。这种压力也让我愈加认定：这个世界这次人生这些日子，只是一个人的徒步，停下来，真的会更加孤独！

懵懂初开的我，尚且达不到人家白云大妈写《月子》的格局，所以写这篇《日子》时，总觉得有点拿不出手的自卑。

不过这次我是认真的！

生 活

生活啊生活，是一个不想说不好说，又绕不开躲不掉的话题。

这么多年，生活与你如影随形，它高兴了给你捧场，恼怒时脚下使绊。你想无视它，却离不开它，又觉得不吐槽一下有点如鲠在喉。

童年时常听大人唠叨：好好读书嘛，以后你才可以过自己想要的生活。

生活是什么玩具？那时根本搞不清，想要的倒是清楚，就是天天吃凉拌兔！犹疑之际，又听见大人的追问：你长大了想当啥子嘛？这句我听懂了！心里飞快扫描起知道的岗位：当爸爸、当幼儿园阿姨、给娃儿打针、卖冰糕、打苞谷泡儿（用铸铁罐炸爆米花）、当解放军……说实话，当时我最喜欢的是打苞谷泡儿，但又依稀觉得说出来肯定不符合大人的期望。大人从我脸上没有看出一丁点哪吒的潜力，发亮的眼光黯淡了下去。

我后来才知道，生活向童年展示的，是被大人拼命过滤后剩下的较为完好的一面，你身上套着母亲织的毛衣，裤袋里装着奶奶塞的鸡蛋，父亲的身形在头顶晃动，那片宽硕的影子就像街口陈伯伯卖西瓜的大红伞，荫护着我，安全、温暖、踏实……

直到中学，才隐约感到生活的迫近，虽家人关爱如旧，但学习压力越来越大，学校里也有了小小的江湖和宫斗，你开始初尝希望、迷惘、忧愁、慌

张、挫败……你发现原来你的生活根本就没有带伞，有一些雨，会冰冷清晰地砸在头上。

老师说：好好读书嘛，以后你才可以过自己想要的生活。谁谁谁热爱学习悬梁刺股上了北京，谁谁谁不爱学习打架斗殴惨死街头。

这句话是备了课的，老师故意最大限度拉大了两种结局的比较落差，你是选择上北京还是选择就地惨死？道理不言而喻。

后来又听说湖北黄冈中学为提高升学率，在黑板两边分别挂了一双皮鞋和一双草鞋……

老师竭尽呵哄吓诈之术，无非是想告诉我们一个现实的道理：生活有着美好和可怕、好过和难受两种截然不同的方向，好好学，就可以穿皮鞋去北京过好生活。

事情的发展不容细想，时光像精准快速的高铁，一头把你送入生活的腹地。当你穿着白网鞋被独自扔在陌生的站台，等待你的，正是那意味深长似笑非笑的生活。

成年人的世界，广阔、深邃、亮丽、混乱、复杂、暗黑……我们把任何一个词扔进去，都必定有去无回，死无音讯。生活吞噬和溶蚀着你的一切，事业的成败、人际的亲疏、情感的喜怒、得失的因果。还有生活中那些不知从哪里窜出来的责任，排山倒海扑面而至，带着势大力沉的罡风，直接把你摁倒在地，一顿群殴，揍得你鼻青脸肿，你都不知道是谁先动的手。这些责任都很有势力，揍完人还说自己是以德服人，它们不允许你反抗，事后还要求你面带微笑、保持冷静、砥砺前行……身体累了，梦想伤了，幸而还剩下思想的微光在蠕动挣扎，坚定而又无望。

一次次艰难自愈之后，我终于摸清楚了生活的一些潜规则：

1. 生活见谁揍谁，不看成绩。

2. 生活有时会假装哄你开心。

3. 生命是父母给的，而生活不是。

4. 生活不是你期待的样子，也不是你害怕的模样。

5. 好好生活吧，你不是来生活卧底的；即使是，你也不可能活着回去。

6. 最美妙的生活是前方有一个小期望，手中有一束小确幸。

7. 一潭死水和惊涛骇浪都是生活的一部分。

8. 生活不是眼前的苟且，远方还有其他苟且。

9. 不确定性是生活惯用的伎俩。

10. 生活唯有自救，才得拯救。

11. 热爱生活，就是取悦自己；热爱自己，才懂得如何生活。

12. 生活摆在你面前的选择，往往就是别无选择。

13. 你常常觉得你的生活选择是错的，其他的路才是对的，那是因为你没去走过。

14. 如果生活物化了，人生也就僵化了。

15. 生活滚滚向前，对你一无所知。

16. 没有人见过生活的全貌。

17. 你看见的别人的生活，只是别人愿意或故意让你看到的那部分。

18. 生活不只有家里的凉拌辣兔，还有社会的青岛大虾。

19. 生活完全有能力追去北京街头把你胖揍至死。

20. 去北京生活的不都是穿皮鞋的，也有擦皮鞋的。

21. 如果生活喜欢经常揍你，那是因为你缺乏某些能力。

22. 埋怨生活会招致生活的报复。

23. 生活中的忍受总会比享受多。

24. 生活与现实绑定，与梦想待定。

25. 生活可以美好，只要保持一颗想看到美好的耐心。

……

马尔克斯说，生活不是我们活过的日子，而是我们记住的日子，被讲述的日子。我不以为然，日子大都一地鸡毛，难道这些毛不是鸡身上掉的？没毛的鸡还好意思被人记住和传颂？我知道我强词夺理是曲解他的善意，人家是在劝我们生活要用心过。

就这样，我与生活相吸相斥、相爱相杀，经历多了，也就平和了，现在我早已和生活勾肩搭背握手言和，心里觉得对于生活这种喜怒无常的老油条，你又奈何不了它，得罪它于你何益？

每个人生命落点不同，成长经历不同，环境际遇不同，于是常常听人抱怨生活不公，凭啥人与人不同？直到最近被戴上口罩关进屋里，大家才猛然发现，生活完全可以千人一面，贫富无欺。

疫情期间，我百无聊赖在这里数落生活的时候，儿子正斜靠在旁边沙发上玩 switch。出于对儿子未来生活不确定性的担忧，又因为担心他以后被生活揍得太痛，我不由自主又重演起那毫无意义的一幕：

好好读书嘛，以后你才可以过自己想要的生活……

善 良

据说会说话的人，与人初见时首先夸别人漂亮或帅气，如果对方实在长得着急，就夸别人有气质，如果对方碰巧也拿不出手，你违心得憋屈，也应该鼓起勇气说："你看起来很善良。"

其实善不善良，是看不出来的，但善良是为人立世的底线。

我还是高中生的时候，有次在火车站遇到一个中年男人带着孩子，说钱包丢了，能否借点钱买车票，"你给我地址，我回家后寄还给你。"我祖传的善良开始冒泡，便搜出两块钱给了他，又应邀写下自己的名字地址。他没有我期盼的激动，只是淡淡地说：谢谢，你看起来很善良。直接跳过了帅气和气质这重要的两段。

历事多了，才知道夸我善良的是不善良的骗子，心里后悔自己的天真，更尴尬的是还留了名字，让人家晓得了这个憨包叫啥。两块钱虽然于当时做学生的我已经不少，但对于人家见多识广的骗子来说，都不够口水费。

后来又遇到过很多场景，比如步行街的熙熙攘攘中，瘸子滚爬卖惨，盲人嘶吼卖唱，断臂叼笔卖艺，穿校服的女孩贞子一样用头发盖了脸，垂着头在要学费，面前广告写的都是爸爸死了妈妈嫁了。这些真假莫辨的噱头，处处考验着行人的智商，也煎熬着大家的善良。

　　我是很少给的，那两块钱戳破了我刚刚升起的美丽泡泡，过早造成了内伤。只是在青藏高原的路途中，给过磕长头的藏人钱，与其说是帮助他们生存下来到达拉萨，更准确地说，是致敬他们生存的目的地——信仰。还有就是汶川地震，大义面前，骗子憨包恩怨尽泯，共赴国难。我除了捐款，还主动请缨随队去灾区送物资，那时候地震刚刚发生一两天。

　　现在我不知道自己算不算一个足够善良的人，因为真正的至善，是无根无由无边无际的施与。我觉得善良可以打动人心，却不一定能拯救世界。我们希望善良能够感化和教化他人，但也需提醒大家，善意的宽容一不小心会变成纵容，至善之恶，缘此而生。

　　《悲惨世界》里，偷教堂银器的冉阿让被主教的善良感化了，卑微的人生从此萌动了伟大的意义，于是当了市长；冉阿让又扭头用善良感化了追捕他的警长沙威，沙威明白了没有伟大意义的人生很卑微，于是跳了河；而自私卑鄙的德纳第却一直冥顽不化，他带着别人的钱和自己的恶，愉快地去了外地。最近的《白昼流星》，俩野孩子被退休扶贫办主任感召点化，骑着马跑去跟宇宙取得了联系，从此获得了正能量。我又想，当初如果雷锋叔叔遇到别人借钱买车票会咋办？叔叔是绝不可能留名字地址的，肯定会极热情地亲自送他们回家，骗子哭着喊着不想走都不行。

　　稀里糊涂想这么多，是觉得善良应该是个简单的东西，却被人弄得复杂。它本该很安妥，是人与人之间信任温暖的部分，给予的借此心安，受让的因此幸福，不该被拿出来欺骗和捉弄。却不幸又瞥见了善良本身的某些狭隘、懦弱和自欺。

　　关于人之初性善性恶的争辩，是战国时期孟子和荀子的诸侯争霸，他们至今仍在天上厮打。而我更倾向于人性亦善亦恶，因为我谙通孔子的中庸之道，不偏不倚较为安全。而老子的德与不德，是老人家对我的批评，意思是说真正善良有德的人根本不吭声，而你这种伪善无德之人才会只给两块钱就想着青史留名。

　　哎呀，诸子别吵了，我错了。

　　沙威，等等我。

故　事

　　最近我兽性大发，一连写了很多篇文章，不断发给朋友们看。大家不堪其扰，从开始纷纷点赞鼓掌到后来被吓得沉默，保持安全社交距离。理解，他们很少遇到这种丧心病狂的人，都在隐隐担心万一发生什么意外，自己点赞鼓掌会不会受到牵连。

　　纵欲过度的结果，就是榨干了思想。于是我想到了故事。

　　家里的华为智慧屏，有一个所谓"上帝视角"的动态屏保，画面是从高空俯瞰大海中的一叶小舟。

　　是的，上帝看得见所有的故事，而我们却深陷其中。我们像一叶小舟飘荡在生活的汪洋大海，不知道自己故事的情节和结果安排，也不知道视线之外的地方，都在发生着什么样的故事。

　　一直以来，除了随心所欲的散文，我也想过写小说，希望自己的文章有故事性，不再自我散漫。

　　但说到故事，却是短处。生活太过平淡，日子太过稀松，没有波澜的静寂，是憋不出好的小说的。

　　蒲松龄写《聊斋志异》时，开始也是自己关在书房里，整日苦思冥想，纵欲过度，越写越没精神。后来他想了个办法，就是把家里的一些东西当掉，换来绿豆，熬成绿豆汤，摆在树荫下。有人路过时，就招呼人家来喝绿豆汤，不要钱，讲个故事来换，听完后跑回家接着写，于是就有了《聊斋志异》。

几年前我去过山东蒲松龄旧居，老先生的家在一条很幽静的胡同深处，胡同口写的不是鬼街，而是仙乡。胡同里有小摊卖鬼面具，我一看居然是《惊声尖叫》里的，不是清代的正品鬼，而是现代低仿外国鬼。安静的宅院里，老先生手捋胡子的白色雕像怡然坐在院中，脚下像喂鸡一样养了不少仙仙鬼鬼，我觉得应该有聂小倩、祝生、红玉、青凤、小翠、席方平、云翠仙、连城、宦娘、牛成章、黄英、辛十四娘、汪可受、婴宁……架子上站着变成鹦鹉的孙子楚，水缸里还有我的初恋白秋练。聊斋大堂正中，是老先生穿着清朝袍服端坐的画像，百鬼莫侵一身人气，据说这是老先生当时最满意的一幅。写鬼写妖高人一等，刺贪刺虐入骨三分。他看似说鬼，也在说人。坏鬼好人，坏人好鬼，人人鬼鬼，恩恩怨怨，纠葛不清。起舞弄鬼影，何似在人间。

于是我在想是不是也出去摆摊，但又觉得路人早已不爱喝绿豆汤，而爱喝啤酒吃烧烤。用一个故事换一串烤鸡翅？两个故事换一坨烤猪脑花？又觉得吃烧烤的大都是没啥故事又不愿听故事的年轻人，他们自己都还没活明白。叮！这时我脑花里一响，眼睛放亮，突然想到了茶馆。

我赶紧给爹打了个电话，说，爹啊，您坐了一辈子茶馆，天天摆龙门阵，一定记得很多故事吧？您是不是回忆一下，找时间给我摆一摆？爹说，你听这些干啥子嘛？我说小时候我都是听娘讲故事才睡得着。最近我失眠，治病。

爹很狐疑，但父爱又像酒精一样瞬间上头。好嘛，我回忆一下。

说实话我没底，其实我连亲爹的故事都不清楚。

话说有故事的，一是司机，二是门卫，三是护工，四是警察。

对于司机我是清楚的，特别是北京当地的出租车司机，那个嘴碎啊！最喜欢讲的是国家政治、经济和社会的故事，有正史有野史，你还没被拉到培训地点，就被他培训得可以毕业原路返程了。还有就是长途车司机，人在囧途，保不定知道点荒郊野岭客栈黑店的故事。

至于门卫，进进出出阅人无数，好看的还多盯几眼，多问几句。知道别

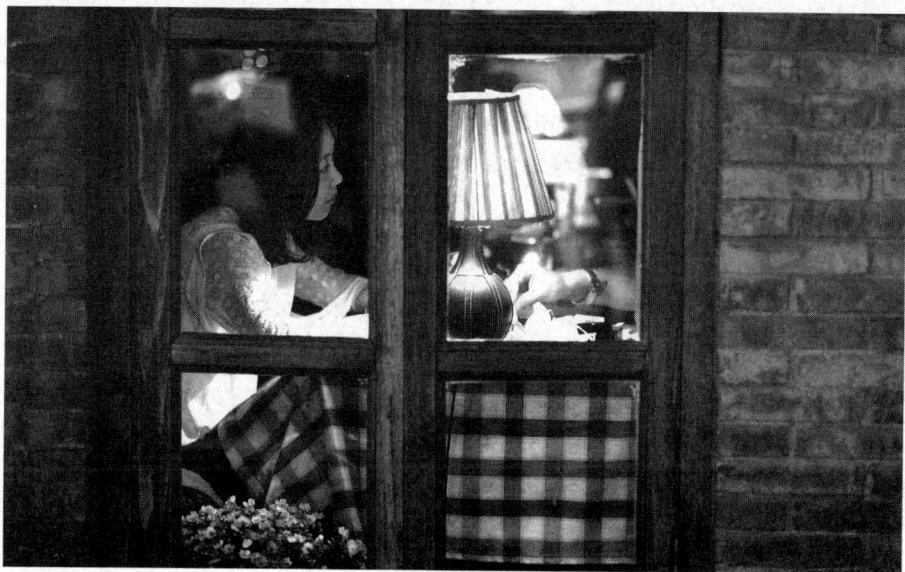

人的姓名住址，又常看监控，代发包裹，家长里短的事自然晓得不少。每一个家庭每一个住户每一个访客，就是一个故事的观察孔，他们天天堵在那里看。

医院的故事，大都是生死契阔、慈孝忤逆之类。人到了这样的环境，才看得清人的本性，对人生恍然觉悟。护工是最知情的，她们接触不同的病人，也接触病人周边的人，所以见多了人情世故世态炎凉，更懂得人的脆弱、挣扎、留恋和放弃。我只是想问，如果要到医院听故事，是不是需要办住院手续？

警察知道很多案件，办案中又有很多细节。所以他们知道的故事，是社会中黑暗人性的极致暴露。他们整天被围困在这些情节之中，不能讲也不能写。就算允许写，估计也只写得出现实小说，写不出浪漫诗歌。

以前有个外国电影，叫《故事的故事》。改编自十七世纪那不勒斯语童话故事集《五日谈》，讲述了住在三个相邻王国的皇室成员的故事，他们分别是一个恋子情结的王后，一个沉迷女色生性放荡的国王，一个为一只奇异跳蚤所痴迷的君王。这个电影有了所有故事该有的元素。我也曾想过写剧本，但明显感觉口味还没人家独到。不过我在找朋友要剧本看，今后试试吧。

很多故事跟年龄有关，跟百姓有关，跟家乡有关，跟烟火气有关。土地盛产故事，最好是生在一个小山村，那里有父老乡亲，胡子里长满故事，憨笑中埋着乡音，还一声声喊着乳名：狗蛋儿，狗蛋儿……还有个歌，天地间有杆秤，秤砣是老百姓……

职场和情场，是都市故事的重点。小白的奋斗，霸总的温柔，尔虞我诈的商战，寻死觅活的爱情，这些烂梗，大都是俊男靓女的臆想，跟现实大都不符，实际是江南皮革厂倒闭了老板和小姨子都没跑，本该纯粹的爱情被现实弄得支离破碎，不说也罢。

"文似看山不喜平，画如交友须求淡。"太平顺的人生没啥故事，太坎坷的人生又太多惊悚。不过有惊悚才有故事性，听故事的人，大都不喜欢故事躺平，而是喜欢呼吸急促心惊肉跳地在跌宕起伏中内卷，又喜欢在生离死别失恋惊变中哭哭啼啼地共情。但实际上，我们每一个人的故事都不咸不淡不痛不痒。所以，我们要自己找到人生的故事性，别人是自己的故事，自己也是别人的故事，不管是不是精彩自己都是主角，这些故事不能讲给别人听，就演给自己看。

第二天晚上，我兴致勃勃地带上录音器去爹家里，想采访他。我又说，您坐茶馆听到摆过那么多龙门阵，有没有好听的有意思的，给我摆几个嘛。爹眨眨眼说，我明天给你留意下嘛。那镇静真诚的眼神，很像外交部发言人。他最近在学练太极，看来有所进展。

失望回家，见街角佝偻着一个衣着破落的老男人，昏黄的路灯下也看得清他脸上的沟壑沧桑。头发蓬乱，蒲松龄一样胡子半长。

他向我伸出了一只手掌。

仿佛在说，我有鬼故事，你有酒吗？

……

取　名

一

亲戚在网上买了一只狗，从河南快递过来，准备养在朴园，说是请我取个名。

我说："把孩子带来看看吧。"

亲戚说："在车上的，刚从菜鸟驿站领回来，去看看？"

我随他到路边，打开车后座，铁丝笼子里面趴着一只马犬幼犬。估计是路上饿的，竟凸出几匹肋骨，臭烘烘的，像一路讨饭过来的一样。

这让我觉得为难，仿佛好点的名字都不容易沾边，不好取啊，但又怕别人看出我词穷，就说："发群里征集一下名字吧，大家的共识很重要。"

于是手机拍了视频，发在亲友群里，大家立即在群里展开了热烈的讨论。有人说，胖墩儿？肥坨？又赶紧自我否定，这体型，一看就是撒谎，讨饭的，也配不上那么富贵的名字；军刀？刺客？马犬倒可以是军犬警犬，但是家养，用不着这么犀利吧，再说家里也没坏人，最多捉个抽烟的；叫旺仔？纪念上一条狗？但从前任旺仔身上，没看出多好的狗品，又野又傻，失踪于追撵打狗队的摩托，所以也找不出纪念的理由……

　　这时群里一个亲戚说："要么取个明星的名字吧，我最近在听易烊千玺的歌，要不……"我一直没吭声，脑子里一片空白。这时她的话启发了我，眼睛一亮，就站出来说："狗倒是愿意，要是人家本人晓得了，会不会不愿意呢？万一说我们的狗侵犯了他的姓名权呢？干脆改一改，就叫千禧吧！"群里纷纷赞同。

　　我一细想，又果断决定把禧字的偏旁拿掉，补充说："就千喜吧！一千个喜事，吉利！"群里又表示赞同。

　　亲戚更是赞同，因为她的意见得到了认同，同时也"致敬"了自己的偶像。

　　其实亲戚的说法不无道理，在国外很多人喜欢用敬重喜爱的人的姓名来为宠物或儿女取名，这一点似乎和国内恰恰相反。前几年武磊刚到西班牙，一位西班牙女球迷为了表达自己的喜爱之情，给自己养的鱼取名为"WuLei"。只不过后来武磊上场机会少，最近又离开西班牙人队回国了，所以也不知那条鱼现在改别人的名字或者被油炸了没有。

　　那时候读《百年孤独》，最恼火的就是里面的名字：何塞·阿尔卡蒂奥·布恩迪亚、何塞·阿尔卡蒂奥，阿尔卡蒂奥、何塞·阿尔卡蒂奥第二，小阿尔卡蒂奥……这是阿尔卡蒂奥系；还有奥雷里亚诺·布恩迪亚、奥雷里亚诺·何塞、奥雷里亚诺第二……这是奥雷里亚诺系；还有美女雷梅黛丝系等等，是不是看起都眼晕？不过也简单，祖辈父辈的名字再长，后辈加一个第二就行。

　　就这样，千喜在朴园安顿下来，很快长成了一条英俊威猛的大狗，高高的背脊，流线型的身材，健壮而不粗笨，果然是那张轮廓分明修长的脸，这让我暗自慨叹亲戚的眼光才识，她真有远见啊！

二

　　据说我的名字，是曾祖父取的。

　　他是民国时北京高等师范学校，也就是现在的北师大毕业，深谙国学，同时也对多个时代体验颇深。我想他老人家给我取名的时候，心里一定对未来充满了亮堂堂的喜悦和希冀。

其实取名常会有那个时代的思维和特征，从解放前的"英、秀、玉、珍、兰、桂、淑"，到解放后的"华、国、建、民"，再到"文革"时期的"文、红、梅、军、东、卫、兵"，再到"刚、强、勇、毅"，后来又有了更中性的"彬、婷、磊、敏、璐、薇、燕、莹、娜"，改革开放初期单调的人们急缺文艺浪漫，纷纷得了琼瑶后遗症，此后很长一段时间，父母们总爱给孩子取个情深深雨蒙蒙的名字，希望一生温婉平顺。而今，"嘉、哲、俊、博、妍、佳、涵、晨、宇、怡、子、凡、悦、思、奕、浩、泓"，都是江湖取名时排名靠前的字，人人蜂拥着追求个性，反而又都在对个性的追求中丧失了个性。

我给儿子取名是慎重的，当时心里也对未来充满了希冀。

我从第一次和儿子小眼神交汇开始，就希望他能成为一个出类拔萃的人。如何才能体现这层意思呢？取名时我在纸上认真画了不少，后来想起东汉班固《汉书·景十三王传赞》里有说："夫唯大雅，卓尔不群，河间献王近之矣。"卓尔不群，就是品德才学与众不同的意思。要么就叫卓尔吧！

我口里反复试念"卓尔卓尔"，又觉得哪儿不对。转念一想，我初中时被同学取了个外号"倍儿亮"，至今心有余悸，那么"卓尔"，以后会不会被同学取外号"桌儿"？桌儿板凳倒还能勉强承受，要是喊成"猪儿"就糟了！连我也要受牵连。此名不妥啊！

学历史的家人说，要么就叫卓然吧，跟卓尔一个意思，有古意，跟猪儿离得也比较远。我觉得可行！即使被取外号，最多引申到很火，无伤大雅，于是就定下了这个符号。

揭秘一个心思，儿子是千禧年生，给狗儿千喜取名字的时候，我果断去掉了禧字的偏旁，就是怕连累亲人。

带卓然去北京，姑奶奶耿耿于怀，说我们有个祖先字鹤然，然字没有避讳。我心里辩解，我祖先又不是皇帝，就跟外国一样，当致敬呗！

后来看了八竿子远亲金庸写的《笑傲江湖》，里面有个岳不群，华山派气宗掌门，外表谦虚文雅，正气凛然，背后却阴狠毒辣，狼子野心，他为得到辟邪剑谱，不惜迫害自己的徒儿妻女，后又为练辟邪剑而自宫。这让我受了点惊吓，幸好我用的前面两个字，而不是后面的"不群"。

后来一查，网上和他同名同姓的也不少，我追求的个性，也丧失了个性。幸好又听说竹子的品格直进虚怀，卓尔善群，这让我略感心安。人多就人多呗，惟愿儿子的人生能够既不失独立，又卓尔善群。

儿子去国外留学，我觉得我取名的生意又来了！列了些男孩的英文名给他看，说："你起个外国名字呗。"儿子不屑说："我不起洋名，我又不是理发的。"咦，连他都知道托尼老师？至今儿子在国外上学仍坚持沿用中文名，只可惜被外国人倒过来读。

三

除了大名，还有小名、诨名、代号。

我的小名在亲人街坊中很响亮，源远流长，但一本正经的社会并不想听，因为它觉得再好听的小名都不正经。由于我发现小名没啥用，就没给儿子取小名。只是儿子念幼儿园时，看见其他小朋友都有小名，就凭着自己幼儿园中班的在读学历，自己给自己取了个"朵朵"。爷爷听见了，新鲜着叫了几天，没人附和，后来连儿子本人也不配合了，就渐渐没喊了。当然，如今你要是跟儿子提这旧事，喊朵朵，他会跟你急，觉得你是在调戏他。

也有老百姓图省事，小名就喊序号。刘大刘二刘三，大姐二姐三姐，街尾刘家有两女一子，也被人图省事好记，把刘三娃一并简单归类，喊成"刘三姐"。"刘三姐"果然不负众望，考上了广西一个二本音乐学校，学的唱歌。

诨名，就是绰号，带有江湖气息。

水浒里，好汉都有诨名，呼保义、玉麒麟、智多星、豹子头、霹雳火、扑天雕、花和尚、青面兽、赤发鬼、黑旋风……每个人都有啊，响亮得让人忘了他们的正经名字。武侠故事里也是，雪山飞狐、鬼门龙王、飞天蝙蝠、赤练仙子、白眉鹰王、仙鹤手、金眼雕、俏药叉……不一而足。《笑傲江湖》里还有个向问天，绰号"天王老子"，豪气干云，我不知道他取这名会不会遭到报复。在武侠中，恶人不见得都恶，如"四大恶人"，怪人可是真怪，如星宿老怪，说明了江湖的复杂多元。至于座山雕、小炉匠、伏地魔之类，确实是声名狼藉。

百姓间的诨号，狗娃、铁蛋贱名好养，屁神、种猪便于流传，很多很多，都体现了民间的戏谑玩味和小聪明。

至于代号，不是一般人能起的，都是由组织安排。猎鹰、黑狼、眼镜蛇、麻雀、夜莺、野鸭子……这些代号你要对应到具体的人，是不容易的，除非你有接头暗号。组织取代号，都是有讲究的，要么生猛有威慑，要么神秘不好查，要么隐蔽不惹眼。组织是肯定不会给哪位特工取代号"屁神"的，那样容易暴露。

四

取名，可以是文化素养的体现，生活智慧的表达，更应是天地自然的指引。

我觉得世间最优美的，是中药材名字。

记得以前街上有个中药铺子，旧旧的木质门脸，门槛磨出斑驳凹痕，柜台后面是一大排柜子，密密麻麻的小抽屉上写满了中药材名字。菖蒲、菘蓝、常山、商枝、绥草、琥珀、斑蝥、落葵、紫苏、寒水、蜀椒、蝉衣、瞿麦、藿香、一见喜、人中白、千日红、广木香、马蹄金、木蝴蝶、半夏曲、十大功劳、王不留行……单看这些字，就觉得充满中华文化的丰富和静美。后来我才知道，那个写着地龙的抽屉里装的是晒干的蚯蚓，我们称蛐蟮，据说越是有学识本事的人，越是谦逊，懂得尊重，你看看人家把蛐蟮尊为地龙，啧啧，这格局！

还有个药材叫徐长卿，传说文人门客徐长卿采一味草药，为宋太祖赵匡胤治好了久治不愈的胃病，却说不出药名，于是宋太祖就将此味药材命名为徐长卿。实际上它还有另外一些名字，比如千云竹、鬼督邮、对节莲、逍遥竹、英雄草、别仙踪、一枝香、对月草、老君须、上天梯……给人一种江湖上武功盖世神秘莫测的错觉，但人们还是最喜爱徐长卿这个有典故的名字。

一杆精制的小铜秤，一张潦草的草黄纸，衬托出中药博大高深的底蕴，也让人们所有的大名、小名、诨名和代号无地自容。其实也有一些好听的菜

名，但始终带有油烟浊气，就不屑说了；还有就是现代的网名，离古意太远，离自然不近，更是多了臆造的虚渺。

我想，如果拿这些中药材名字来给人取名，是否更好，从那些神秘的抽屉里，轻轻地抓出张菘蓝、李瞿麦、周寒水、万千日红、王广木香……多美啊！既没有过去那些用力过猛的时代痕迹，又没有情深深雨蒙蒙的矫揉造作。这些中药材都是自然造物，沾染天地灵气，汲取日月精华，又将造物赋予文学和哲学的符号，这等精美的存在，至今安然世间，安然于朴拙诚笃的木屉，真是万幸！在浮华万象中，弥足珍贵。

所以，取名字，不要找我，也不必带孩子来看，可以直接去中药铺，翻翻木屉，闻闻药香，提神醒脑，启迪思维，也可以拿来就用，喜欢哪个抓哪个。我突然又想，如果我要给自己改个名字，该去哪个抽屉抓名字呢？

徐长卿？

发 力

一

去电台录音，请教守在旁边的罗勇老师："您觉得我哪里需要改进？"

罗老师说："注意不要发力过猛。"又说："你把握散文的朗读，要像在别人耳边轻声说话，不要担心别人听不见。你应该想象别人的耳朵离得很近，所以不用大声发力，要有讲述感。你要做的，只是娓娓道来。"

我按罗老师指点的方式录完。齐东听到后，在微信里跟我说："你的声音很平和，有一种微笑的淡定。我可以试一试，帮你找到属于你的独特声音方式。应该有信心！"

这两位是不同电台的前台长，声音大咖，他们给予我的指导都是：要平和，不要发力过猛。

后来有一次，一个朋友把写的散文分享给我，问我意见。文章写得有真情流露，其中有很多直抒胸臆的话，表达了内心的情感和主张。我看了以后有所触动，但又隐隐觉得少了一点什么，想了一阵，发现少了一点的地方竟是多了一点的地方。于是我想起了罗老师的话，就回了一句："写得真挚，但注意不要发力过猛。"

前几天，听一个喜欢摄影的朋友说，他看了一位摄影大师的教学视频，里面有一个观点对他触动很大，就是摄影需要用简洁去呈现内涵，要把想象的空间留给读者。

这一切，都在把我朝着一个方向引导，让我懂得了一个道理：生活中的很多事情，本不用那么发力，而只需要平和与留白。

但生活似乎并不在意我们有无感悟，我们的人生就像它的痰盂，生活只是按照自己的习惯在率性地又吐又撒，丝毫不懂平和留白。这样我就发现了一个真相：生活这家伙，总是蛮横，发力过猛！

二

见过那些吵架的人，越吵越大声，好像谁的声音大谁就有道理。又似乎大声可以增强攻击力，或提升底气，这是在心理上给自己暗示：我更有道理！我更有力量！

吵架骂死人也是有的，魏国军师司徒王朗与诸葛亮阵前对骂，比口才，被诸葛亮骂："皓首匹夫，苍髯老贼！一条断脊之犬，还敢在我军阵前猖猖狂吠！我从未见过如此厚颜无耻之人。"王朗气愤难当，大叫一声，撞死于马下。

所以，吵架的时候，想压住对手的并不是道理，而是声音。于是声音越来越大，道理却越来越少。在不讲道理的人面前，道理没啥用。估计王朗就是太斯文，太讲道理，只会骂"村夫！村夫！"两个字，语言没诸葛亮多，声音没诸葛亮大，又被带乱了节奏，自己不是断脊之犬，又怕被人误解成是，才羞愤自尽。

其实，真正的道理是轻言细语的，只适用于交心，并不适用于吵架。所以，这又让我觉得：生活往往不讲道理，它从不想和我们交心，更喜欢吵架，还常常虚张声势，得寸进尺。但当你参破了生活的真相，就不会被它轻易气死。记住，它拿你当人的时候，你别拿自己当人，它不拿你当人的时候，你一定要拿自己当人！

市井生活里，我们常会遇到一些说话大声的人，他们可以在街头高声说

笑，大谈自己的琐碎，又评判张家李家的长短。他们因无知而无畏，就像一直站在道义的制高点上，在和全世界说话，而且面前这个世界还是个又老又哑不中用的聋子。

每次遇到这样的人，我都尽量远之，他们吐的每一个字都像流弹一样在空气中乱窜，让我心惊肉跳，耳膜震颤，心瓣膜也在震颤，顿生一种犯了错误在挨骂的错觉。其实他们并没有想伤害我这个路人，只是在"裸奔"自己的生活情绪，臃肿零碎，毫无美感，也不管别人爱不爱看。

我曾想写一篇哲理类的文章，写了两大段给朋友看了以后，他那欲言又止的样子让我起了疑心。后来他终于忍不住说："哲理类的文章很小众，只是少数人能写能看，如果是大段的哲理文字，会显得过于饱和，读者来不及消化，而且现在的人都浮躁，有几个人愿意跟着你的文字思考？你写着累，别人读着也累。但如果保留简洁的方式，比如语丝，引人自主思考，于人于己都留白，可能反而效果更好。"

我觉得他说得对，思想浓度太高，也算是发力过猛。况且我的思想，只是一顿菜拳，不太痛，也没啥用。

三

电影《英雄》里有段情节常令我回味。秦殿上，剑侠无名要刺杀秦王，此时秦王已参透残剑大侠书法的意境，道出了剑法境界：第一层境界，人剑合一，剑即是人，人即是剑，器械不过是手的延伸，手中寸草，也成利器；第二层境界，手中无剑，心中有剑，赤手空拳，却能以剑气杀敌于百步之外；而剑术的最高境界，则是手中无剑，心中也无剑，是以大胸怀，包容一切，那便是不杀，便是和平。

听罢，无名大侠终于决定，施展十步一杀，剑柄朝前，刺向秦王。剑侠无名最终为天下苍生放弃了国恨家仇，决意以不杀的胸襟和自己的生命，去交换天下遥远的和平。后来，秦王以战止战，最终一统天下，或许，他一直记得这一不杀之剑。

我从这个电影中，读懂了找到正确的着力之处或许比发力本身更加重要。再者，生活中不必事事剑锋所指，也可以剑柄朝前。

这个故事也让我的格局有了升华，并以此教化他人。有朋友学车，我顺便给他讲了开车的三重境界：第一层境界，人车合一，车就是人，人就是车，车轮不过是脚步的延伸；第二层境界，身下无车，车在心中，人的思想却能瞬间飞跑到百里之外；开车的最高境界，则是身下无车，心中也无车，是以大胸怀，放下一切目的地，那便是不开，走路，或在家歇着。

旁边一个不会开车的人搭茬："嗯嗯，你说得对，我现在就是最高境界！"

朋友听罢我的理论，觉得我可能轻则误人子弟，重则祸国殃民，差点想舍身取义跟我拼了！但他最终以大胸怀，包容了我，那就是不拼，便是和好。我记住了这不拼之德。

四

在与人交往中，我最不喜欢的是僵化做作之人。他们文必先称秦，礼必崇上古，装着高深莫测，实则故弄玄虚，似乎这样就可以显示出自己的学识，其实是东施效颦，适得其反。我欣赏大道至简，佩服那些善于把深刻的人生智慧放到现实生活中去删繁就简，活出自己乐趣的通透之人，他们才真正做到了思想厚重，态度轻灵，也是真正懂得侧耳倾听和附耳轻诉的人。

不过，有人说夸人的时候可以用力一点，讨厌人的时候可以心软一点，这样说来，夸人是唯一可以用力过猛之处？也不尽然，夸过了头，连你自己和人家都不信，也就成了虚伪。

乾隆皇帝喜欢字帖名画，比如魏晋的字帖、唐宋的山水画等等。但乾隆更喜欢盖章，据说他刻过千余枚章，看见喜欢的就乱盖，唐朝画家韩干画的《照夜白图》，就被他盖上了 50 多枚章。古人书画的留白意境，就这样落满了乾隆鲜红的爱的唇印，让雅致的意境竟生出几分违和的羞涩，平添尴尬；不幸的是乾隆还喜欢批注，凡是空白处必写批语，而且还不给你任何关弹幕的机会。我看过落满乾隆印章和字的帖子，好好的墨宝，弄得像是背书转让多次的银行汇票。

北京冬奥会开幕正逢立春，倒计时演绎了中国二十四节气，"春雨惊春清谷天，夏满芒夏暑相连，秋处露秋寒霜降，冬雪雪冬小大寒。"我今天写这篇文章的时候，正值小满，而小满又是中国最智慧的节气。有人说："小暑后面有大暑，小雪后面有大雪，小寒后面有大寒，只有小满后面没有大满。"或许正是因为先人知道月盈则亏，水满则溢的道理，小满意满未满，这就是中国智慧。曾国藩曾写过一首诗："花未全开月未圆，半山微醉尽余欢。何须多虑盈亏事，终归小满胜万全。"

不得不说的是，不管是亲情、友情还是爱情，即便是以爱之名，也不能够发力过猛！而这也是人生最难把握分寸之处。

亲情如酒，甘醇浓烈，特别是父母对于儿女的情感更是满溢，这 360 度不留死角的爱，能量无处不在，反而让儿女感到束缚不适；友情也是，需要选择，处处发力，徒费精力，而应该选择志同道合三观一致的朋友，互帮互学，携手成长；至于爱情，更是有太多貌似美丽实则不堪的教训。男女情感，爱令智昏，大都希望十全十美，实则七分为佳，人不能过分迷恋和在乎对方，为了怕失去对方而低入尘埃，但也不能直男直女，不解浪漫与风情。太炽烈，期望过高，可能登高跌重；太淡然，又孤欢两半，了无生趣。十全十美是最短暂的美感，极易失去。我突然在想，那些吃牛排选七分熟的人，一定都是懂得如何把握幸福的人。

清代的李密庵写过一首《半半歌》，被现代人谱曲当成歌来唱。"看破浮生过半，半之受用无边。半中岁月尽幽闲，半里乾坤宽展。半郭半乡村舍，半山半水田园。半耕半读半经廛，半士半民姻眷。半雅半粗器具，半华半实庭轩。衾裳半素半轻鲜，肴馔半丰半俭。童仆半能半拙，妻儿半朴半贤。心情半佛半神仙，姓字半藏半显。一半还之天地，让将一半人间，半思后代与沧田，半想阎罗怎见。酒饮半酣正好，花开半时偏妍。帆张半扇免翻颠，马放半缰稳便。半少却饶滋味，半多反厌纠缠。百年苦乐半相参，会占便宜只半。"

我刚看了一半，就明白了另一半的意思，他是说人生苦乐参半，要知足常乐。

水壶的水开了，我用力一提，才发现是半空的。

好了，我不能写了，再写下去，就是发力过猛，罗老师要批评。

顺中用逆，气归丹田。

就这样吧。

回 答

与其等待安排
不如去寻找回答

男　人

毋庸置疑，我是个男人。

不只是因为我拥有男人全部的标志，更重要的是，我拥有他们注定的命运。

生命的苏醒

第一眼看到这个世界的时候，我哭了。恍惚中，又听见有人在笑。

我紧闭着眼睛，看不到他们陌生的笑容，更不懂那些笑声背后的深意。

我后来在想，我为什么哭？难道，我知道些什么？后来发现，每个人来到这个世界时，都哭了，仿佛他们都知道答案。哭过了，人生就可以开始了……

哭是初生时唯一拥有的力量。他第一次证明自己的存在，不仅是向世界宣示来临，更是想表达自己的迷茫。

男人的出生，就这样狗血和仓皇，而成长，却那样细碎和漫长。

一踩上人生之路，男人就立刻明白，前尘后世的安排并不在握。男人的生命只是一次半夜的苏醒，是漫漫无垠的死亡睡眠中，一次起身小解，且只有站着解决的时间。

男人醒来，就无法再睡，即使外面黑夜如磐，也必须立刻启程。男人思索着路上的使命，他想采集着自信、文明、欢乐的阳光，晾晒潮湿阴郁的心灵冷床；他想捕捉到善良、友爱、宽容的人性，滋哺人间和谐和安宁；他更想用辛勤的思想，让苍凉空洞的人生，有一点温暖的意义。历尽千帆之后，男人终于明白，只有灵魂的感知，才是人生匆忙中幸福的所得。灵魂的苏醒，才是这次人生真正的使命。

男人知道，如果一旦睡去，就会失去一切。所以，即使世俗紧压胸口，窒息像黑夜层层袭来，麻木心智，蚕食活力，疲惫和绝望争夺着残存的意志，男人啊，也始终睁大眼睛，不能让沉沦，轻易夺走灵魂清晰而高贵的呼吸。男人知道，这次苏醒很短暂，但却是获取尊严的唯一机会。

……

儿子出生的时候，我守在产房外。门开了，一个护士抱着一个婴儿出来。护士没有跟我说话，径直朝前走。婴儿半睁着小眼睛，微皱着眉头，斜睨了我一眼，那眼神倍感陌生。护士的背影突然笑道，过来吧，是你的儿！

周围响起亲友的欢笑。我赶紧撵上去，跟在后面看。婴儿很镇静，好像对这个世界并不感冒。

我问，咋没哭？护士说，在里面哭过了。

我释然，哭过了，人生就可以开始了……

永不示人的翅膀

每个男孩都喜欢童话，那些五颜六色的故事，曾经让心飞翔起来，对未来充满了遐想……

那时候，最惬意的事就是躺在院子里的凉床上歇凉。夏夜的天空，挂着很多星星，它们微笑着眨着眼睛，偶尔有一两颗划着优美的弧线，静静地消失在远方。我知道它们的秘密，星空，是男孩们藏匿童话的土壤。

长大了，男人就不能把童话共享在天上，而只能悄悄摘下来，藏在心底

的某个地方。男人都喜欢看武侠书，是因为它延续着男人流浪的梦想。江湖，是一个多么神奇而博大的疆土，任人徜徉……

现实穿着铠甲步步逼近，忙忙碌碌中少了传奇，生活走着"凌波微步"，越来越看不清脚步和方向。男人苦苦坚持着，希望最终能抵达童话般的梦想。

男人想站在成功的峰巅，庄严地接受昨天对今天的膜拜。但空空的山顶上，只有男人落寞的身影被夕阳拉得老长。梦想的花在心中盛开着，枯萎着。直到后来，男人才发现，沉重的步履并不能加重人生的分量，拥有一颗童心，才是人生对人生最大的奖赏。

有人说，男人不过是穿西服的大男孩，再强大的男人，内心都藏着敏感、可爱和调皮。是的，男人就是天地间的精灵，只是被偶然赋予了战斗的属性。就像爱好和平的霍比特人比尔博·巴金斯，不由自主地被卷入了命运的漩涡，并展现出一个普通人潜藏其内的英雄品质，凭着勇气和坚忍，最终征服了恶龙斯莫格。其实，屠龙不是男人的天命，和平才是带血的天堂。

嗯，是的，不管路难且长，常看看天上，想想飞翔……

童心，是男人永不示人的隐形的翅膀。

有人的江湖

令狐冲说想退出江湖，任我行说："有人的地方就有江湖，你怎么退？"

门外就是江湖。

它一直在等我，我也不知道它想让我做啥。我不是黄蓉，我不会武功。

每个男人都曾有过纵横四海的江湖梦，我何尝没想过一身英雄胆，百万敌中杀五个来回，仗剑天涯路，扶危济困英雄救美，即使只混成个骑驽马穿锈甲持破矛的堂·吉诃德，好歹也实现了一个凡人的正义痴梦，只可惜我始终没有靖哥哥的运气。

如今这个江湖，早已不再男人，不再义薄云天，快意恩仇。它唯唯诺诺云遮雾盖，这不再是那个大碗喝酒大块吃肉可以飞来荡去除恶务尽的道义场，只可叹现在太多鼠弟菱哥我该为谁一掬英雄泪？

没有英雄的时代靠的不是武功，而是独门暗器，信号跑垮汗血马，键盘敲出霹雳雷，几个手无缚鸡之力的小眼镜就能气死八大派的全体掌门。俱往矣，那些英武洒脱的江湖故事已沦为孩子们嬉玩的电子游戏和席间的调侃玩味。

如今的江湖不是战场，只是职场。不见刀光剑影，只有觥筹交错，没有仗剑而立的侠士，只有扶墙而吐的酒客。君不见滚滚长江东逝水，只埋醉美酒咖啡夜光杯。现在的江湖很多人中了催欲的迷香，却没有解药。

江湖是无处不在的情境，它可以很大，大得是人类没有院墙的文明；它可以很远，远得是烈马跑不出的荒芜。

如今的江湖，或许只是一种流浪的心情，是那些舍不得割舍的小资们，心里一个羸弱的迷梦。不信你真的给他一把宝剑，他也舞不出那种如虹剑气；你给他一次爱情，他也爱不出那段侠骨柔情。

江湖是一种借口，是可以倒过来的命运的沙漏。我非英雄，江湖，只是男人翻旧了的童话，是宅人们慵懒的寂寞和传说……

男人的雪崩

我又在想，男人生下来为什么哭得响亮？或许是因为一生中，只能哭这一次。

在世人眼里，男人不该是童话，只能是神话，男人应该无所不能，承担起一家人全部梦想的债务。男人弄不明白，虽然他偶尔能比妹妹多吃两块肉，但是一旦挨打屁股却绝对疼得多，而且从父亲眼睛里，分明还看得出幸灾乐祸的神情。

男人也会想，为什么会是我，为什么不是别人？

其实男人不想长大，又不得不假装成长。因为被别人看出你的单纯，人们就会斜着眼说，你不是男人。这是一句骂男人最重的话。不是男人，男人就不再是人。

男人长大了就得出远门，不出远门的男人对于世界没有价值。于是男人走过很多路，摔了很多伤，男人终于明白，事业和责任是男人一生无法躲避的雪崩。他又隐隐觉得，也许某一天自己会被埋葬在路上。

男人一路上都带着父亲的旧酒壶，他会遇到很多男人，然后一起喝醉，然后又各自走开。走开的是男人，永远伏在背上的是酩酊大醉的责任。

男人都有过笑傲江湖的梦想，但是十有八九的男人最后都被江湖笑傲了。

少数成功的男人想有儿子，好分享他闪光的财富或权杖。

多数失败的男人想有儿子，好背着他受伤的梦想继续赶路……

倒下的山峦

有很多理由，男人可以倒下……

男人可以选择在一个镀金的黄昏，在那片最嫩绿最柔软的草地上倒下。阳光已懈怠了追杀，大幕徐徐落下，男人的身体从没有如此踏实和安静，男人可以，在众人的睡梦中倒下……

男人可以倒在女人柔软的怀抱里，放下他的挫折、勇气和光荣。只有女人懂得男人伤疤的性感和珍贵，在女人眼里，男人层层叠叠的伤痕，就像生命冰裂的细纹，哥窑一样纯美。女人会用温润如玉的爱给男人疗伤，在她面前，男人的胜利只是命运的附属，而只有失去，才让自己的男人显得更加迷人和悲壮！男人想用儿子延续梦想，女人想用女儿延续温存。

男人倒下，就是一座山峦。这样倒下，不意味着退却和腐朽，男人用牺牲化成那座曾经用一生时间去攀登的顶峰，挡住所有命运的箭矢，让黑暗中前行的女人和孩子重新找回方向。

就这样倒下吧，把心脏贴在大地。此刻，男人听见了自己浊重的呼吸，灵魂轻轻升在半空，向远方张望……

谁说男人，必须要站立，不可以倒下？

站立着的，只是精神和骄傲，就像那些没有被遗忘击垮的雕像，总是站在最稀薄最荒凉的高处，眼里没有一丝幸福和哀伤。

男人可以站立，也可以倒下，这不过是以热烈或平静的两种方式，表达对生命的敬仰……

梦想的疼痛

我发现，男人的疼痛，竟带着鲜艳欲滴的诗意。

"我喜欢深刻的诗歌，如利刀切肤，那鲜花般红艳的鲜血奔涌出来，混合这霎时蔓延全身的疼痛，实在是一种赏心悦目的畅快。这自残似的心境常使我迷惘，这究竟是出于对生命的沉醉，还是出于对生命的无奈？"

这是我写的《疼痛的诗歌》里的一段话。多年以后，诗歌已经不再疼痛，它成了植物人。而这种隐隐的疼痛感却悄悄蔓延开来，感染着我此后的人生。那不再是青春的剧痛，而是一种隐隐的刺痛，它不断地撩拨着我的神经，证明着我的存在。

不管男人如何长大，世界仿佛依然混沌初开。母体中的睡梦惊醒后，男人早已找不到那根带自己回家的脐带。面对着空旷的未知，男人迷惘和恐

惧，有的用狂欢来掩饰感觉的退化，面对袭来的黑夜，又瑟瑟在角落，用酒精来麻醉对这个世界的认知，昏昏欲睡，变得越来越麻木和迟钝。

疼痛是生命最清晰的感觉，是混沌中的刀锋战士，似乎永远忧郁，又永远果敢，毫不留情地刺向那些精神的吸血鬼。

战斗是残酷的，鲜血盛开在生命的荒野，成为人生最红艳的风景。

朋友喜欢音乐，几乎整天沉浸在音乐的池子里，湿漉漉的不愿起来。拿他的话说，深刻的音乐，可以沁入骨髓，让心灵获得酣畅的快感，而不只是刺激耳神经的按摩。他说他是在用音乐的挣扎来诠释现实的矛盾，用音乐的思考来抚慰现实的伤害，这就是一种疗伤。这让我想起《刺客联盟》里的药池，可以很快修补人们的伤口。祝愿他的心灵在音乐的药池中永远安全和健康。

梦想的疼痛是一种责任，是超越生理感觉的精神存在。它是来自生命的畏友，鞭笞男人的怯懦和懒惰，提醒男人必须扔掉欺骗心智的"魔戒"，告诉你人生还有使命。它风尘仆仆伤痕累累，却始终忠诚于你的心灵。

疼痛是思想延伸到现实存在的神经，是通向心灵深处的一条艰难的甬道。疼痛，是男人的一种高贵的忧郁和优雅，男人常常因为疼痛而感到无比幸福，它让男人时时清醒地感受到生命鲜活的意义，激励着梦想的飞翔。

寂寞的刺客

男人的一生，要似一名刺客。

刺客藏身于茫茫人群，一抹幽冷犀利的目光偶尔闪过，再看，你什么也找不到。

历史上最有名的刺客是荆轲，"身入狼邦，壮志匹夫生死外；心存燕国，萧寒易水古今流"，图穷匕见，吓出历史一身冷汗。还有专诸鱼腹藏刀，灭了吴王僚，成就了吴国的兴盛；朱亥锤杀晋鄙，一锤定乾坤，保全了赵国江山；聂政除韩相，自毁容颜，不连累家人。这些古代的刺客，说不上是乱世枭雄，但他们一定程度上影响了历史，也彰显了他们独特的个性和价值观。豪气、侠义、视死如归、充满自己认定的正义感，是那个时代刺客的主要特征。

近代的刺客类似狙击手，善于伪装，用带瞄准镜或消声器的枪，跟古代人相比不够仗义，要钱也要命，一般偷偷摸摸，打完就跑。当然，现在自己的命是越来越值钱了，谁还会像古人一样，一喝完人家的酒就耿直得不要命？

刺客大都或出于政治目的，或出于经济目的，或出于恩怨情仇，或者是某个阴谋或阳谋延伸到前沿的刀尖。

姑且不论江湖是非，正义邪恶，因为你根本说不清，也就别犯傻想去裁判。刺客在人印象中是阴暗的，可能让人联想到一些动物，比如蛇、狼之类，让人捉摸不透，不寒而栗。不过，人们看惯了这世界太多龙争虎斗，飞沙走石中，谁还会留意角落里有双窥视的眼睛？

就像有人说摇滚是一种人生态度一样，刺客，也代表了男人对人生的态度：冷静、低调、坚定、强烈的目标感、充分的计划和准备，出击果断，一击而中！

很多人在生活中急功近利，恨不得千秋大业一朝得成，最后却往往落得头破血流、一事无成。或许正是少了刺客般的冷静与执着，少了那种敢于用漫长寂寞去等待的一次出击机会，一旦出手，见血封喉！

命运的刺青

北京南锣鼓巷，有间小小的文身店，藏在胡同深处，幽蓝的小招牌，像是在黑夜平淡无奇的身体上，纹下的一枚青瓷色的刺青。到胡同里来的，大都是些有想法的人，他们是想躲避主流生活的拥挤，趁着夜色，沿着城市静脉的毛细血管，摸进生命僻静隐秘之处，找到一小块可以让自己身体静静开花的土地。

我不知道从什么时候，开始接纳刺青。小时候受的家教，是不屑这样的，那时的电影里，也大都用文身来区分好人和流氓，以至于小时候看见刺青，会有一种小小的神秘感，但更多的却是恐惧。

长大以后，被动接受社会性改良，通体披上了一层穿山甲鳞片似的共性，貌似刀枪不入，里面实则肉身一个，而这样的不真实让人心生厌倦，以至于挣扎着想有点属于自我的唯一性。有时候人的一生，就像是生命快递给死亡的包裹，路上时间很短，运气不好遇上顺丰，就会更短。层层包装下，大家都不知道里面究竟装着什么，只有生命自己才知道。等到最后，洋葱一样一层一层剥开时，才发现里面并没有礼物，只有自己疲惫的身体，和身体里那颗历经颠簸有点裂纹的心。除此以外，再也找不到任何属于你记忆和梦想的记号。

这世上，只有语言、文字、音乐和图案，可以作为存在的表述。文字、语言和音乐被人类独占，而某些生物，仿佛最懂得图案的魅惑，它们从一出生开始，就在身上文上斑斓的花纹，从此嬗变成了翩翩的蝴蝶，有了彩色丰富的一生；而那些没有想法的生物，仍然扑扇着灰白的翅膀，做着平凡的灯蛾，它的梦想，飞不出一盏灯的距离。

我就是这样一只灯蛾，一次次被光明灼伤后，那盏灯外的漆黑，以及漆黑后面的白昼，让我在无尽想象中倍感刺激，于是我开始想当一只蝴蝶。但我身体上没有天生的花纹，除了左脚踝上有跑百米接力跟腱受伤手术留下的刀疤。曾想过在那里刺青，但书上说有伤疤的男人更性感，而且位置伤情和刘翔一样酷，所以就算了。对于刺青，我喜欢那种局部的小图案，最好是在犹抱琵琶欲言又止的部位，和身体一起简单生长，不要搞得像中世纪油画一样，满画布都是，让人看不懂是人类还是魔兽。钟情传统文化的我，更喜欢点到为止的留白和含蓄。

我想去弄一枚小小的刺青，给我平淡的人生一个不屈的Logo。或许是束缚于社会传统对职业角色的审美，有些犹疑，但我真的想"起义"！因为我觉得身体是自己的，人类最基本的人权，就是可以支配自己身体和思想的权力。白落梅说过："生命不过是装饰，唯有灵魂可以自由带走，不需要给任何人交代。"所以，我也知道，生命的刺青，再怎么特别，最多也只是一种梦想图腾，人更重要的是要精神足够强大，具备个性张弛的能力和勇气，心中有着破俗成蝶的梦想，能够在纷繁多扰的世界，保持灵魂的独立、自由和壮美。

所以，男人不必一味屈从于既定的安排，男人要自己做一回有想法的人，看重真实的人性，看轻莫测的命运，偶尔任性，耍点脾气，给这个平俗世界的大屁股上，狠狠印一个大脚板的刺青。

……

当我抚摸着自己命运的刺青，毋庸置疑，我是个男人。

哲学的追问

一

喜欢看哲学类的书籍，过去是因为装点虚荣，现在是因为害怕虚弱。

青春对世界的看法是新奇的，七分向往，两分神秘，一分胆怯。理想在天空勾引，我鸡鸭一样扑腾着，却一直没有长出一双真正会飞的翅膀。在理想和现实之间挣扎是幸福的，也是痛苦的，森冷的白昼狂野的黑夜，不断撕裂着这个不太清晰的世界，割扯着我稚嫩的神经。

那时候我喜欢读尼采，那样一种骄傲得发疯的哲学思想，符合狂放无羁的自我。上帝死了！！！无畏叛逆的快感让自己顷刻化身命运的主宰，无所不能不可阻挡。月圆之夜，站在孤独的峰巅，发出阵阵只能感动自己的精神的狼嗥。

在鹰翅无从企及的山巅
在离天顶最近的岩石上
我是盘坐的智者
波斯人查拉图斯特拉

如农夫凝视着无际的田园
种植的智慧已经金黄
这些颗粒饱满的谷粒哟
一年一年腐烂在蛮荒

人类
不洁的河流
在愚盲中放纵着矫情和欲望
当太阳行至海的背面
我将下山
独自走进冬天的人群

我曾将灰烬带到山上
我要将火种播往人间
让焚身的烈火啊
占据人们灰暗空寂的双眼

我要布施我的热情
对人类的爱怜和轻蔑
让智者因疯狂而喜悦
让贫者因财富而欢乐

让我们彼此靠近
闭目聆听太阳的箴言
天庭的阳光敲击着水面
警世的钟声跌宕不绝

我踽踽而行
灰色的长袍在空中欢舞

深深的脚印
生根为遗留尘世的黄金

我心静如洗
静若神祇
通体的道德散发着柔和的光泽
爱意的手掌抚过饥馑的心灵
那丛生于大地的头颅哟
又开始萌动思想的绿意

我默默前行
唯一的走向是生存的走向
在圣者无意垂怜的生灵中
在离孤独和光明最近的道路上
我是行走的智者
无言的查拉图斯特拉
……

这年少轻狂的诗篇，是我的青春亲手写下的对哲学的颂赞。查拉图斯特拉，这个在高处子行的智者，警示着精神和文明的危机，呼唤着人类生机的出现。它像一个火种，满足了我对哲学超燃能力的想象。

站在查拉图斯特拉身后的是尼采，这个唯心主义大师一直压制着理性，试图用生命最本源的动力去面对世界，却发现了生命的无力无助。失望的他在意大利都灵大街上，疯狂地抱住了一匹正在受马夫虐待的白马的脖子……

如果说尼采的发疯是哲学家的涅槃或兵解，而我的层次却是安全的，最多只是小病一场。

几年前去昆明出差返程，在书店买了一本《沉思录》。我当时正在发烧，坐在飞机上跟着气流颠簸，更是觉得头晕难受。干脆看书吧！我不知道为何在这样的时刻，做出这种倒行逆施的选择。我只是在想，发烧的时候看烧脑的哲学书，是不是有以毒攻毒的奇效？果然，飞机在轰鸣，智慧在轰鸣，我精神的火焰顷刻蔓延全身，烧毁了我身体的痛苦，我大汗淋漓无比痛快，找到了向死而生的快感。我觉得这本书是马可·奥勒留在发烧的时候写的，哲学书就应该是由病人写的，或者是给病人读的，因为只有病人，才懂得人生的病灶。而哲学，是治疗人生问题的祖传偏方。

二

有人说读书有三个层次，一是读娱乐类的书，有关生活；二是读文学类的书，有关精神和情感；三是读哲学美学类的书，有关生命。

有关生命的问题最为复杂和无解，所以思考生命问题是痛苦的，这也是很多人逃避思考责任的原因。而我，却积思成疾。

我常常被思考强迫，它把我带进一个未知的黑洞，那里有很多碎片在时间的悖论里沉浮，我在努力拼接着一幅又一幅关于现实和未来关系的图画，这时，我需要用尽力气，去抓住那些转瞬即逝的光……

人类一思考，命运就发笑。

有人说思考是一次分娩的过程，经过分娩的阵痛，得到的才是最有体验和价值的蝶变，这样的蝶变似一场大病初愈后的新生。思考是人类之所以存在的首因，是一种价值，一次使命，所以我不能像动物一样简单地快乐着，把生命的意义全部投入到繁殖当中。

有一对父子站在罗丹的雕塑《思想者》前，父亲问孩子："你看懂了吗？"孩子说："知道，他在拉屎！"其实不管大人的头脑是何等的知性和深邃，或许这个孩子简单的童言才是思想者真正的内涵所在，因为思考的过程本身就是一次精神的排泄。

有聪明的朋友白天脑力魅力一起四射，却习惯在夜里把自己变笨和变慢，以此来调整波长，整理碎片。就像是能把自己卸下来修理和充电的铁臂阿童木，以此来储备应对未来压力的能量。

而我却活得很刻薄，思考已经深入骨髓，甚至成了一种恶习，即便是坐在马桶上，有时也会专注得像那个一直在便秘的雕塑。这种不分时间场合的精神自慰，让我觉得很累也很兴奋，也很上瘾。笛卡尔说，我思故我在。他说这话的时候，应该也坐在马桶上。

个人总结下，思想演进大概有四个过程：一是无知无畏没心没肺的阶段，不愿想、不深想或想不深；二是纠结自我，瞎子摸象，自以为是，自恋自闭，作茧自缚；三是开始思考自我与世界的关系，逐步调整外移，对外界有了更多的同理心和宽容，但尚未豁然通达；四是放下自我，成就大爱，济世度人，得成天愿。

帕斯卡尔说，思想形成人的伟大。人只不过是一根苇草，是自然界最脆弱的东西；但他是一根能思想的苇草……我们全部的尊严就在于思想。

我也热爱生命热爱生活热爱好人热爱坏人，但是我总想知道自己热爱他们的原因。思考是我活着的一种方式，是我接近生存源头的探险，是我延伸到现实之外的触须……思考是一场苦修，当哲思弥漫了我的人生，我就不再是一个人在战斗，就能加入神和神经病的群殴，在纠结中释结，在错乱中戡乱，直到拨云见日，圣心一统……

三

成长是最好的老师，当不厌其烦的时光让自己逐渐平和，就像一池碧水，没有了风掀起的波澜，我才清晰地看到水底的翔鱼，看到水面上自我碎裂的倒影。我发现不管思考有多么惨烈，哲学始终云淡风轻。

哲学是回家，是先哲们留下的路标。即使被落叶掩埋，你也能在迷途时找到它存在的征候，得到它冥冥的暗示和指引。

哲学是智慧，但关于哲学的书籍大都精装或硬装，被一些做作的人装裱为精神的圣经，远离生活的凡尘，晦涩得高不可攀，愿读它的只有神或者神经病。

在人生无尽的困惑面前，哲学是刺破表象的追问。它始终站在事物的背后，手心里攥着答案，就像一个城府和深邃的老人，安静地微笑着，聆听着你的告解。

挡在哲学身前的是命运，它手心里攥着一把旧签，似笑非笑地让你猜，其实它早就知道你会抽中哪一根。

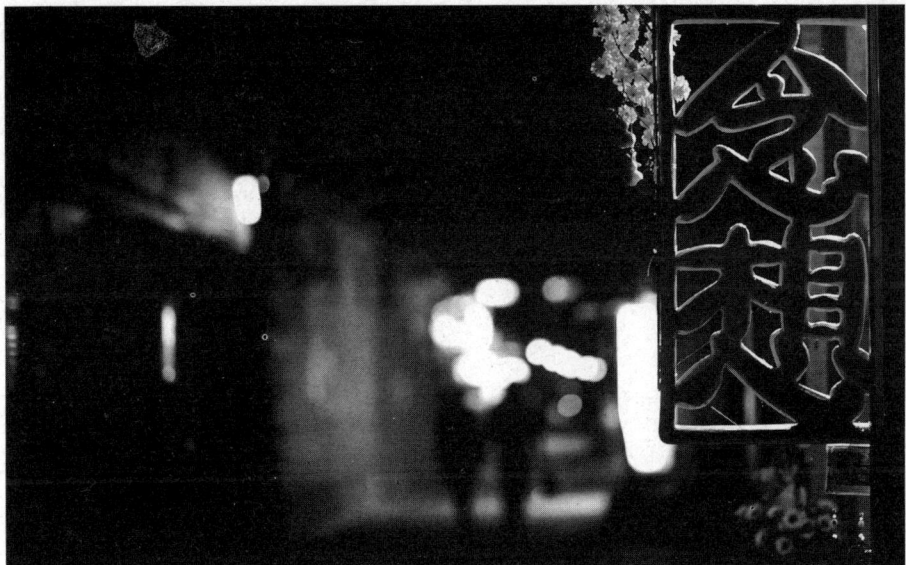

生命无常，而哲学长生。其实哲学是最简单和平易的，它无时无刻不躲在我们身后，和我们藏着儿时的"猫猫"，为了方便我们找到，它总是选择藏在同一个地方。然而人性怯懦，很多人都喜欢在事物的本质上盖上一层层伪装的浮土，以获取自我保护的安全感，却把事情搞得越来越复杂，大家也就越来越找不到真相。正因如此，我们常常会发现，自己用大半生的时间和头破血流的代价去印证的，不过就是身后一句土得不能再土、简单得不能再简单的话。"不听老人言，吃亏在眼前"，最高深的哲学，其实就是你从小就厌烦的那几句祖传的唠叨。

不过，我们也没有必要去遗憾当初为什么没有觉解，话说，如果我们从小就带着老人一样深沉的微笑，是不是有些吓人？这也少了些人生过程不断挣扎又不断感悟的成长的乐趣。

所以，我们不必害怕寻找真理的过程，也不要曲解追问本质的意义。我们应该睁大眼睛，竖起耳朵，贴近大地，怀着一种简单的心境，感受生命的哲学，让内心始终摇曳着智慧的火苗，温暖而安宁。

……

命运想笑就笑吧。我给思想披上单薄的灰袍，内心却充满了热爱和温情……

哲学三题

半 空

这是一个人不能跃升的高度，这是一个鹰不愿意俯就的高度，这是我的心灵张望的高度。

这样一个空间，寂寞得留不住向往，它们不断朝高处飞去，我一次次目击着它们的死亡，羽毛一般失散，优雅无力地掠过身旁，坠落风尘，给半空，划出一道道苍白的伤。

这样一个空间，空旷得留不住希望，隐约中的歌声与爱情，是人性繁殖的温床，就让它们在下面细菌一样滋长吧，给半空，一次宁静的想象。

这是一个多么宽大的通道啊，没有地上跋山涉水的艰难，没有天外寒冷诡谲的波云，这里有，多么深远和自由的徜徉。

我，从半空播下种子，给生活撒下粮食和责任；我俯瞰着生命的忙碌，在秋天收割欢乐和信念；我从半空抚摸着高粱的头发，我的热爱蔓延了生存的全身，战栗着，它获得了新生和意义。

我在半空用手指捅捅命运的脚心，喂，挪开吧，你！踩疼了我的思想！

不会失去对土地的尊重和依偎，不会迷信对天空的膜拜和仰望，半空，是一种人生的角度，我看清了，那些模样……

公 式

我们都按照公式活着，所以我们人生的结果趋同。

从生命的自然规律来看，本身就是一个定式，不管你吃了多少丹，烧了多少香，末了也肯定找不到保住性命的解药。

既然破解不了自然的巫咒，我们就应该现实地把目光放短到人生的过程。

其实，生死轮回我不太相信，不然为啥我对前世的情仇没有丝毫印象？那些擦肩而过的面孔，也注定来世不再相见。所以，今天活着，就是我们留给今生的一个证据，今生活着，就是我们留给今世的一次慰藉。

生命是孱弱的，渺小的我们像鸡雏一样不断寻找着命运的体温，于是公式就成了一个安全的棚顶。公式是宗教以外的另一种教义，与传统相关，与创新剥离，与秩序相关，与自由剥离，与道义相关，与人性剥离。我们被公

式所庇佑，也被公式所控制，我们以相同的快乐和幸福享受着相同的安宁，我们以光明和招牌的微笑隐忍着向往的撕疼。我们把公式举过头顶，就像头戴着一顶散发着玻璃光泽的仿制王冠。直到有一天，我们猛地发现，离开了公式，我们已经没有智慧去破解生存的真谛，已经没有勇气去质疑人生的迷局，我们好不容易张开了翅膀却再也找不到一片宽大的天空……

公式只证明参考的答案，却常常被误当成了自己的答题，我们往往活在别人的公式里，却发现自己有了更多的人生难题。我们在平庸中幸福地死去，却没有过一丝疼痛和惊喜。

织茧者因苦修而成佛，破茧者因撞击而嬗变，或许，佛与蝶，都是一场慈悲和欢喜……

嬗　变

对于未来的无知，或许是我的幸运。

当我是毛毛虫的时候，就从没有想到过飞翔，天太高，高得看不清天空的颜色，世界只是那几片草叶，我的愿望也只是想爬上不远处的那棵小树。这样的日子持续了很长的时间，做一只幸福的毛毛虫，是一件多么惬意的事。

有一天，我为自己造了一间小屋，在那间小屋里，我做着安谧的梦，梦中，我遇到了另一只毛毛虫，她那么美丽，有着阳光一样金黄的颜色。

当我醒来的时候，却惊讶地发现身上多出了一对翅膀，我激动和害怕得哭了。

小心翼翼地张开翅膀，多么漂亮的翅膀啊，轻轻扇动几下，身子突然变得很轻盈，壮着胆子，我跳跃起来，啊，我飞到了天上！

我赶紧停到那棵小树，却发现前面是一片森林。原来，天空那么蓝，那么大，大得让我找不到方向，我忘情地飞起来，惊喜地发现天空中还有很多一样的毛毛虫在翩跹起舞，我看见了梦中的她，也长出了一样洁白的翅膀……

嬗变，往往发生在黑夜的角落，发生在最不经意的时候。所以，珍惜每一个平凡的日子，或许哪一天，你也会飞到天上……

归　途

　　生活的浪潮，裹挟着我们滚滚向前。但背后仿佛总有些什么，在等待和羁挂。我们不知道前方会有什么，也不知道背后是些什么。待到千帆过尽，褪尽铅华，才发现我们的精神，已在不知不觉中，走在了回归的路上……

原　始

　　当原始成为回望的梦想，我们开始混乱了，是不是人生被我们活成了倒序？虽然时间的沙漏可以颠来倒去，但是时间却不能。

　　有些人看穿越剧，想填补人们现实生活的缺失，比如古代人朴素含蓄的爱情，似乎就比某些现代人非诚有扰的速配更唯美。

　　于是，目送越走越远的过去，我们心生遗憾和羡叹。我们常想，如果活在过去，就可以自行采摘新鲜的蔬果，可以骑白马赶牛车，可以住带森林的房子……

　　越原始，就越自然；越自然，就越自由；越自由，就越自信；越自信，就越自在。所以，你高兴了可以连身上裹的树叶都扯掉，也不会有人有兴趣多看你一眼。耕作、收获、觅食、繁殖……生生息息。大家顺从天意不离本性，更不会在贪婪中人性沉沦。

科技是社会进步的源头，只显示人类的能量，不放大生命的价值。原始，才是人与自然和谐共生的默契。

地震、海啸、战争……很多前兆和暗示，需要我们对环境和生态有一种危机感，并时刻保持警醒。

原始和未来，一直站在时光的两端，缄默不语……

自 然

人与自然，被一扇窗户轻轻地隔开……

有时候，我们打开窗户，迎接自然温暖的微笑，它神采奕奕，吹气如兰；有时候，我们关上窗户，躲避自然的咒骂和袭击，它任性善变，粗野狂暴。

古往今来，有着很多描写自然的文字，大多阳春白雪、高山流水、风花雪月，华丽而尽美，那是人们对自然的感恩和寄情，也是人与自然和谐共生的一种愿望。

而我很少写这类的文字，因为，我觉得过多阳春白雪中的沉醉会让人失去对自然病毒的免疫，而那些风花雪月的事又是那么琐碎和矫情。

自然是你的养母，它给了你一个成长的环境，却悄悄隐匿着你的身世。

自然是一个真实的骗局，在百变中愚弄着你的感官，却偷偷交还给你真诚的心灵。

我们被尘屑包裹的心就像一个月光宝盒，被掩埋在欲望的残骸下。只有自然，能够拨开生命的浮土，释放出它如水的柔辉。

自然不需要被征服，只能被敬畏；自然不应该被发现，只可以聆听。

此刻，自然就在窗外，轻盈地行走。我听到它金色的衣袂在风中飘动，让窒息的世界充满明丽和生机。

我发现这里并不是我的归宿，因为自然，正朝远方伸出翠绿的指尖。

那么，让我悄悄地，悄悄地拉着你的衣襟……

原 地

有好几次，梦回原地。

那是一个朦胧缥缈的地方，看不真切，但仿佛可以嗅到一种历久熟悉的味道，让我觉得，这个地方和我有着某种联系。

梦是无色的，那些泛黄的旧事老电影一样斑驳着，它们纷纷慢慢地闪现浮沉，交给我一些断断续续的线索，我不知道，它们究竟想告诉我什么。

在这样的斑驳中，我蹑足行走，生怕踩碎了那些怯怯重生的记忆，我很庆幸现实中我是闭着眼睛的，这样，它们就不会倏然离开。

还有一些旧人，从幕后淡入，很亲切很温暖地微笑着，和我说话，我很庆幸睡梦中我是睁着眼睛的，这样，他们的笑容就不会悄然褪隐。

原来，他们从没有离开过原地，离开的只是我和梦想；原来，他们都没有长大，长大的只是我和岁月。

这样一个地方，似乎存放着我精神的骨殖，一直牵扯着我，让我不管飞多远，依然无法脱离。这让我突然想起《聊斋》中被困守的魂魄，等待着懵懂撞入的宁采臣。

现实中，很多旧人早已散去，偶尔也会发现偶遇的某人，很多年后似乎没有多大改变，这样的感觉让人顿陷隔世的恍惚，他们为什么还会守在原地，以静态的方式诠释动态的人生？像旧书签一样，标注着我的青春。那些逝去的记忆，至今还在原地的锅里，烩煮过期的时光，翻腾着寂寞美丽的泡沫。

个体的生命是自我的国度，我知道，我是生命不可分割的一部分，但有时也会迷惘，我的主权究竟属于原地，还是属于他乡，究竟属于昨天，还是属于未来，究竟属于自我，还是属于社会。

人生短暂，行色匆匆，碰到的大都是打酱油的路人，他们到世上除了完成生活，并没有使命，我难逃一样的安排，但我还想拎着酱油瓶，顺便看看沿途的风景，晒晒太阳，问问清风，然后在某个路口的碾盘上坐下，算算小钱，想想是不是拐弯去打半瓶烈酒，喝了壮壮胆干点别的揭竿而起的大事，即使不能改变命运，也要成为一尊有血性有伤疤的性感的男神，去主宰自己没有被夺走的那部分生活。

噢，原地，一定就是心灵幽远的来处，让我轻翕鼻翼，就能够闻到的孤烟。这是一种温柔的抚慰，使得这个越来越没有安全感的世界，在冷漠自利中，保有了一丝人性和温情。

原地，是精神的原乡，就像身后茫茫天空下地平线外的屬地，在现实中无法触及，在睡梦中常常接近。

那就走吧，我知道，就算天空再深，时光不再，我的心还在原地，等我回来……

老　家

走过了很多路，身后，除了脚印，还有些什么？

一路上，我们太看重前方，以至于忽略了两岸的风景；太看重功利，以至于混乱了生命的节奏；太看重未来，以至于退化了记忆和聆听。尽管那些

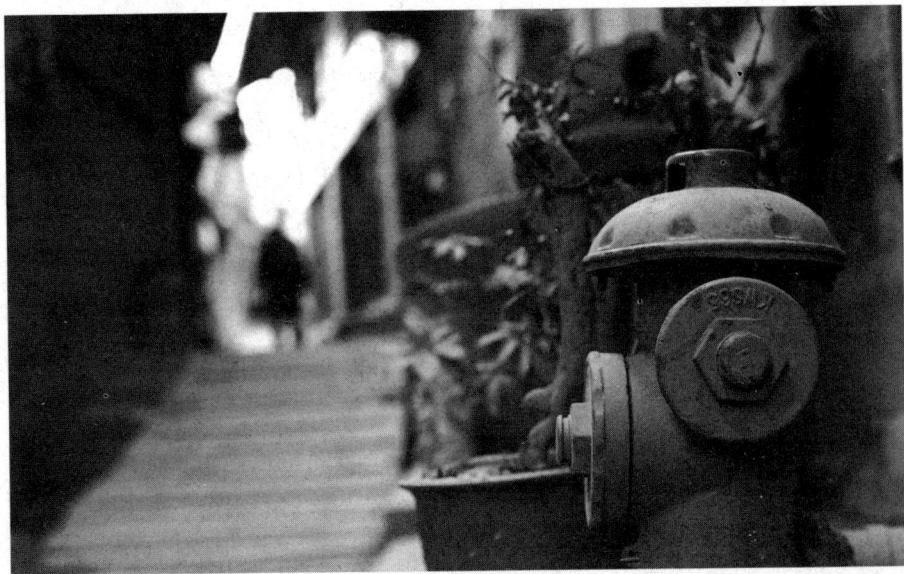

曾经拂面的风早已散尽，但冥冥中依然有些什么，还在过去寂寞地坚守。

据说人在生命终结的弥留之际，会在脑海中过电影般剪辑出自己一生的片段，那是他们的精神逃离了肉体长期的绑架，而走在了回家的路上。那是一条不再拥挤的道路，灵魂在空旷的大路上欢乐地回奔，勇敢地与熙熙攘攘的生命和欲望背道而驰……一辈子以后，它呀，终于得到了自由！

回家，是人的精神潜藏最深的本质，只是，我们不该有落叶归根般的悲情，我们的生命过程应该不断汲取来自母体源头的营养，释放出沉静温润的人性，历久弥坚。于是，我竭力捕捉着蝴蝶一样飘忽的时光，希望和那些失之交臂的人和事物，再次邂逅。

记忆的废墟爬满苍苔，纠结的藤葛延伸到岁月的深处。我不知道扯动哪一根，才是撩动人生的中枢神经，能够让我顺着它，找到老家的灯火，又看到妈妈的黑发，抱抱，小小的我……

那样的灯火，又是多么美丽和微弱啊。前行，是责任和命运的驱使，其实不管愿不愿意，我们已经停不下脚步。所以，回家，回家，只会是奔忙中对自己心灵一次次善意的欺骗。那些回家的来路，早已被岁月的迷雾擦除，荒芜的时空，将我与家园阻隔。

所以，我知道，已不可能再回到生命的原乡，去重新启程，去好好从头抚摸每一寸生活，从此，不再错过。

那么，至少让我在今夜的徒步中，留下这点点文字吧，如点点烛火，照亮彼此前行的寂寞……

回　答

　　每个人生都会遇到很多问题，但大多数人不会问起，只是默默地去承受结果，仿佛从来就没有过问题。我的人生也遇到了很多问题，我知道没有人会给出答案。所以，我努力生活和思索着，想给自己一个回答……

我是谁

　　我是谁？

　　问这个问题的，要么是飞行失事，掉落地球摔傻了的 ET；要么是遗传失误，流落人间发傻的阿甘；要么是精神失常，纠结问题犯傻的我。

　　我是谁？成龙大哥比画了半天也没说清楚，还有谍影重重伯恩，特工狂花莎曼萨·凯恩……其实，他们的问题很简单，只是被歹徒袭击打蒙了头，醒了只要到属地派出所查个户口就行了。而我问的我是谁，绝不是姓名和身份的问题。用符号替代的我只是社会属性的我，它一直在身份证和护照上保持微笑；自然属性的我呢，剩下的只是圈养的人性；或许还有超然属性的我，正在什么圣地塑造金身……

　　我是谁？拥挤的事物淹没了存在。我甚至找不出自己一个完整的影子，伟大的自由屈身狭窄的角落，孤单而浊重地呼吸。那么，好吧，我选择坐在一个最深的夜里，把全身涂抹成黑夜的肤色。我用看不见的手掌抚摸自己的脸颊，我在感知着作为一个生命朴实而温暖的存在。其实，这个世界原本只是黑夜，白昼，只是很多生命能量汇聚起来用来照路的光线。

　　我真的想迷失了，掉进一个有很多岔洞的深渊，在一个幽暗宁静的暗河里，做一条没有眼睛的小白鱼。游啊游啊，不知道从哪里开始，也不知道在哪里结束。身边，仿佛从来没有过美丽和邪恶……

　　我是谁？不要告诉我，我不信你们认识我，因为你们一样不了解自己。你们啊，也不要太在意自己的得失和名利，因为每个平凡和不凡的生命，最后都会一样刻上石碑。那些目的，一直漫无目的，那些道理，一直不讲道理，那些意义，其实毫无意义。

　　我是谁？

独立的价值

当人类的祖先还在地上趴着的时候，众生是平等的。自然法则是星球的绝对权力，神仙老虎狗虽然天天互咬，但仍属于人民内部矛盾，总体上各界能和谐共生，竞争发展。那时候，作为专业的动物，我们匍匐着，怀着敬畏之心，仰望着这个会打雷的世界。怯懦、畏缩、简单……生命的目的只在于觅食和繁殖。

某一天，有一个前腿受伤的大哥偶然站了起来。哇，他发现站得越高，尿得越远，而且越容易被喜欢追星的母猴看上。于是，大家纷纷效仿着用后腿直立。有了高度，就有了视野；有了视野，就有了野心；有了野心，就有了行动；有了行动，就有了行走。

独立，以人类直立行走为标志，开始脱离动物的家庭成分，成了人类的表征。

当然，以上是从伪科学层面，揭秘了人类从动物界独立的历史事件。更重要的意义，在于探讨现代人独立意识的异变。

在这里不讨论国家主权和民族独立的事项，那个属于三重一大，不属于咱百姓的势力和智力范围，在此仅涉及人性。

我觉得，不管是生活层面，还是精神层面，独立，是人类残存的最富价值的特质。

当前，在一个煮干饭熬成了粥，熬粥又熬成了糨糊的时代，不管你愿不愿意，人类被越来越紧密地捆绑在一起。人们想，重新趴下是不可能了，咱丢不起那脸。要是再能爬高点就好了，上面的空气虽然稀薄，但是可能新鲜。于是，我们有了天宫和神舟。所以，独立的本质动力有时源于窒息。

生活的独立是一个人最基本的能力，也是最原始的法则。一些人逐渐丧失了这样的能力，是跟丧失责任有关。我们越来越像人的时候，就越来越失去了战斗的兽性。

生活的独立源于精神的独立，生活中有那么多百无聊赖，是因为你的精神不够自信和强大，还在被环境的真相和假象所迷乱，被自己的软弱和懒惰所奴役，也在被别人布施的爱和宽容所温蚀。

独立，是希望你有站立的人格、勇气和力量。相信自己吧，或许你只是被生活忽悠瘸了的范厨师，要不试试扔了拐杖，走两步？

独立不排斥合作，不是要你标新立异占山为王，合作一直是一种智慧。狼群就是一个很专业的团队，合作就是各司其职的左右包抄，关键时有能力独当一面，并不是要你跟在别人远去的屁股后面吃剩下的腐尸。

享乐并不是你的光荣，你买车买房花自己的钱，是你人生的战利，一定程度上可以说明你经济的独立。但物质的所得并不代表人生的终极胜利，你已经空虚到被钱玩了，还嘚瑟啥呢？

真正的独立源于内心的坚持和平易，就像特蕾莎修女，甚至用省下一小口馒头的微小力量来和世界贫困顽疾作战。这位子然独立的斗士，用执着打动了人类的心灵，因而变得无比强大。

独立，是一种平静的宣示，不能主宰命运，但可以把握自己的脚步；不能改变世界，但可以影响个体的人生。

站起来！！！

崇高的自由

自由！

我，怀着深深的敬畏，抚摸着这两个字，就像抚摸着远方镀金的天空。

古往今来，有多少人，在努力追寻着它的意义。

这是世上最为无价的真理，是生命最为难能的品质，是权力不能征服的高度，是平庸永远不解的圣思。

它是宽大的，点燃人们内心的火苗，冉冉的盛开的心灵，挣脱物质的枷锁。

它是高远的，接纳精灵一样的飞鸟，欢快的云中的舞蹈，释放精神的囚徒。

或许正是因为纯粹，它更容易被曲解和忽视，甚至被沆瀣一气的世俗杀害。

记得在德国的乡村，看见莫泽尔河上常有天鹅栖息，它们自由地生活在这里，天使一样洁白的翅膀不时欢快地扑打着清澈的水面，或悠闲地游向彼岸；在澳大利亚墨尔本最南端的菲利普岛，在岛西南端诺毕斯岬附近的夏陆滩，住着身高仅三十厘米的蓝企鹅。每当日落时分，便可见到企鹅们成群从海上陆续归巢。当它们憨态可掬排队走过时，很多人都喜欢得有了忍不住去抱它们的想法。但是它们不需要这种喜爱，这只是自由的枷锁，它们想要的只是家和大海。

或许由于孤独，或许由于喜爱，或许由于占有，或许由于不自信，人类有着亲近宠物的嗜好。那些被剥夺了自由的动物，在强加的恩宠中丧失了生命自我的意义。更为不幸的是，现在很多人还不知道，自己也在不知不觉中成了生活圈养的宠物。

所以，即使是爱，也不应成为剥夺自己或他人自由的理由。当然，恨更不能。

自由，是心灵有着独立自主的方向，有着独自耕耘的领地，不为外物所累，不为外欲所动。它可以包容接纳，但不会软弱依附。它也是游刃于心灵和尘俗的智慧和勇气，即使云遮雾障，也会胸有朝阳，即使深陷泥淖，也有菡萏荷香。

自由，是透过水面的呼吸，是睁开眼就能看到的晴空，是朝着世界张开的手臂，是心灵在阳光煦暖的草地上撒野和狂奔。它不单单是天国的美景，而更多体现为一种追寻，驱使你在通往自由的路上，享受着牺牲的崇高、壮丽与悲情。

此刻，我闭上眼睛，聆听着很多心灵的悦动，那些窃窃的私语，变得越来越响亮和清晰……

自由！！！

怎样的爱情

很少写关于爱情的东西，因为，我觉得那是最美丽也最脆弱的瓷器，不堪一言，不盈一握。

很多诲人不倦的爱情经典故事和警句，不过是别人感情坟墓里刨出来的遗骸，有文物参考的价值，却并非爱情的血肉真身。所以，更重要的，还是那些你亲自活过的证据。快乐也罢，幸福也罢，迷惘也罢，疼痛也罢，都是你自己的感受。爱情不可以预约，不可以决定，也不会有什么秘笈，得道成仙是你的运气，而即便走火入魔也是你自己的宿命。

有人把爱情看成是可以忘记的偶然相遇，把激情混同于爱情，把平淡嫁祸于相守；或者把爱的经历裁剪成章回，变成一个个"曾经温暖过自己的名字"。真正的爱情应该像月光一样缓缓流淌，不一定炽烈和耀眼，但却应经久而绵长，即使在白天，我们不能看到它的时候，相信它仍然会在世界的另一端，被太阳照亮；而在每一个静谧的月夜，闭上眼，你就会闻到玫瑰淡淡的暗香。岁月大浪淘沙，爱情也是，沉淀下来的，才真正值得留在生命里。时间会考验一切，让它们原形毕露。真正的爱情不该是短暂耀眼的花火，而应是浅淡相伴的永恒……

为什么故事非得有结尾，为什么春天总会草长莺飞？爱情是感性的，因为"就是神在爱情中也难保持聪明"，又如《罗马假日》所表现的对无精打采生活的精彩背叛；爱情又该是有理性的，我们不能陷落于对美好爱情的久久沉醉，而忘记了对它的呵护和保养。美与残缺，就是爱情的真相。爱情里能走开的，都不是最爱，而所有的失去，都会以另一种更好的方式盛装回来。前段时间，我关在安静的衣帽间里录了戴望舒的《雨巷》，我闭着眼睛，脑海中那悠长的雨巷，丁香一样的姑娘，仿佛是爱在踟蹰，更像是超越爱情的一种释然。一切踽踽而来的美好，终将消失在颓圮的篱墙，消散芬芳，走离梦想……我在后期加了雨声，更觉凄婉迷茫。又记得十几年前，在从上海到北京的卧铺车厢里，我用手机写了一首类似的歌词《雨夜》："……有一场雨 / 终究来临 / 就像没有预约的爱情 / 悄悄濡湿了我的梦境 / 醒来却已雨过天晴……"后来窦鹏给谱了曲。感谢声音和文字，让我满足了对爱情所有美丽和悲戚的想象。

"舞台上的爱情生活比生活中的爱情要美好得多。因为在舞台上，爱情只是喜剧和悲剧的素材，而在人生中，爱情却常常招来不幸。它有时像那位诱惑人的魔女，有时又像那位复仇的女神。"爱情的戏剧每天都在上演，但大都平淡或凄婉，或许是因为平淡是爱情对现实生活的皈依，而悲剧更能加重你作为人生主角的分量。爱情容易内创，留下不流血的伤。

所以，看护好你的爱情，请勿倒置，小心轻放。

时　间

一

晚上看完电影《长津湖》，和一个影视圈的朋友微信聊天。

朋友问起对电影的感受，又聊起电影的故事性和配乐。他让我听一下诺兰电影的配乐，然后发了一个链接。接着很郑重地叮嘱我：你一定要听听整个演唱会的最后一首。一定！

我说一定！

打开是汉斯·季默的无损音乐会视频，有两个多小时长。于是我依照约定先听了最后一首《时间》，然后又倒回去听。

整个音乐会让我清晰地感受到了不同，就是音乐变化简单，节奏步步为营，但一点不显得狭隘，反而呈现出更大的格局，让感觉的触须自由生长。它引领着灵魂向上攀缘，听到的是生命在撑着世界追问，而世界不得不一一作答。即使偶尔有一些不安，但也有着自己坚定的脚步和韵律……

《时间》，却是一场思索，似乎囚禁着我们的梦境，但又给了我们希望，让我们在音乐的指引下，开始密室逃生。在挣脱所有束缚，终于重归宁静时，却突然发现身上多了一道新鲜的伤痕。

听了我反馈的感受，朋友说，好的音乐可以触及灵魂，比如开车时听，就是视觉（现实）和听觉（想象空间）的联觉。这些音乐，看似一个简单音符的重复，实则是能量的孕育。《时间》这首音乐从头开始一直是螺旋上升，逐步递进，到后面用小提琴拉出一个定音符，让人陷入深深的思考。

他说当时听完以后，晚上失眠了。

我想《时间》是《盗梦空间》里的曲子，梦都被偷了，咋睡？我心想我最近也失眠，你到底是来治我的还是来害我的？是不是让我听反了？

有治失眠的音乐吗？谁把梦还我？我也是一个被时间围困的人。

以前写过一篇《音乐之声》的文章，现在看来格局还是小了，或许我们需要更多的"谢巴德声调"，用音乐幻觉来诠释生活，而不完全只是告白和倾诉。

语言的尽头是音乐。我想音乐，一定也是时间的密钥。

一定！

二

除了音乐的解读，我觉得时间是有形的。

从传说中黄帝的漏壶"水钟"；到春秋时期中国人造出的"日晷"，以及古罗马人在广场上竖起几十米高的尖形石柱，做的一个时钟；再到燃香计时的"火钟"，点燃的"香篆"……时间与太阳、水、火等有形的万物勾连，以不同的形态给人以万能的暗示，并通过它们来频现金身。

水一样滴落的时间，细数着绵长岁月；太阳一样变幻的时间，用阴影标志出轮回；而点燃一炷"百刻香"，却是在用最浪漫的方式，计刻着最残酷的失去。

我书桌上摆着一个沙漏，我计算过这只沙漏的时间，五十八分三十六秒，拿古人的话说，一炷香的工夫。

一炷香的工夫，一缕香烟又寄走了一段时光。而沙漏是带有灵性的东西，它在用诗一样的温柔和无奈，来轻抚时间的伤痕。

我倒转沙漏，倾听无声的诵吟：

沙漏啊，滴落的不是沙粒，而是岁月……

一滴一滴，逃离无力紧攥的手心，你突然成了自己命运的旁观者，发现潜行的时间原形毕现，沙尽之处，裸露出荒原的空寂……此刻，梦想纯白的骨殖安静迷人，细撒着温柔的流线。

人生因无解而变得简单，何必这般琐碎地去细数过程，其实，即使是数到最后一颗沙粒，也不会攒够欲望的沙金。沙漏，又像一种仪式，几分神秘中暗藏深意。人们能做的，只是不断颠倒沙漏，并把无助的虔诚寄托到新的轮回里，希望命运也能随之倒流，重新来一次计算和筛选。

所以，沙漏的重复，只是时间复活的假象。生命依旧浑然不知，滚滚向前……

三

时间，又与人生脚步相纠绊。

不知什么时候起，时间变得如此促狭，我们开始追赶，生活从此变得忙碌和拥堵不堪……

没有信马由缰的从容，只有马达的嘶吼和混乱的脚步，一路狂奔，滚滚尘烟中，我们不再一尘不染。

被钢铁屏蔽的心越来越孤独和脆弱，透过贴膜的车窗，曾经清晰的世界愈加晦涩和黯淡。

不知从什么时候起，梦越来越少，记忆支离破碎，我们已习惯于紧张地睁大充血的双眼，盯着扑面而来的白天和黑夜。

追赶，追赶……前面有什么，其实谁也不知道。我们原本以为手中攥着一大把时间和方向，但却没把握抽出其中的上签。

追赶，追赶……我们已不能停下来，停下来，心中就会蔓延一种莫名的恐惧和不安。

身后错失了什么，我们并没有留意，时间对于我们只是一把没有刻度的尺子，无法准确丈量生存意义的长度。

也许，只有那些被时间忽略和遗弃的生命，才能幸运地落在身后，躲进路旁草丛，从欲望的狼群口中逃生。等尘烟散尽，大地归于原始和宁静，水一样的月色洒满来路，一切，才又重回真实和自然。

……

是的，时间看似一无所知，实则洞悉一切。

星 空

国庆到山上度假，晚上我爬上屋顶，独自躺在休闲椅子上，仰望星空。

广袤的夜空中，星星在闪烁，远远近近，深深浅浅。当眼睛调整到一定焦距，发现越仔细看越多，后来竟是密密麻麻的一大片。

我发现有很多星星在快速地移动，怀疑是眼睛花了，就选了固定的星星做参照，结果发现它们真的在奔跑，轨迹没有规律，就像孩子一样，在暗蓝的星海中穿梭嬉戏。

这样的景象，似曾相识。那是小时候躺在院子里的竹床上歇凉，灿烂星空就是我的课堂，那些会眨眼的星星，是世界对我的第一次端详。妈妈经常叫我数星星，数啊数啊数不清，问妈妈有多少颗，妈妈只是说很多很多，长大后才知道妈妈也没有答案。

几十年过去了，那些星星还好吗？有没有长大、恋爱、生病或死去……星星依然很多很多，但不知道今晚的星海里，有没有我童年数过的一颗？

我曾计划在屋顶拍星轨，甚至上山时带了脚架，但我现在连手机都没带上屋顶，也就免去了计划的羁绊和生活的挂碍。现在，只剩下我和星空的对视，坦诚、直接而平和……人生有时需要换一种视角和心情，才能发现结果的不同。

　　面对星空，不同的人有不同的感触。比如男人看见的是科学，女人看见的是浪漫。

　　我也曾以科学的名义，买过一个天文望远镜，接上相机，在月满之夜拍摄月亮。其实心里却在胡思乱想：月亮上的桂树是金桂还是银桂？嫦娥长得漂不漂亮？那只兔子，眼睛是不是红色的宝石？月亮的脸上，到底有多少麻子？所以，本质上我不属于多数科学的男人，而是属于少数浪漫的男人。或者只是打着男人的幌子，在偷看女人的心情。

　　很久以来，人们都在争论有无外星生命的问题，我认为是有的。宇宙就是一种哲学的存在，每颗星星都有着自己的人生，即使是那些最严酷荒凉的星球，也一样有着寒与夜的悲欢，风与砾的因果。

　　朋友说我的文字既有男人的责任感，又有女人的细腻，雌雄同体。我想他是高看我了，那是观音。

　　林清玄说："要持续做一个有趣和深情的人。"我觉得仰望星空，就是保持对生命的趣味和深情。这位老人，有着一颗清泉一样潺潺流淌的安静之心，而我的心却什么时候停止了流淌，在生命的寒意中结满了冰凌。

　　现代人过得匆忙，勒死了趣味和教养。他们习惯于低头或平视，却忘记了仰望。低头是因为害怕未知，患得患失；平视是因为功利所趋，步履跟跄；遗憾的是，他们丢失的仰望，才是可以超越尘世负累成就生命达观的本真和品质。

朋友曾送过我一幅自摹凡·高的《罗纳河上的星夜》，星空下，河岸边，水中星光和灯光的倒影，是个人情感的镜像。而另一幅《星与夜》，那卷曲的星云，汹涌奔突的情绪，却是凡·高躁动精神的张扬。是啊，星空如此宽大和包容，甚至容得下孤独和疯狂。

我的心又该如何安放？我该在哪一片璀璨的画布上，轻放下我的欢乐、痛苦和梦想？

通向星星的道路是艰难的。这时，几道小小的黑影尖叫着快速划过星空，那是夜鸟在歌唱。仿佛在提醒我，能够连接梦想的，只有飞翔……

仰望星空，星空也在仰望着我。

此时此刻，我知道它们中的一颗，也正在注视着我的人生，看着我孩童的单纯和凌乱的脚步，怀着同样温柔的心情，对我保持着浪漫的想象。

柏拉图说："我真想化作星空，用无数双眼睛看着你。"我不知道看着我的那一颗，是不是你的眼睛。

是啊，我们每个人都是一颗与众不同的星星，人生浩渺，岁月悠长，即使我们相隔很远的距离，也应该温柔以对，用彼此的光辉点亮对方，在生活黑暗的底幕上，布置出一片干净明亮的星空。我们都渺小而真实地存在着，只因那点点滴滴的爱，才汇成了人生意义的璀璨星河。

今夜，仰望星空，我沉静如水。

我悄悄在这样一个洒满星辉的温暖角落，播下了慈悲、宽容和爱的种子……

重 生

　　很久没有写文章了，终于快被生活淹没，在各种情绪挣扎中无法脱身，甚至有了溺死的前兆，难以呼吸，喘不过气。在极致的痛苦中，竟突然生出一股莫名其妙的愉悦，难道这就是传说中的回光返照？它竟然会出离身体的囚禁，跑到精神世界来度我。这样的快感，出现在我想放弃的时候。

　　被生活淹死，是绝大多数人逃不脱的宿命，但尴尬的是，这样的死法，却一直是我最鄙视的。

　　过去，我一直以为自己与众不同，臆造出一些思想碎片，就觉得破解了命运的真相。文学、哲学、美学……以及对很多艺术基本的触感，让我保持着对生活细腻美好部分的敏锐，这样的能力让我沾沾自喜，仿佛自己真的摆脱了尘俗的束缚，成为少数心灵特别自由精神特别丰满的人。视野广阔，思想深刻，灵魂纯粹，我觉得我这种色艺双全的人，就不应该被生活淹死，让那些肮脏的血水口涎碰到我干净的理想和身体。即使要死，也应该是其他更浪漫的方式，比如被诗人出卖，被爱情谋杀，被月亮消灭……绝不应该是现在这种狗血的剧情。退一万步讲，即使生活非要用这种最普通的方式干掉我，我也一定要做壮美的鲸落，一鲸落万物生，留给世界两千年的优雅存在。"理想主义者是不可救药的，如果他被扔出了他的天堂，他会再制造出一个理想的地狱。"

我承认自己是一个有精神洁癖的人，对完美孜孜以求，对美好的既有倍加呵护和珍惜。但它们也暴露在生活粗暴的风雨中，慢慢变得憔悴不堪，一点一点被平庸蚕食，剥夺了自信，真的就变得不再完美，令人心疼。但万恶的生活并没有收手，直至某一天想全部夺走。

由于我的"与众不同"，几年前就写出《半空》那样的文字，认为自己至少活在地球的平流层。这样的不知，让我在自恋自嗨中远离了对其他人生的关注，而活在自己狭小的精神棚屋里。仿佛这个棚屋，就是自己操控人生遨游宇宙的指挥舱。

或许是被我的假象蒙蔽，又或许出于对我的挽救，文旅委的朋友把我拉入了一个叫"湖山有约"的十多个人的小群，里面都是当地纯正的文化人，书法家、画家、诗人词人等等。他们是一群有境界的人，修为甚高，友善仗义，经常相互切磋精进。在我眼中，他们就是故宫朱漆大门上那九行九列的鎏金浮沤铜钉，那般庄严华贵，遍体文化包浆。

由于我是白丁，透明素人，所以以为人家都看不见我，即使看得见，我也会像南郭先生一样抱着竽，偷偷混在队伍后排的角落，不影响整体效果和市容。好在群里没有齐湣王，以至于我目前尚能安稳地潜伏。

群里一个我一直尊敬的兄长生病了，国庆期间区里给他办了一个专展，刚履新的区委书记开场讲话，很多朋友来捧场，这样的荣耀，是老兄该得的。朋友在群里发了展览的照片，我真心地点了赞，为什么要强调真心，是因为现在各种群都泛滥点赞，而很多人根本就没打开过内容，所以大拇指已是最没意义的图标。而我一直不愿违心点赞，所以我的手依然十指连心，大旗不倒，弥显诚贵。

我从群里对这次展览碎片的信息中，认真地体会着现场场景，也生出感动和冲动，于是很少留言的我，在群里写了这样一段自我暴露的话："其实我是这个群里最不着边际的人，谢谢大家的包容，让我能有机会真实看到向往的境界，感受到你们精神的光辉，体会到文化的高贵与纯粹……"

我被自己勇敢的自首感动了！现在的我，终于不再狭隘自我，而是真诚地想扑上去，拥抱这个世界上那些不同的坚韧不拔的人生和熠熠生辉的灵魂。

　　这时，命运睁开眼睛斜睨了我一下，眼神中流露的大致意思是：这只臭虫终于成熟了。

　　有哲人说，聪明的人从不谈论人生，因为它是最复杂最无解的命题。而我回忆了一下，我那些文章里用词最多的就是生活、人生、命运之类，反正有病哀号，无病也呻吟。

　　我一直不愿意在文章中谈论工作，即使我写的工作材料远远多于文学的内容。工作就像一把锋利的剑，我们用它披荆斩棘，又时常被它割破手指。

　　我还是习惯个体精神的摸索，因为人性才是大自然赋予人类最基本的特征，生命的感受如此五味杂陈，因为未知，才学会拥抱；因为失去，才懂得珍贵；因为疼痛，才活得清晰。生命本质苦累，快乐只是点缀，因为稀少，又不珍惜，人前又不敢承认自己不快乐，所以人们才会在过节的时候需要用互致问候来补充能量。

　　生活让我们屡遭摧残，却又会给我们打赏和机会。罗曼·罗兰说："在女人眼里，男人的力遭摧折是特别令人感动的。"所以，有的女人最骄傲的事情是亲手包扎她所崇拜英雄的伤口，抚慰所爱男人暂时的柔弱。张爱玲又说："生命是一袭华美的袍，上面爬满了虱子。"这让我慨叹满身虱子的女人更是可怜和不易。

男人其实很简单，唯一的使命就是战斗！即使在生活之战中丢盔卸甲狼狈不堪，但只要能带着伤活下来，就还会赢得机会。

生活并不知道我此刻的顿悟和升华，依然劈头盖脸故伎重施。这时，有一股力量在我体内游走，我已不再惧怕命运的肮脏和辜负，求生的意志重又注满胸膛。因为不再怯懦，我的呼吸开始变得越来越平静和有力。我从迷蒙的泪水中正视着不断涌来的生活乱潮，浊浪之巅，那些沉浮的欲望变化着不同的表情，重播着万千生活的旧剧。喜怒哀乐，悲欢离合，明明灭灭，熙熙攘攘，仿佛一切都在死亡，一切又都在重生……

我仰望着半空，乌云密布的天空竟然裂了一道缝，露出一丝希望的光亮……

天涯路远，湖山有约。

一切都在继续……

我微笑着，看透了生活的用心。

生　日

都睡了吧
那些镀金的鸟
被夜染黑了翅膀
沉沉的
飞不高

蟋蟀又在唠叨
说些什么
从来都不重要

都睡了吧
欲望是疯长的野草
早已被风烧焦

羊水里波平浪静
嘭嘭　只有

母亲的心跳

都睡了吧
好好伸个懒腰
快动身了
爬过人生
狭窄艰难的甬道

都睡了吧
不需要光
什么祈祷
什么征兆
甚至欣喜和啼哭
多么肤浅可笑

不需要啊
神的养育和牵引

我只想一个人走走
看看世界和爱情
疼痛　微笑
真好！
……

我在秋天到达，那一天，就是我的生日。

我对出生的情形没有记忆，只是后来听父母提过我重八斤四两，对于其他却不愿多说。由于我毫无征兆地写出这首玄诗，里面透露出一些奇怪的行程信息，所以我怀疑自己是从另一世界偷偷溜过来出差的，只是暂时失忆，但父母可能知情。

小时候期待生日，是因为这个日子会受到特殊重视。礼物是父母故意向我展示的人生的快乐部分，对于其他依然讳莫如深。长大后慢慢看多了世界，才理解了父母的用心：一路上邂逅的美好那么短暂，所以应该握紧珍惜；遭遇的艰辛那么漫长，所以应该隐忍忽略。很多人经过了世界之痛爱情之殇，才开始怀疑这趟旅程并无永恒意义。年年岁岁相似，人面今朝不同，生日貌似是陪着成长的童伴，背地里却与终点暗通款曲，于是我与生日渐渐友尽。

全世界有 78 亿人口，平均每天两千多万人过生日，中国过生日的每天也有 380 多万。他们散布在世界各地，地鼠一样从不同的洞里钻出来，狂欢一天，又嗖地缩回地洞，一年一次，一次一天，一人一回……

所以，我们去外面吃饭，会时常碰到过生日的人在隔壁桌上喧闹。正主戴着扑克老 K 那样的滑稽纸冠，享受着亲人朋友的嘲哄。店员们围成外圈，拍着手没精打采地哼唧着生日歌：吐油……吐油……吐油……锅里红汤翻滚，毛肚飘香，锅外甘旨肥浓，热气腾腾。

蛋糕是必须的，还要插蜡烛、点蜡烛、许愿、吹蜡烛……我一直搞不明白的是，你既然点了，又干啥要吹？既然要吹，你又点它干啥？

我不是一个没有仪式感的人，只是很单纯地不在意这种过场。

　　现在生日在外面被人搞得疲惫不堪，或许是因为更加疲惫不堪的人们需要找点儿快乐的借口，或者借用一下别人的借口和快乐。

　　生日，是那些关心你的人表达情感的机会，也是我这种不关心生日的人浪费情感的原罪。记不记得生日，仿佛成了情感关系的测温枪。其实枪也不一定准，人人都有自己的事情和态度，记得的，一定温暖用心；记不得的，也不一定心性凉薄。

　　既然说到这里，趁着天黑，忏悔一下我的凉薄不孝：我时常分不清新历农历的换算，又加上对生日无感，所以经常搞忘爹的生日。去年头顶连续打大雷，我感觉是冲我来的，就用手机记事本做了提醒设置。到了那天闹钟响了，我赶紧跟爹打电话约饭，爹说：我都不晓得是不是今天……

　　基因强大啊！实锤了！我不是来出差的，是他亲生的！

　　……

　　我现在斜靠在床头用手机写这篇文章时，右上角的数字正好跳到零点：我的生日不约而至！不管自己是不是在乎生日，人家来都来了，也是一番好意。我的生日紧跟着国庆，升旗放假，普天同庆，国家年年对我都十分关照。所以，我还是要代表那些关心我的人对自己说一句：生日快乐！同时，也代表自己回一句：谢谢！我尽量吧！

　　蜡烛就不点了，半夜三更的，怕鬼误解。

　　最近，我处在嬗变期，正经历尼采骆驼、狮子和婴儿的"精神三变"，现在回到了婴儿状态，正准备重新开始。尼采捏捏我的小脸笑着说：娃儿你来过一趟整明白没？一切快乐都想要一切事物永远存在，想要蜜，想要渣滓，想要醉醺醺的半夜，想要坟墓，想要墓畔眼泪的安慰，想要镀金的晚霞……但所有真理都是弯曲的，时间本身就是个圈圈儿。

　　这个把太阳当成自己的睾丸的疯子，我不想理他！但我知道，我和他都还爱着这个奇怪的世界。

　　趁着窗外月黑风高，我悄悄盘算起行程。

　　都睡了吧？

　　……

做 梦

我一直认为，我还在另外一个地方活着。

每到黑夜，我就会被带去那里，而早晨醒来，又还在原地。绞尽脑汁，拼不全记忆的残片，所以至今我都说不清梦里究竟有些什么。

这无关量子力学平行宇宙等深奥，我也不想去网上查询关于梦的注释，或翻找《周公解梦》的答案。我感谢梦的宽容庇护，它让我被现实绑架的人生，有了片刻的自由。

自从今年世界公布了人类首张黑洞照片，我觉得梦就是那个样子。它吸纳我白天剩下的能量，存放我疯长的杂思。当我闭上眼睛，就一头扎进了深不见底的未知空间，无边无垠，无根无蒂，无牵无挂，无尤无怨。自由，原本就该是盲目的存在，只需要放纵，不需要指引。

梦中碰见的那些人，不管是活着的还是死去的，都还活着，梦中碰见的那些事，不管是做过的还是没做的，都不需要因果。在这里，你曾被安排好的人生丢失了剧本，一切牵系你的情感和责任终于松开了紧攥的手，连生死都显得无足轻重。没有姓名，没有身份，没有昨天，没有明天，于是，没有安排成了今天的安排，梦里所有的发生，全是我随心所欲的涂鸦。

梦和现实不同，现实不可更改，而梦可以擦除。有时候，醒来会遗憾留

不住梦中的快乐，或庆幸一睁眼就能摆脱厄运的压身。我想，如果梦能设计会不会更好？让每一次做梦，都预演人生的一场胜利。

但我根本无法左右梦的情节。我的现实和过往、恐惧和快乐、憧憬和隐私，都从身体的各个角落里爬出来，自发来到这里私会，哭笑嬉闹、争斗密谋。我的胳臂变得沉重，无力去拥抱或阻挡什么，此刻，我只是一个宿主，承载着内心或明或暗蠢蠢欲动的事物，在深空中流浪。

梦不可知，梦不可言，它与我无关，又与我有关。梦啮噬着我生命三分之一的时长，但又不肯告诉我，它与我的后世前缘。

不知道现实中是否真有 Downer Cobb 那样的造梦师，游走于现实梦境，穿行于盗梦空间，如果有，我就恳请他入梦，对我的潜意识进行结构性重塑。

夏天晚上，我尝试去阳台睡觉，但在那里睡觉的结果，就是梦多。估计是有江风，把梦吹过来荡过去，刚把梦做圆，就被吹出个窟窿，又得不停地补梦。还有就是有船声，特别响特别近，总在你梦里闹，所以，早上醒来，总感觉做了一夜的梦，却没一个拿得出手的正品。

有一次，和一个搞艺术的朋友探讨梦，他说想把自己做的梦画出来。我觉得我也该做点什么，于是抢先写了一首诗，叫《画梦者》：

为什么在所有的梦里都拿不动笔
记下夜的证言
那些黑暗中发光的话
若隐若现的眼白
逃亡的自由
穿着胡乱剪裁的条纹衣裳

不知道该用哪种手势
比画梦的形状
撕扯成碎片的河流
流着新鲜的口涎
潮水一样拥挤着
善良和魑魅紧贴的脸
干净的亲人是旁观者
微笑着没有说话

为什么所有的梦都没有颜色
说不清梦的心情
跳跃和漂浮的欲望
睁着色盲的双眼
都出来吧
迷路的幸福
躲藏的心灵和孩子
都来这欢愉的虚土里生长

我听懂了自己呼吸的深意
是一种警告
谁在脊背后叩门
打着晃眼的灯笼
吹着下流的口哨

放开我
我只是一个画梦者
偷渡到预言苍白的幕后
寻找真相

为什么啊
在每一个被吸干的黎明
软弱的画笔
总想不起
我梦中真实的模样

梦中，我捡起一块块思想残片，拼接着某些真相，但最终无法完全。当黑夜拼图成了习惯，我开始怀疑，我天天去梦里，只是为了换一个地方思考。

朋友的梦始终没有画出来，或许他也回想不起梦中的模样。他不是《Heroes》里的画家 Isaac Mendez，把画梦作为预言。Isaac Mendez 画的大都是灾难，于是在现实里，灾难一场接一场，真的发生了。

我突然庆幸自己没有那种不幸的异能，要真相做什么？现实中的真相早已习惯了美颜，当它摘去画皮，或许就会凶相毕露。那么梦啊，大可不必给我那么多暗示和深意，让我平添负累。

放下了，就进入自由的梦游。

黑色的门缓缓打开……

我路过空无一人的城市，看见一个永远期待的灵魂死在门内，我走向无边无际的旷野，看见一个永远寻找的灵魂死在门外。我路过它们的尸身，好多黑白的鲜花正恣意盛开。

我来到迷雾森林，一片大湖映衬着天空的深邃迷离，湖面上，我看到了自己人生碎裂的倒影。

微风路过，波光粼粼……

颜 色

一

喜欢黑白照片，它过滤掉了生活浮艳的部分。

我有时候会把拍的彩色照片处理成黑白，它便瞬间呈现出截然不同的气质：雨后的平静、盛开的等待、激情的忧思、放下的释然……好像生命回归了初生，或者刚刚走到尽头。

夜很浓，昼很淡；黑很深，白很浅。因为光芒刺目，更看不清黑暗的温柔。

哪有什么天堂和地狱，那不过是人明丽或灰暗的心境，"天堂"和"地狱"之间，仅隔了一层薄薄的人间。

薄薄的人间堆填厚厚的欲望，它们花花绿绿的颜色，让人间更加拥挤，"天堂"突感冷清，"地狱"竟显单纯。

自从有了墨镜和美瞳，眼睛已不再是心灵的窗户。他们看到的是伪装过的世界，不能多看，多看，就会慌乱；不能触摸，触摸，顿觉冰冷。

即使被浪蝶追逐的春天，不过也是世界群发的一张美颜照，它似乎永远绿意盎然，让你年年沉醉于青春的假象，却忽略了对它身世年龄的怀疑。

春红柳绿，乱花迷眼，你有没有注意过花瓣掩盖下枝条上的累累瘢痕？

我不想在颜色中迷失，我希望我的眼瞳，一直有着清晰的黑白。

所以，我追求黑白的纯粹，黑无边的包容，白无畏的坦诚。

但黑白真的比彩色更干净吗？传言中，黑庇护的脏，白摊开的伤。

我发现，这个世界五彩斑斓，内心却深藏寂寞黑白。

欢乐是什么颜色？痛苦是什么颜色？是什么在野蛮生长？又是什么让眼底荒芜？

文艺吧！去生活的空白点。

醒来吧！在繁华的宿醉处。

……

二

我曾写过一首歌词《灰》：

灰
看不懂的美
像世界喝醉
累不累

灰
心像要天黑
梦朝夜里坠
追不追

灰
命运在作祟
看不清天空
飞不飞

灰
一个人暧昧
想不想流泪
悔不悔

灰
黑白间的鬼
徘徊在黎明
退不退

灰
牵个影子归
有没有心里
丢了谁

灰
优雅的伤悲
寂寞的滋味
还挺美

灰，是很多真相的颜色，因为不黑不白，所以不好不坏。

这首词发给了窦鹏，他回邮件：好词！

但我还没看见他的谱曲，我无法洞见他生活的颜色，或许他已在灰色中慵懒和迷失，感觉不好不坏。

我希望天高地朗，玉宇澄清，人生都有着鲜明的颜色。我想肆意行走在黑白之间，去看清正义与邪恶，忠诚与背叛……

虽然很多人盼望一路痛快淋漓，却往往惹了一身灰土，踩了一脚烂泥。

这首词迟早是要谱曲的，总有一些灰色的人，想看清人间。

……

三

色彩是一个迷宫。

除了黑白灰，还有红黄蓝橙绿紫……它们都有着自己的个性和心情，红的娇艳，黄的暧昧，蓝的忠厚，橙的开朗，绿的清明，紫的神秘……这些颜色，其实就是人间那三分姿色。

闻一多写过一首诗：绿给了我发展，红给了我热情，黄教我以忠义，蓝教我以高洁，粉红赐我以希望，灰白赠以我悲哀，黑还要加我以死……

我、闻一多，还有很多人，有着各自命运的色素沉积，故而颜色在我们眼里，常会是不同的感受和心情。他灰白的悲哀，只是我淡淡的无奈；他黑里的死亡，却是我思想鲜活的温床。

人生需要留白，而透明是一种智慧。

我不知道透明是不是颜色，它貌似存在，又一片虚无。或许它只是一个滤镜，过滤掉的不是颜色，而是人性看不见的浮光。

我们都不透明，扑朔迷离。我们具象地存在于现时现世，都在用命运即时的心情，胡乱洇染着人间。

我们并无大智，沉迷炫彩，常常在目迷五色中，混淆了彼此的单纯。

理性是线条，感性是颜色。我们的生活并不缺乏凌乱纠缠的线条，想给大家的心灵之门涂上更鲜明的颜色，却找不到门牌。

色彩，是本质的画皮。本质的颜色，就是人心的颜色？那些色盲看见的混沌，是不是更接近世界的真相？

我在用胡思乱想泼彩涂鸦，在一张我爱过的白纸上久久停留，我回忆着它的纯洁，它什么时候变得复杂浑浊，面目全非？

眼花缭乱，倍感疲惫。我索性闭上了眼睛。

啊！我竟在眼帘背后，看到了命运的底色——

干净而单薄，朦胧而温蔼……

人　群

在西藏日喀则扎寺伦布寺，我曾抓拍过一张照片，一个孑然离去喇嘛的背影，而周遭，是绰绰浮动的人群……

　　我委身于喧嚣的人群，不由得开始思索一个哲学问题，我与人群，是怎样的关系？

一

　　我自诩是一个理想主义者，却常常错付于空想；我又是个完美主义者，却时时暴露出缺陷。

　　曾经和朋友聊天。朋友说，你追求的纯粹本质上是一种空想，在人群中，不可能存在；你天马行空，心灵自由，骨子里却传统善良，而在应该善良之处，又故意戏谑和恶作剧。

　　人群中没有纯粹的东西，这让我失望至极！他把我看透了！其实我的传统和善良，只是害怕在无根的自由中迷失本心；戏谑和恶作剧，只是表示不想在无端的善良中丧失个性。

　　托尔斯泰为什么痛苦，因为他既是智者又是仁者。他离开人群，远离社交，安居庄园，过着俭朴宁静的生活。而现实和理想的差距让他感受到痛苦，而他非凡的洞察力和仁慈之心又让这种痛苦加倍。他用文学批判现实，甚至晚年和理念不同的妻子决裂，离家出走，最终死在了路上。我觉得他的出走，要么是仍在执着于空想一样的理想，要么就是理想破灭后的彷徨和放弃。有洞察力的人是幸福的，他懂得欣赏人生冰裂处细纹的美丽，但也是痛苦的，他更能感知周遭命运如影随形的紧逼。托尔斯泰既批判现实，又表现出对人的命运与前途的深切关怀，却又在对理想的爱而不得中痛苦挣扎。

　　人群，一直在这里，围困着我和你。仿佛可以拥有一切，又似乎什么都不曾拥有；仿佛可以给予我们很多，又似乎更喜欢偷偷索取。

　　人群之中，我们感受着命运安排的悲欢，情感自带的冷暖，我们看似各自独立的生活相互纠缠，交织着人间所有的情绪：敬畏、钦佩、崇拜、欣赏、怀旧、浪漫、着迷、兴奋、快乐、冷静、满意、渴望、同情、焦虑、尴尬、厌倦、困惑、厌恶、痛恨、嫉妒、恐惧、痛苦和悲伤……我们享受团队的光荣，感受互助的力量，却又因主观而狭隘，因膨胀而破裂；我们渴望着温暖，却又在熙熙攘攘身体的拥挤中，保持着遥远的人心。

所以，即使你属于最热闹的人群，有过最丰富的经历，你心底里仍会有着自己的孤独。正如加西亚·马尔克斯所说："生命从来不曾离开过孤独而独立存在。无论是我们出生、我们成长、我们相爱还是我们成功失败，直到最后的最后，孤独犹如影子一样存在于生命一隅。"

二

电影里常有这样的桥段，有人隐居偏僻森林或遥远极地，独自打猎，离群索居，过着原始的生活，又似乎与人群有着难以言说的过往。

也有人由于海难而被海浪冲到荒岛，在杳无人迹之处，演绎着生存或真或假的奇迹，如《鲁滨逊漂流记》，汤姆·汉克斯主演的《荒岛余生》，以及真人版的贝爷。

而梭罗1845年离开人群，在距离美国康科德两英里的瓦尔登湖畔隐居两年，自耕自食，过着简朴自然的生活，并以此为题材写成了著名散文《瓦尔登湖》。

不知从什么时候起，我开始怀疑所在的人群，怀疑它给予我人生的价值和意义。我常常想，为什么在人迹罕至之处，更容易认清自己，而在人群之中，却倍感孤独无依？我也常常想起那个子行的背影，他又是想给予我怎样的指引？

于是，我也渴望离群索居，希望能走出人群之外，回望人群。

我发现有人一直在人群中寻找自我的存在感，把人生寄托于他物，他们不具备独立自由的心灵，更是害怕独处，因为他们没有穿越孤独找寻人生答案的能力，而只能用所谓忙碌和依赖填充空虚；也有人习惯了取悦他人，又因得不到回报而失落，殊不知取悦自己才是这次人生最基本的意义。

狼是孤独的，它只属于自己；狼也是狼群的，它知道如何结伴而行。所以，狼懂得团队合作的必要，更深知独对圆月的意义。而老虎却喜欢划定地盘，独自守护生存的尊严。

无论何种方式，大自然都在用孤独的叙事，慢慢摊开所有问题的谜底。正如《百年孤独》所说："孤独是自然对社会群体的诅咒，孤独是孤独的唯一出路。"

三

前几天，我第一次参加了作协的年会。

很多年以来，我不加入协会，是因为我想保持思想的独立思辨，暂不受外界的影响。我喜欢独处，喜欢自己和自己对话，我用支离破碎的文字艰难拼图着心底残存的纯粹，希望灵魂始终保持自然清新的呼吸。

而今，我步入人群，是因为想检验我这样的存在是否具有一些社会意义。我希望自己加入的是一个狼群，让我能在团队中看到更多精神图腾，听到更多心灵真诚感人的长嗥。如若不是，我又希望这是一片葱茏的竹林，在凌乱的风中，簇立着正直和虚心。

蓝色的水、棕色的地、绿色的树、红色的天……爱德华·蒙克捂着耳朵在呐喊，他无视远去的行人，无视远方的小船和教堂的尖塔，无视世界，无视我，不管是尖锐的扭曲的挣扎的绝望的，都是他心底的声音。

或许越是空旷的地方，越需要用呐喊填满。为了呐喊，我愿意面对人生更辽阔的空寂。因为空寂，声音不再拥挤混淆，而变得通透清晰。在人群中静默，在孤独处呐喊！此刻，我相信你们也能够听到我内心的独白，听到它与命运摩擦的雷霆！

无论如何，我仍对这个世界怀有深情。

只是因为在人群中多看了它一眼……

末 日

引子：

玛雅历法由公元前3114年开始纪年，每394年一个轮回，2012年12月21日正好是第13个轮回的最后一天。由于之前在玛雅神坛的砖石雕刻上发现，玛雅人的纪年到13个轮回之后就没有再继续，因此有人把此作为纪年中断，当作玛雅人对世界末日的预言……

一

末日来袭，世界并不为所动。

这一天，我依然很早起床，清晨的长江安静地流淌，空气依然清冽，不带一丝慌张。昏黄的路灯迷离着睡眼，城市还在半梦半醒之间，流着幸福的梦口水。

一个人开车，路迎面扑来，开着远灯，也看不到终点……看不到终点的路似乎证明了什么，又似乎什么都没有证明。

末日没有履诺，日子平静如常。人们的心中溅起一丝异样的波澜，还没

分清是欣喜还是失落，又很快恢复了常态。唯一不同的心境，是被忽略的生命问题被突然放大，横亘在面前，被盲目的我们撞见。

生命是翻越一座座山峦，即使我们登上最高的山峰，也看不到终点。有时也会想，终点会有什么？有没有所有问题的答案？我们常常陷落于这样的问题，百思不得其解。所以，当"预言"说想赐给我们一个末日的时候，我们竟有隐隐的愉悦：缤纷多彩的世界瞬间瓦解，埋葬了所有的困惑难题；执念的大厦不断坍塌，砸碎不堪重负灵魂的枷锁……这是一个怎样痛快的景象，我们在毁灭中得到了解放。

又听见年轻的丹麦王子仰望苍穹，呐喊道："生存还是毁灭？这是个值得考虑的问题……"是的，如果说生存是人类的本能，那么，毁灭也是人类的天性。

小孩子从小就会拆解玩具，堆起积木后又将其推倒，然后哈哈大笑着享受着破坏的快乐。记得多年前曾经玩过一个《帝国时代》的电脑游戏，在其他部落还在刀耕火种、长矛弓箭的时候，我就用作弊秘技制造出一个全身银光手持机关枪的人，直闯人家村落，突突扫射，将人、畜等活物杀光，房屋夷为平地。原来毁灭是如此畅快，这是一种控制欲和支配欲的宣泄。

人类历史是个不断创造的过程，也是一个不断毁灭的过程，只不过创造和进步的主流意识，冲破了毁灭的黑障。创造为生存提供了土壤，因而这漫长的发展进程其实就是一场生存与毁灭的博弈，就像战争与和平，向来是牵动历史的两根中枢神经。生存是无声的，它更多地表现为默默地承受。它在最底层支撑着人类生命的体重，支撑着他们的挣扎和苦痛，以及垒得越来越高的梦想。

二

然而，末日来临，毁灭的阴霾占据了天空，生存瞬间失去了力量。

面对末日，我们可以不再去期盼明天，而只是安静地感受今天。没有明天的日子，昨天显得特别珍贵，今天变得更加清晰。我们放下被未来绑架的自由，欣然地去接受当下；我们真正回归到生命原态，捡起身后被时间偷窃的日子，擦拭灰尘，仔细地摸一摸，看一看；我们翻开被时光淹没的旧事，仔细地打量曾经忽略的情感，我们从来没有过对过往如此虔诚和专注地端详。

我们各自来到这个世界，末日，却给了我们同一个终点。让我们不再被成功失败所区分，不再被因果得失所纠缠。此刻，所有的生命，都即将越过坟墓，在一个新的地方平等地站立。

末日是人类最后的节日，欢乐的痛苦的一切都在粉墨登场。末日说出了生命故事的一切真相，袒露出人心的温暖和苍茫，美丽或丑恶不再重要，都只是最后的本色出演。

曾有这样一个问题，如果生命只剩下一天，你该怎么过？

有人哭着说，"我不知道做了什么，地球失去了心跳；我不知道做了什么，大海变成了深渊……"我安慰他，这都不是你的错，地球只是自己想放弃梦想，大海原本就是深渊；又有人说，"如果生命只剩下一天，请把我带回童年……"我说，逃避不了的，末日想带走的，也包括你的童年。

……

我其实无暇关注他人所愿，我在想，如果末日来临，生命只剩下一天，我又该怎么过？

我要在习惯的时刻起床，不惊动毫不知情的朝阳。

我要穿着最舒适的棉质衣裳，不再穿人前铠甲一样的西装。

我要折叠好没有完成的梦想，把它端端正正地放回胸膛。

我要顺手扔掉恨，和那些垃圾一样的欲望。

我要保持昨天的微笑，在脸上涂抹新鲜的阳光。

我要对天空说，你很高，照顾好你的理想。

我要对大地说，你很强，不用再低头彷徨。

我要对闪电说，你很亮，请握紧战斗的光芒。

我要对风雨说，你很响，但哭泣并不是力量。

我要对他说，嗨，一起走吧，山高水长。

我要对你说，你好，说句话吧，别来无恙。

我要在看不见的明天里散步，不再有目的地的慌张。

我要留下我的诗歌，成为最动人的绝响。

我要放飞所有的鸟儿，和它们自由的歌唱。

我要回到过去，守在爱的身旁。

……

如果生命需要拯救，我发现，方舟，原来是小时候妈妈给我折的那只小小的纸船。

三

古罗马时期的意大利庞贝古城，火山爆发时，一对情侣紧紧相拥，男子把爱人的头护在胸前。这样的拥抱，定格了 1600 年。所以末日可以是人类温暖的浪漫，不必充满悲情和遗憾。

如果真有末日，或许我会穿越到另一个星球上，在一个陌生奇怪的生物怀里重生。看着它星空一样深邃的目光，我再也找不到自己前世的秘密。

归宿是一个没有风的地方，那里，又是怎样一个开端？

……

后记：

在某些地方找到了玛雅人第 14、15、16 个轮回的记录，这就证明了玛雅历法的末日预言完全是一种误读。

我们只是做了一个美丽的末日梦……

万物生长

生命的旅行

夜里，我喜欢一个人漫无目的地走路，没有终点，也就不怕盲目。

在路上，可以把思想的碎片随意丢弃在沿途，让心灵变得虚空，任由深冬锋利的寒风穿透胸膛，掠走最后残存的一片记忆，枯叶一般在风中孤独地欢舞。

黑暗中，我可以做最安静的人，面带微笑，注视着这个尘世的浮华和慌张。夜是最纯净的水，洗涤被欲望灼伤的生命，包容我灵魂的流浪……

车灯倏然闪过，让我无处遁形，惊惧地眯上了双眼，才发现这样走路，不过是片刻虚幻的安宁。世界只是在黑暗深处假装酣睡，黑暗之外，还会风起云涌，还有风光无限。

于是，我感到了生命的促狭，黑夜并不是可以托付终身的精神之所。我的生命，还需要穿透平静的张望；我的心灵，还需要远走他乡的自由。

一

旅行，就是一种自由，是到另一个地方，去寻找自己和世界的联系。

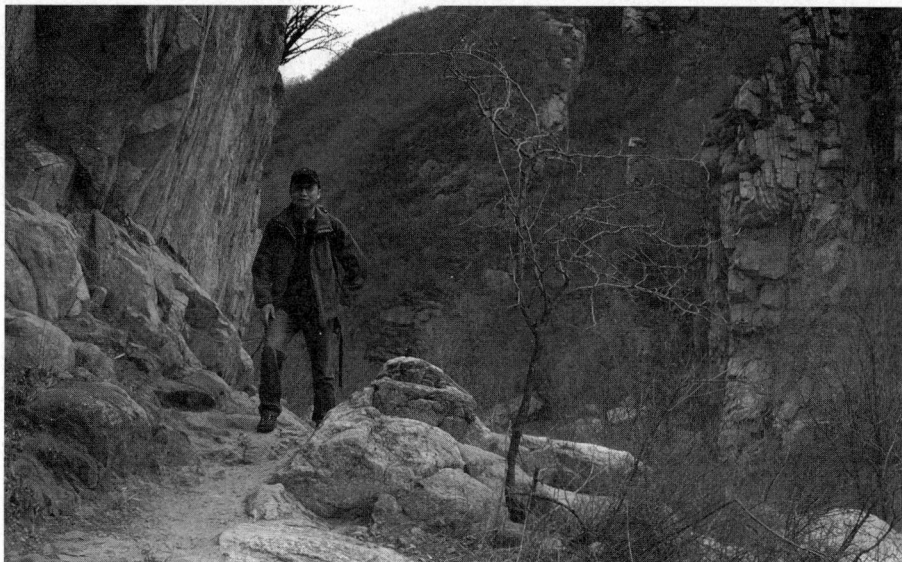

很久以来，我们的生活像植物一样种在花盆里，习惯了单调板结的熟土，沐浴于轻描淡写的风雨。平时透过手机和电视，来阅看世情；或者吃饱后闭上眼睛，一知半解地展开对世界的臆想；要不就弄一处私家园子，种上蔬菜和花草，泡杯清茗，读首诗歌，仿佛享尽了自然和人文的荣华，高大上雅，养眼养心，表现出不同凡响的生活品位。

这样的生活或许引来一些羡叹和围观，但为啥我却会时时感到一种围困，仿佛被圈养于某个生命的围城。

生命的意义到底是什么？是花前驻足，还是山野行走？是水中望月，还是江海奔流？

不同的人不同的阶段，可以有不同的理解和选择。我们不能饱汉不知饿汉饥地无病呻吟，也不能把人生的目的都看得那么现实和功利。

就特性来比喻，女人像植物，男人像动物，所以流浪，其实是男人本性的张望。以前，流浪是一些人追求存在的方式，要么成为纵横江湖的英雄，要么沦为失败潦倒的乞丐。但时至当今，英雄乞丐，乱世侠情，早已不是这个时代试卷中的选项。

那么，如果你做不到流浪，那就旅行吧，给单轨的生活一个小小的道岔，把自己短暂地交给世界来安排。

旅行，就是这样一种超越和改变。其实我一直敬重真正的行者，影响我最深的，是余纯顺。"在远天底下，有许多我迟早要去，也终必能去的地方——我摆脱不了既在心灵中流浪，又要在天地间流浪的命运的诱惑。"这样一个男人，带着他的传奇，早已在二十六年前埋进了罗布泊的沙丘里。我还清晰地记得当时读他的《走出阿里》时，那股雄性热血在胸腔里的击撞。最近还看了一些书，诸如张昕宇和梁红的《侣行》，以及一个 80 后女孩的《再不远行就老了》之类。不管是天高地险，还是深深浅浅，至少是一些现代人不愿再用空想的头颅引领人生前行，而是想用脚踏实地的脚步去丈量人生的遇见。

二

我热血沸腾。在北京工作时，住在马甸桥西南角的楼上，楼下是三夫户外，我每天在那里路过，形形色色的行者在那里聚集，补充装备，交流所感。耳濡目染，我也逐渐配齐了几乎所有户外装备。他们每周末清晨在楼下发车，去不同的户外野营。我也向往得紧，但最终怕公子小白拖人后腿，选择了目送。当然，北大混混儿罗少阳常约我去当驴，二人便背上行囊，相约去京郊周边拍摄。上哪呢？其实都不重要，只要是在路上。散心也好，心散也好，整理一下碎片，消除一下应力，又觉得那些武侠的行头，总该有重装上阵人前显酷的机会。但我除了挂着拐杖爬了香山，背着有水囊的专业背包去了爨底下村、碓臼峪……其实也没多少拿得出手的事迹，即使后来去西藏，也都是租藏民的车。再说，爬香山用拐杖？我是不是作得有点过？

但是，只要在路上，我就会感到生命的自由、单纯和鲜活……为此，我写过一首歌词《一个人的徒步》，被网上同样热血的人弄去谱了曲：

行囊里的故事无人解读
一个人走路容易迷途
寂寥的天空飘落雪花无数
回头茫茫看不清来路

命运的指北针停了摆动
孤单的脚印数不清楚
沉沉的夜幕星星藏在最深处
有没有一颗想听我倾诉

来到这世上忙忙碌碌
昨日的记忆越来越模糊
人在江湖梦在高处
问问心灵该去向何处

一个人徒步风餐露宿
没有终点就不再怕盲目
匆匆生命里常常驻足
在每一片风景里微笑和感动

脱掉都市冰冷的甲胄
山野里滚一身清香的泥土
树在风中欢呼
鹰在天外独舞
一个人在路上
我想哭就哭

脱掉都市冰冷的甲胄
山野里滚一身清香的泥土
树在风中欢呼
鹰在天外独舞
一个人在路上
我学会了幸福
……

三

其实真正的旅行，没有我那么多炫酷作秀的成分，它只是个体精神的所需。但是除了旅行的愿望，还得有时间和金钱。说走就走，更是需要勇气。

大多数人好不容易怯怯地冒了点想法，却又因为懒惰或懦弱，把梦想打包交给了旅行社。那些即将遇到的事物，早就千篇一律地印在了行程单上，每个人看到的，都是重复别人看旧的风景。我不知道这样的旅行，能带给我们心灵多少不同的想象天空。

旅游成了团，就成了主要是旅，附带一点儿游。目的地和行程其实不都是自己安排的，连下车撒尿都得麻烦人家的战略合作单位。

大家不要想在人文胜地找到文化，卖臭豆腐和劣质纪念品的喧嚣叫卖让你永远置身市井；不要想在自然景观中亲近大自然，大自然早被其他人亲近得体无完肤一脸疲惫。

中国人又多，特别是长假，人们迁徙一样出行，路上密密麻麻遮天蔽日，看景主要以看后颈窝为主，照相主要以照背心为主。同时，还要辗转腾挪，甚至匍匐前行躲过许多枪一样举起的手机和相机，实在累得失了兴趣，最后，旅游就干脆变成了以打望游客中的美女帅哥为主。

购物是中国人的一种传统习性，又何况现在有钱了呢？所以，旅游还需带个大号的行李箱，带回很多街口超市就能买到的土特产。

在旅游的过程中，我们往往怀着不上班的喜悦，去实现比上班还累的结果。这种尴尬是没法明说的，因为大家都是要面子的人，哪能落个花钱受罪被自己涮了的形象？所以回来后还需装出一副神清气爽的样子，滔滔不绝讲些半真半编的见闻，潇洒地甩给同事几个糖果或钥匙牌。

大家都心照不宣，明明感冒了却打不出喷嚏。唯一的好处，就是在别人看电视遥控板按到某个地方的时候，可以激动得猛地大吼一声："住手！这里……我去过！"

这样旅游，主要是旅游个目录，并没有内容。所以除了地名，什么都记不清。即使翻照片回忆，给你的也是些汗臭的碎片和遗憾。

所以，即使旅游并不是我们要的旅行，但至少旅游也应该是一种休闲，是停下来的风景。

四

我喜欢海洋。

大海是无私的，不管是东海、黄海、南海、渤海、大洋洲的塔斯曼海、沟通黑海和马尔马拉海的博斯普鲁斯海峡……站在每一处曾经的海滨，我都会震撼于大海的博大与包容。

和许多风景区一样，南戴河是喧闹的，海滩大都被商业割据，只留几小段不连续的公共海滩。沿街摊位上贝壳的干尸散发着没有活力的美丽，虾蟹在水箱里待价而沽，四周呈现出一片乱糟糟脏兮兮略带海腥味的繁荣。

在一个相对僻静角落的沙滩上，支起帐篷和三脚架，镜头里记录的是一份难得的从容。海浪层层涌来，任身体在波峰浪谷间沉浮，那是鱼一样的幸福。海阔凭鱼跃，这样的幸福，更多是一种松弛，卸去铅华，洗却浮尘，从流飘荡，任意东西……

大海的怀抱是柔软的，让人顿生一种久违的归属感，就像回到几十年前母亲怀里安谧的梦境。

早晨乘车经过山海关附近的一片海滩，由于大潮退去，宽阔的滩涂上有许多赶海的人，可惜我们只是赶路的人。

也许，正是由于我们的人生有太多设计，才使我们的命运大都平凡；正是由于我们的旅程有太多目的地，才注定我们会在匆忙中错失那最美丽的风景。

五

真正的旅行是自由的。它是心灵和躯体在一起，朝着梦境里描绘的方向，无边无际真实地行走，又在梦境的深处静静地停留。我可以停留在自己选择的风景里发呆，自然地睡去和醒来；可以抓一把山野新鲜的阳光，土著一样温暖地抹在脸上；可以大摇大摆暴走异乡，不再束缚于熟人的目光；可以在海滩上纵情跳跃和呼喊，告诉世界我的到来……

真正的旅行是孤独和壮美的，就像我以前写过的一句话：最美的风景总在荒凉之处，是孤独成就了它的纯粹。

是啊，生命中必须要有这样的旅行，才可以看得清世界的灵魂，看见它在黑夜里如我一般地彷徨。

那么，让我们打扫干净慵懒的日子，捡起角落里的梦想塞进行囊，勇敢地走进新的天地，去找到自己和世界潜藏的命理机缘，在一幕幕陌生的场景里添上自己的身影。让我们每一个生命，都学会用脚步，去发现生活更多的意义。

生命是一次旅行。

其实，路，一直就在门外……

记忆之城

题记：

伊城跨越的不只是两个大陆，还有前世和今生。在这里可以淡忘了国籍，只剩下同为生命的顾盼……

一

从土耳其回来很久了，一直没有写点东西，不是不想写，而是因为我的记忆被那里的一束光所催眠，心灵一直处于一种安谧慵懒的状态。

时针还是拨回到从前吧，从伊斯坦布尔的美丽和平静开始……

土耳其在我以前的印象中是朴素的，或许是 Turkey 译音中有个土和耳字，让人感到缺乏精致感。我一直喜欢去这类国家，因为它既不落后，也不张扬，藏着真实朴素的生活，在世界的墙角，像篝火一样，围护着自己文化的光亮。

从上海飞伊城，算错了时间，还以为七八个小时能到，结果一共飞了近十二个小时。土耳其航空的大飞机，可坐四五百人，上飞机就发觉胡子男和头巾女多了，空餐都是糊糊浆浆的东西，吃不懂，竟奇怪地突然怀念起早已厌倦的国航鸡肉饭和牛肉面。

我们被空投到伊斯坦布尔的一个清晨里，算算六小时时差，中国这时已是中午。土耳其和中国很友好，你看我像好人，我看你像熟人，大家好才是真的好，免签吧，机场过关管得也松。出了机场，驶向市区，第一印象是那些笔尖一样林立的清真寺宣礼塔，海鸥精灵一样围绕盘旋，在暗红的微曦中透着神秘。酒店在一段残破的古城墙附近，让我仿佛来到了某个历史文化的隘口。

二

晚上应约与土耳其客人在酒店大堂会面，哦，不，搞反了，我才是客人。他是一个可爱的土耳其老头，圆圆大大的肚子，沉稳的体态，长得特别像一个人，比利时侦探波洛先生。他叫 AZIMI，听起来像阿兹猫。土耳其人有欧洲和亚洲混血血统，我想，我和他在一起，有点像哈利·波特与混血王子。

AZIMI 是刚从首都安卡拉匆匆赶过来的，一见面就连 say sorry，据说途中饭店吃饭时，后车窗被坏人砸了，偷了他的行李。唉，可怜的人，还波洛呢，丢脸，还是叫阿兹猫吧。

阿兹猫有个女朋友，很能干漂亮的一个中年女人，也是他的合伙人。其实是不是他女朋友，我们也弄不清，反正我们都这样跟他们玩笑，他们也默认，傻乐。

一直觉得和老外交流比较容易，简单直接，轻松幽默，不用察言观色山路十八弯。工作期间，和阿兹猫接触较多，他是活跃在中东地区的老江湖，在土耳其和邻国伊拉克、叙利亚等地人脉很广。有一天工作时突然闯进来一个包头巾的美女，坐在身边侧着脸冲我们拼命微笑，笑得我们受宠若惊而又毛骨悚然，然后呼啦啦跟着进来两部摄像机和四五个人，幸好看到阿兹猫也跟在最后，原来女的是伊拉克电视台的主持人，其他是摄像师，都是他朋友，过来采访。说是采访我们，但说的都是阿拉伯语，阿兹猫自然是主角，

　　唧唧咕咕眉飞色舞说了半天，我们听不懂，但感觉得出不是在骂我们，于是就装着听懂了的样子站在镜头前点头傻笑。事后阿兹猫说，这下伊拉克都可以看到你了，我暗想，糟了，早知道笑出中国人民的智慧就好了。

　　我们在伊斯坦布尔工作的最后一天，阿兹猫介绍认识了一个叫塞拉斯廷的土耳其人，一个忧国忧民的土耳其人，还为此坐过牢，后来经营企业。坐他车聊天，他喜欢听中国歌，还顺手放给我们听，我们添油加醋地给他瞎翻译了一下歌词的意思：天上的蝴蝶飞呀飞，地上的狗儿追呀追……

　　查理是阿兹猫女朋友的儿子，大概大学刚毕业，阿兹猫和女朋友想让他继承家族事业，也许是语言文化问题吧，他和我们交流还有点腼腆。不过这期间他帮了不少忙，由于土耳其大都讲当地土语，英语并不常用，所以，查理就成了我们和当地人辗转交流的翻译。工作期间，有一次查理把女友也带来了，查理长得偏欧，他女友长得偏亚，象征横跨欧亚。查理半路发现皮包落在了工作地，又回去取，我想起上次阿兹猫丢行李，感觉这一家子都有点迷糊。

三

土耳其全国只有六万左右华人，而在伊斯坦布尔，中国人据说只有三四千人，所以我们这种正宗亚洲长相在那里比较少见，在我们到处乱拍的同时，也被别人反打望，还有人跑过来合影，估计是拿我们代替中国熊猫吧。

伊斯坦布尔最著名的步行街，全长三公里，从市中心的塔克西姆广场，一直延伸到加拉塔地区，是熙熙攘攘的购物天堂。业余时间和朋友约着去街拍，土耳其人长得轮廓分明，新旧美女如云，大小帅哥遍地，让我们不得不用长焦乱轰，他们很友好，配合地走自己的秀，友善地笑笑，也不跟我们一般见识。

土耳其的食物以西餐为主，先上汤、酸奶，然后色拉、主菜、甜点，餐中有各种饮料、酒类，主要是啤酒和葡萄酒，餐后是咖啡或红茶。印象深的是一种叫 Yeni Raki 的酒，称为土耳其国酒，当地人叫狮子奶，兑水或加冰块喝，清冽透明的酒加水瞬间呈乳白色，不管是看，是喝，都让你如梦似幻，回国时，我还特意在机场免税店买了两瓶。街吃最有名的，就是土耳其烤肉了，切成薄片的生肉层层叠叠地串在长长的铁条上，约二十厘米厚，搁在火上，旋转铁条烤熟，确保受热均匀，穿白制服的店员拿刀削下已烤得焦脆的肉片儿，配以纸张般薄透的大饼、炸薯条和西红柿等，看得我们流出了口水。

知道土耳其浴室是从《虎口脱险》里的接头情节：雾气蒙蒙的土耳其浴室里，鞋匠和指挥家俩秃瓢像蟑螂一样爬来爬去，哼叽着暗号："鸳鸯茶，鸳鸯茶，你爱我，我爱你……"伊斯坦布尔老城区的恰阿奥卢浴室，是最著名的浴室，建于 1714 年，土耳其浴是中东地区在公众浴场进行的一种传统洗浴方式，不过我们初次来还不熟，就没好意思脱光了去和他们赤诚相见。

"巴扎"是波斯语"集市"的意思，大巴扎小巴扎是民族手工艺品的集市，眼花缭乱，买了些啥基本混乱了，好像有一副铁人铁马国际象棋，彩釉的小碗，一些手链拿回来套在车换挡把上。土耳其的手工织毯很有名，好点的要上万，觉得太贵，拿回来大家也看不懂价值，就算了。在这里可以逛一天，既适合女人，也适合男人，比如这里可以买到手工的烟具，同事就买了一个，还一路拿在嘴边装模作样瞎比画。

四

伊斯坦布尔是土耳其最大城市和港口，也是国家文化、经济和金融中心，历史上称之为拜占庭和君士坦丁堡，位于土耳其西北部，地跨博斯普鲁斯海峡的两岸，分别为欧洲部分（色雷斯）和亚洲部分（安纳托利亚），是世界上唯一地跨两个大洲的大都市。在漫长的历史中，这里曾经是罗马帝国、拜占庭帝国、拉丁帝国、奥斯曼帝国和土耳其共和国建国初期的首都，直到土耳其独立战争期间迁都至安卡拉。这是一座记忆之城，就连一个小角落，都遗落着故事，就如有人所说："爱上一个人，不如爱上这座城。"

每天工作穿行于伊城，我逐渐喜欢上了这个城市，因为它的从容、质感和美丽。

伊城靠海，山城一样错落有致，既有古代军士的厚重，又有古典美女的风韵，在这里，现代只是一种可有可无的衍生品，辅衬着古老文明的今生。

这里有长长的海岸线，清晨和傍晚会有一些人沿着海岸跑步，也有雕塑一样坐在海边长椅上遥望隔壁另一大洲的老人，以及古城墙下踢球和玩滑板的小孩，人、自然和文化在这里和谐共生，一切都那么平静和悠然。

君士坦丁堡的古城墙分散在城市的各处，仿佛荣耀和历史从来不曾远离。荒芜，更凸显了它沧桑孤傲的气质。

清晨早起，约同事一起爬上酒店附近的古城墙，迎接伊城第一抹曙色，宣礼塔在晨曦中虔诚地伫立着，巨大的土耳其国旗在城墙上飘动，提醒着我这里并不是自己心灵的家园，而是另一个陌生的国度。

伊城的夕阳同样令人迷醉，夜色朦胧迷离，在这里可以淡忘了国籍，只剩下同为生命的顾盼……一个卖烟的老人站在街角，佝偻的身体挂着烟箱，像一尊古朴的铜雕；晚霞映红了古老的窗户，喝咖啡的人们三两扎堆，享受着黄昏悠闲的时光。

博斯普鲁斯海峡隔开了欧洲和亚洲，伊城跨越的不只是两个大陆，还有前世和今生……我们乘坐的游船像一只温暖的手，抚摸着这条蓝色的腰带，左拥亚洲，右抱欧洲，自己仿佛成了格列佛，一会儿变成巨人，一会儿又变成小人儿。从海上看伊城，王宫像海岸边一长幅精美的油画，巨大的欧亚大陆桥从头顶掠过，像在亚欧之间楔上一颗钉书钉，把两册厚重的史书连接，海鸥低回翻飞，海豚腾跃起舞，此时，我的心也为之博大，冉冉升腾，轻舞飞扬。

伊城到处都是美丽的郁金香，给奥斯曼古老的史册，增添了精美的插图。

托普卡帕老皇宫的花园里就有很多郁金香，宫殿坐落在土耳其古都伊斯坦布尔的欧洲部分，黄金角海湾南岸一个叫"皇宫鼻"的山顶上，这是二十五位苏丹寝住过的宫殿，1478 年建成。而后，1853 年又填海造陆，修建了多尔玛巴赫切新王宫，长六百米，内墙铺满金箔，主体采用白色大理石及埃及雪花石建造。喜庆厅是世界上著名的大厅之一，而议政大厅中的大吊灯则是世界上最大的水晶吊灯，重达 4.5 吨，是英国维多利亚女王所赠的礼物。为了装饰整个宫殿，一共用了几十吨黄金白银，给帝国带来了几乎无法负荷的财政压力，奥斯曼王朝也为此欠下了许多的外债。过去我只知道慈禧为过个生日不惜伤国家元气，修颐和园花了不少银子，另外还有法国的凡尔赛宫等，也是金碧辉煌的艺术殿堂，看来古代帝王都喜欢这么干，腐化啊！不过，从另一角度看，他们奢靡完了，也集中留给了后人那个时代物质和文化的代表性精品，试想，如果他们当时住的是帐篷，我们现在又看啥呢？联想起我们现在的规划，建了那么多一模一样的水泥盒子，几千年被后人挖出来，由于发行量大又没有特点，也肯定不怎么值钱。

和这个城市一样，托普卡帕老皇宫的花园里有着很多猫，土耳其梵猫很有名，健壮，到处流浪，还喜欢在38℃的水里游泳，而我们的猫别说游泳，树也不爬了，甚至不认识耗子，现在正在主人的餐桌下徘徊献媚。

五

伊斯坦布尔对于我最感异域的，是无数林立的宣礼塔，据说有两千多座清真寺。蓝色清真寺作为世界十大奇景之一，是唯一有六根尖塔的清真寺，通体没有使用一根钉子。如果说这里的两百六十个小窗、两万多块蓝色瓷砖、地毯和阿拉伯书法艺术让我感到的是建筑和宗教的浪漫，而对面不远处的索菲亚大教堂，更是让我感到神圣和温暖。

索菲亚大教堂是世界著名教堂之一，据说可以看到"东方与西方，过去与未来"，占地面积约五千四百平方米，中央大穹窿圆顶直径三十三米，顶部离地五十五米。一束阳光透过中央穹窿圆顶的窗户，洒落地上，绘有壁画和图案的半圆形穹顶犹如在空中飘荡，虚幻、缥缈而神秘。

这里没有德国科隆大教堂刺破云天的压迫感和法国巴黎圣母院的浪漫人文传奇，它们都是哥特式建筑的精品，而索菲亚大教堂是拜占庭建筑风格的代表作，它低调、沉稳而宏大，像一个经过沧桑充满善意和哲思的男人，不卑不亢，坚定包容。

我拿着相机，久久伫立在教堂大殿里，守护着穹顶洒下的那束温暖柔和的阳光，把每一个走进光的生命，纳入镜头，收入心中。一个戴黑头巾的女子沉醉于此，眼睛里散发着虔诚的光芒；而当一个孩子张开双臂，仰面沐浴在阳光下，我惊呆了，没有什么，比这更纯净……

　　Güle Güle！Istanbul！你永远是我记忆深处一个不愿醒来的迷梦，让我的心灵被那束光所指引，感知到生命和世界的联系。

　　愿伊城永远宁静……

藏　行

序　幕

"天不解释自己的高度，依然高远无涯。"

我喜欢黄昏时坐飞机，可以在云层上看到夕阳。

舷窗外的云朵围成深不见底的湖，阳光透过，金色的湖面平和如镜。远处，闪电眨闪着眼睛，它在暗示什么？

极美的风景总在孤独高远之处，它超越日常脑海中的映像，让我在惊艳中瞬间幸福地迷失。这种对未知景象的参与，让我觉得生命的存在感不应只停留在狭窄低洼之处，而应是一场博大高远的美丽搜索。

想去高处，也是渴望挣脱。

现实的杂乱疲态尽显，生活的平庸索然无味，于是渴望改变，摆脱附着在身上让人窒息的慵懒和熟悉。去西藏吧，那雪山圣域，一直吸引着我的心灵在红杏般张望。

计划早前就有，心里把这事看得重，甚至有种仪式感，所以不想是那种说走就走的旅行。

　　去西藏前下载了一个测量海拔的 App，才知道我厮混了几十年的地方只有两百二十多米高。往下看，我去过海拔最低的陆地是荷兰，有四分之一土地在海平面以下，再往下就是海，地球最低的地方应该是马里亚纳海沟斐查兹海渊，深 11034 米。记得小时候看过电视剧《大西洋底来的人》，那个来自大海深处手脚长蹼的麦克·哈里斯，让我第一次被深海吸引。

　　有次出差和叶聪聊天，聊了一些人类的家常和自然的非常。佩服他敢驾着蛟龙号，潜入深海 7062 米，成为中国载人深潜第一人；后来中国又突破了万米深潜，还要建深海空间站，这都是国家引以为豪的事。我问叶聪深海海底生物多么？他说多，但很多在泥里。其实我潜意识里想问他的是，深海里有没有碰见我童年的偶像麦克·哈里斯，或者像《深渊》一样，藏着一个外星人的城市。

　　他是一个有严谨科学精神的人，自然不会瞎说；而我是一个有浪漫主义情怀的人，所以注定瞎想。我知道此生的行程不会有如海的深邃，却也不想过于肤浅浑噩，那就爬到高处吧，去看看生命的壮阔。

一

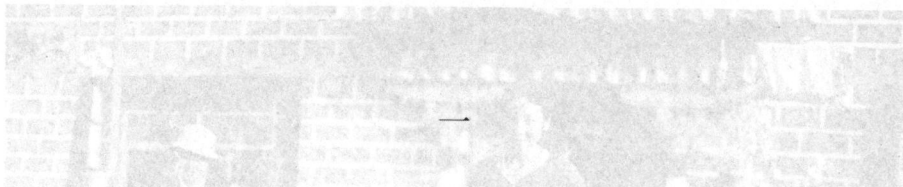

"他人与世界并不由我们改变，却是心灵成长最好的沃土。"

当飞机接近林芝机场的时候，舷窗外壁立的雪峰已然可见，飞机转弯时，雪峰仿佛就压在飞机头顶上。与山同飞，是看过的童话中没有描述过的景象。

导游旺扎送上了哈达。他幼师毕业后做了两年幼儿园阿舅，说是不惯幼儿园的约束，就辞职当了司机兼导游。旺扎是个快乐的人，一路上一边给我们唱藏语歌，一边扭动着改装的破车，时而还摁响私安的警报器，前车受骗惊避，他便得逗地哈哈大笑。

一路上旺扎使劲吹嘘自己老婆如何漂亮，像女明星，而且女明星都没有老婆的高原红。还泄密说老婆觉得高原红不好看，有点小自卑。说老婆以前和他同一个文艺演出队，唱歌跳舞都好，娃儿才旺尼玛又是班上的第一名。引得我们好奇，有高原红的女明星我们从没见过，于是嚷着要去他家。

旺扎家有三个用石头垒砌的矮墙简单分隔的小院，前院有牛栏，养着十几头大大小小的牛；后院建有二层高小楼，院子里长着一棵巨大的核桃树和几棵结满果的李子树，树下停着一辆拖拉机。这时，侧院传来凶猛的狗吠，目光越过矮墙，一只长着红色项圈的黑毛藏獒，正吐着红舌朝我们咆哮。

伴着狗叫出来迎接我们的正是旺扎的老婆，她皮肤白，不是想象中藏人的肤色，一看她脸上果然有两团红晕。听说旺扎泄了私密，她脸上的高原红顷刻成了猪肝红。

她叫央金。央金清晨五点多钟就去森林里找松茸，下午四点多刚回来。估计是见生人少，有点腼腆，只顾和母亲一起忙着给我们做吃的，还把今天刚采的最大一朵松茸切成了条炒了。我们和旺扎的俩小孩在二楼玩，才旺尼玛八岁了，我考他背古诗，惊讶地发现他的普通话竟比大多数汉族人好，音准没错一个，看来藏族也有很好的汉语老师啊。弟弟三岁多，用藏语咿咿呀呀地给我讲连环画，讲得很好，就是一句没听懂。弟弟性格像旺扎，活泼好

动；哥哥性格像央金，羞涩文雅。藏民的房屋有很多彩绘，一大排柜子，都雕刻着图案花纹。柜子是兄弟俩捉迷藏的地方，好玩的是，他们总是执着地反复藏同一个柜子。

藏人的生活简单朴质，就像满山跑的牛羊知道天黑前回家一样，他们和自然之间有着心领神会的默契。看得出他们骨子里锁闭的宁静，离我们的距离始终不卑不亢，不近不远。他们的世界即使打开一个门缝，也不愿走出来，我们也进不去。

二

"当我们不再执着于一件事物或一种习惯，它就失去了指挥摆布我们的能力，我们也就获得了自由。"

从林芝到拉萨，要翻越5013米的米拉山口，从拉萨到羊卓雍措，要翻越5030米的岗巴拉山口，每一条艰难的路上，都可见骑行的人。他们戴着头盔裹着头巾，自行车后驮着背包，在高原上缓缓骑进，上坡时还要下车推着爬。他们灰头土脸，疲惫不堪，人比自行车还瘦，但精神却放着黑亮的光。目光偶尔交汇，让我们这些躲在汽车里一闪而过还自以为是的人，显出了几分卑微。

这样的人，我认识一个。行前我曾和他对话：

"你去过几次呢？"

"西藏骑过三次了，另外还有次是到台湾骑环岛。"

"你怎么克服西藏的高反呢？"

"不瞒你说，之前为了练习，我在家里的地上爬了一年。"

"骑行晚上住哪里呢？"

"主要找藏民家借宿。"

"有没有过绝望的时候？"

"有！有一次骑了一整天，下山时遇到逆风，使劲蹬才能动，天快黑了，没力气了，山上极冷，那时候真的很绝望。"

他四十多岁一直没有成家，除了工作，就是骑行。我当时不以为然，但此时，仿佛明白了他想要什么，理解了他的坚持。

生活中，我们易被一些环境和习惯束缚，逐渐丧失生活的野性，这绳索正是自己熟悉的执念。懦弱放大了风险，所以解开执念是艰难的。人生不需要每一件事都能成功，但必须成功突围一次，因为有了这样的自信，才会催化成熟的质变。我羡慕敢于征服自我的人，因为有了这样的经历，即使当他们重陷生活泥淖的时候，已带回来了不一样的心。

在布达拉宫前，恰巧碰见北京理工大学的一个学生一路骑行到了终点。他举起梦想的一瞬间，稚气未脱的脸上有了男人的神采，满溢着幸福和快乐。我知道，他今生获得了自由！

三

"幸福的距离，以为远在天涯，转眼却近在咫尺。"

布达拉宫，一直是藏人精神的最高处。

这是一个能带来幸福的圣殿；不管是磕着长头的朝圣，还是骑着单车的追寻，这里，就是所有心灵汇聚的终点。回到拉萨，回到布达拉，不管哪一种方式，来这里，都是回家。

清晨早起，登上了布达拉宫右侧的药王山，这里已来了很多和我一样的人，架着照相机，在等待日出，等待高原的第一缕阳光和圣殿的约定……

阳光慢慢的顺着道路爬过来，给万物镀上了一层薄薄的金色。伴着旭日，布达拉的白壁红墙，又如图腾一样，映入了万千心灵。

守着梦中的布达拉，我在木椅上静坐了很久。这时来了一只小猫，它温暖地看着我，绕蹭着我的腿，轻轻地叫唤。身在异乡的我，此刻心里竟有了一种感觉，仿佛我正与某种幸福近在咫尺。

布达拉宫和大昭寺金碧辉煌却无世俗浮光，高远深邃却连接平凡人心。从雪城到林卡，从金像到灵塔，从松赞干布和文成公主，到仓央嘉措和仁增旺姆，一个个若隐若现的故事，在真实的情景里串联。

布达拉宫佛殿里，一个藏民用袖子使劲擦拭随身带来的壶，将酥油慢慢倒进佛前的灯盏。温暖的火光映照着高处佛的微笑，也映照着这张满是沟壑的仰望的脸，此刻他的眼睛里，闪着幸福金色的光亮……

四

"只要以平凡心态求之，幸福，其实就在我们俯仰之间。"

天路伸向远方，美丽没有尽头。

藏地，不管去哪，都会有很长时间在路上颠簸，从拉萨到日喀则，车行得缓慢而艰难，但这却是一条让我的心灵不知疲惫的天路。

高原的草场上，都是自由的生命。我看见路边有几匹马在草地上吃草，便拿着相机下车，跑了几步，顿感气喘胸闷，赶紧歇，忘了在高原上是不能剧烈动作的。马儿似乎不屑我这种脆弱的动物，仍旁若无人，不紧不慢地吃草。还有两匹马耳鬓厮磨，相濡以沫。我把镜头凑得很近，马的眼神里，竟透出平和。

此刻，我的心灵感到了饥馑，幻想着能留在这片广袤肥美的草场，和它

们一起，自由咀嚼生命的滋味。

是啊，高处的生灵都是纯净的，可以是山，是水，是树，是草，是花，是牛，是羊，是猪，是狗……我又突然觉得，把人扔在这片风景里，肯定是最不协调的部分。它们比起我们，气质里多了一种与生俱来的从容和沉着。它们只熏然于自己的命运，俯仰之间，呼吸着同样干净的空气，生死之外，归化于同一片绿地蓝天。没有贫穷富贵，人间善恶，只有天地本性，自然轮回。

原来生命，真的可以这么纯粹。

五

"人生就是从一个梦想走向另一个梦想，从一个遥远走向另一个遥远。"

夕云下的布达拉宫，在远方伫立。

我坐在书店二楼的平台上，就像坐在袅袅的时光里。时光深处，云和山，如此缠绵悱恻。

耳边是店主私刻的藏传音乐，喃喃低诉，如一泓温水，洗濯着每一颗来来往往的心。

星空为景，山川为幕，几百名藏族演员将演出大型实景剧《文成公主》。之前，我正好到附近书店看看，不料竟迷恋起这个充满藏族元素的小书店。

这里有各种讲西藏人文风情的书籍，泛黄的羊皮卷地图，特别是很多种明信片，整齐地排在一大面靠墙的木架上，都是喇嘛寺庙雪山藏民的画面，绝没有不怕冷的美女。我选了一套黑白的，是西藏风光和藏族人像摄影。物质越少，人性越多，干净了，生活就变回了黑白的本色。

游客们很安静，在小店里淘着自己的纪念品。老板是南方口音，喜欢跟人交谈，问的答的大都不是买卖的事情。

明天我就要返程了，落回两百多米的低洼之处。我不知道自己是否付出了所有，是否得到了所需。从梦想到梦想，从遥远到遥远，我想从这里，寄回另一个自己。

认真地写一张明信片，盖上有书店名字的邮戳：

"天堂时光"。

尾　声

"我们每个人的心灵都需要一方净土，唯有静下心来的时候，才是我们和自己贴得最近的时候。"

回来后我常问自己，一路藏行，我看见了什么？

当天空不再是遥远的幻想，当云朵触手可及，当我站在最高的陆地上，把远方当做海洋，我看见了生命的平凡和坚韧，灵魂的平和与不屈；我看见了智慧的博大，大爱的无垠；我看见了生的孑立，死的微笑；我看见了恶的枯萎，善的盛放；我看见了艰辛的高贵，奢逸的卑微；我抚摸过岁月的痕迹，自然的掌心；我认清了低处的自己，渺小得不值一提；我遇见了高处的心灵，在平等地窃窃私语……

当朋友们问，你去西藏最大的感想是什么？我想了很久，说：那些高处的灵魂，更懂得仰望。

……

古镇，素颜的戏码

有天晚上睡不着，偶见电影频道在放映《爱情天梯》，这是张祥林在2011年执导，谢兰王诗槐主演的。虽然央视偷偷摸摸在半夜放，但因为故事朴质真实，加之在本地耳熟能详，自然感到亲切。其实刘国江徐朝清的爱情故事早已传遍南北，最近又在《我是歌手》里，被李克勤唱得如泣如诉，也不管天上的二老听不听得懂粤语，更不管香港人的语境和古镇人的感觉"登不登对"。不过可能是我想多了，爱是人类通用的语言，爱无抵抗，来了挡不住，情无脆断，去了丝还连，"几多对持续爱到几多岁，几多对能悟到几多精髓"，或许这就是现代人吃多了爱情快餐感觉营养不良，想来中山古镇朝圣传统爱情的动机，也是他们爬完六千多级石梯坎后应该边喘气边作答的问题。孟非来过，可能也是因为看腻了作秀，想来恶补一下真正非诚勿扰的爱情。

因为爱情，吸引了无数恋人来到中山寻根，又因为乡情，吸引了更多镜头对焦古镇烟云。

和说话很大声的中山文化站刘栋林站长聊天，晓得了一些中山"触电"的旧事。《梅花档案》是十三年前中山古镇拍的第一个电视剧，周杰、苏瑾、董勇和海清主演，当时剧情需要大量群众演员扮演土匪，正巧中山古镇

常来了很多剧组，都直接挂"龙洞场""土匪"，剧组给该县发 30 元报酬可工 120
元，镜头三两分钟，并且还可以赚取中间商家发给的大把打工，拉么儿赚

解放前就是土匪经常出没的地方，那时土匪途经古镇老街都有出入暗语，比
如"摇线子"（出发）时说"乌牛渡河，两角朝天高老嘴"，"呹舵子"
（撤退）时对"白马穿洞，四面茏顶大勾头"，都是沿途地名和生活化的
俚语，不过不是当地人难解黑话深意。1950 年剿匪，苦战三天三夜，牺牲
了 18 名解放军战士，才打散了 400 多个土匪。由于有这渊源，当演土匪的
当地老百姓扛起道具土枪时，彼此对视一眼，竟顷刻笑歪一片，都觉得对方
咋就那么像那玩意儿呢！中山旧时叫龙洞场，四千多年前就有人居住，九宫
十八庙，土著移民都有，所以黑矮宽、胖婆娘、大胡子、瘦筋筋、瘌子男各
色人等齐全，演个杂牌的土匪算是自然天成。大家第一次"触电"，有点激
动，也摸不清情况，导演叫群众演员转过来，举枪齐喊"嘿！嘿！"拍摄
时大家很听招呼，全面翻译复读导演的话，齐喊："车（转）过来！嘿！
嘿！""解放军"打来了，导演要求"土匪们"赶紧跳水逃命，于是群演纷
纷认真地脱得精光，因为平时下河洗澡都是这么干的，怕衣裳打湿了回家遭
婆娘吵嘛……

　　古镇越来越出名，所以来拍摄的剧组也越来越多。十多年来，在中山拍
摄取景的影视剧，有《重庆大轰炸》《重庆谍战》《重庆 1950》《寒夜》

《江姐》《龙虎人生》《中国黑室》《纸醉金迷》《大陆小岛》《黎明绝杀》等，重庆电视台近水楼台先得月，拍摄了《今夜不设防》《巴渝人家》《雾都夜话》等栏目剧，还有纪录片《深山望远》《桫椤树下》以及《古镇人家》《人间真情》《古镇马娃》《目击者》《爱情天梯》等大量电视短剧；另外，中央电视台《新闻联播》《新闻三十分》《天天饮食》《搜寻天下》《锦绣梨园》《夕阳红》《讲述》《家庭》《生活》《半边天》《地理中国》等栏目组先后来到中山古镇；也有北京、上海、深圳、河北、黑龙江、辽宁、陕西、福建、江苏、湖北、四川、台湾等地区电视台以及日本、韩国等国家电视台来访。

这些年，龙洞场车水马龙，来往过很多明星，也让老百姓偶有在影视剧里和明星同台，露二指宽窄脸的机会，刘站长说当年他就跟已参加革命的"尔康"很神秘地在老街上接过头。影视催生旅游，旅游反哺古镇，给中山带来了很多变化。最直接的，就是当"土匪"的出场费从 30 元涨到了 120元，每天三顿管饭，并且还可以附加中午回家给放学的大娃开门、给幺儿喂奶等"不平等条款"。古镇人见多了明星，变得越来越淡定，算起了现实的细账，名是嬉闹的谈资，利才是过日子的根本，觉得去演戏，还不如在家整石板糍粑、烟熏豆腐和龙洞呷酒的生意划算。慢慢的，老街上餐馆多了，大多是黄鳝腊肉螺丝蚌壳之类的土菜，一般都是女人当老板收钱，男人当厨子卖艺。当地人说："豆花要吃得烫，婆娘要找得胖"，所以中山的男人都爱夸自家女人"肥白高"，很阿Q地占领了当今社会"高富帅""白富美""土肥圆"中最关键的精神高地。这里曾拍某电视剧，故事里有人用一个古董发了财，于是受到启发，古镇上很快涌现出七八家亦真亦幻的古董店，可以收卖货，拍片时还可以当道具出租。经济发展了，吃低保的人少了，生活越来越好了，一些过去在外打工的青壮年，也渐渐愿意回乡做个小生意。久经训练，如今古镇人镜头感强，宠辱不惊，慢慢习惯了被人围观，习惯了当街吃东西，越是面对镜头，越是吃得有气质有盐味儿。老街本土更多了戴串串儿、养活物、玩手壶的人，一看就传染了文化细菌。古镇的这些变化，估计连老街上会摸生死的陈瞎子也没算出来。当然见多了世面也有副作用，就是古镇人越来越"妖艳儿"（拽）。

曾经静寂的古镇闹热火爆起来，快速发展的影视产业起了炒锅的作用，古镇一不小心就炒成了明星，从表面看，也似乎越来越习惯了这种名气衍生的生活。只可惜现在已经很少人愿意花时间去理会古镇的初心。

其实，宽厚包容的古镇骨子里就像是一个阅尽旧事淡定无争的老人，不管古朴的石板路又被游客踩出多少新坑，不管老街瓦檐缝间狭长的天空有多少明星倏然划过，古镇平静如一的内心并不为所动，依旧对往事记忆犹新，对繁华爱理不理，每到夜里，就悄悄恢复到散淡慵懒的旧模样，躲在略带潮湿霉味儿的木板墙后面细抚沧桑，继续着噗酣梦话猫追耗子的本真生活。也是，花花绿绿都是住民的生意，来来去去只是过客的人生，又与它何干呢？

戏码可以扮，但生活不靠演，就这样，素颜的中山古镇，留在了宽宽亮亮的荧屏上，更留在了细细长长的岁月里……

乡村的灵魂

我打马走过两个村庄
一个村庄
都没有看到村口
槐树
散养的庄稼敷衍农历
操一口浓重乡音的普通话

有思想的鸡飞到树上
狗有越来越多的怀疑
牛是老年痴呆的长者
出门总斜挎着生锈的铁犁

老人决定今后都不再直起腰杆
孩子在父母柜子里什么都没找到
一根一根屋梁
被南方和东方抽走了脊髓

只有夜一如既往的痴情
暗藏远嫁女人昔日的体温
宁静像一个遗言
那盏一直醒着的灯还在流泪

土地刻满刀痕
等待如一场绝症
炊烟孤身从天空逃走
却陷入雾霾的重围

我打马走过村庄
被命运擦除的村庄
很多汽车呼啸而过
嘲笑的泥点
溅我一身

这是我写的一首有关村庄的诗，我喜欢它的古老和安详，看得见它淡淡的满足和哀伤，感觉得到它在时代中的退却和迷惘。我在思考着现代生活与乡村初心的交融和矛盾，也思考着乡村和生命的联系。我想问的是：是不是每一个生命，都该有一片山野？是不是每一颗人心，都该有一亩田园？李子柒的走红，是不是证明了很多人心中都有一个田园牧歌梦？

从城市到乡村，跨越的不只是越来越模糊的城际线，那是圈养久了的城里人，想脱掉僵硬自负的铠甲，来一次自由放逐的裸奔。当然，这种想法最后大都成了叶公好龙般的浅尝辄止，他们最多是开车到乡村，钓几条养殖鲫鱼，摘几个大龄剩果，吃一顿土鸡豆花，打半天"倒倒胡"麻将，然后又很快撤回城里，继续着人造的生活。虽自己觉得按摩放松了，但其实又有谁真正融入过乡村，触摸到它的灵魂？又有谁真正懂得土地，觅得万物生长的秘籍？又有谁敢任性地伫立在山上的红高粱地，"我爷爷"一样冲着遥远的城市嘶吼和野尿。

乡村，必须有清晨和黄昏，有如水的月色下静默的坚守，有下雨时稻田收水，割麦时背架打杵，有家长里短，鸡犬相闻，有风竹的细语，无梦的沉酣，愿意把石化的心放回大自然的杯子里，轻轻搅拌，又重新融化成一泓透明的清水。

乡村，就该如此洁净如洗，守着暮雨晨烟，箩篼犁耙，在车马渐喧中，不卑不亢，包容坦然，不失质朴，不为所动。

这样的乡村，安静地端坐在自然之间，生长着故事，驻留着人心。乡村因人心而深邃，因深邃而静美，本质上也是因为人心有着可以致远的宁静。

这样的人心，透明得看得见谦卑。那一年穿行于德国乡村，每个村庄都整洁清新，白色或黄色的房子掩映在色彩斑斓的树木中，裸土被草坪覆盖，看不到杂乱无序；每个村子都有一个尖顶的教堂，那是他们心灵的栖所；莫泽尔河清波微漾，野天鹅从容徜徉，只有彼岸，没有远方；长长的船犁过河面，却安静得听不到轰鸣；农夫开着越野车，到满山的葡萄园里劳作。一路走来，处处是可以随意剪裁的油画。在这里，面对自然，每个人都会谦恭地退后一步，就像尊重父亲一样，因为他们懂得所得到的一切，都是自然的赐予，所有的创造，都不该以牺牲自然为前提，所以他们不是一片一片地推土，而是小心翼翼地把人的活动作为了自然的点缀。在这里，唯一商业性的记忆，是村头偶见一个三米左右高胖胖的大酒瓶很幽默地站在路边，表明这里是葡萄酒雷司令的家乡。

这样的乡村，需要同样安静的心去守护。但是不知从什么时候起，我们疏远了与乡村的关系，虚伪得不敢承认与土地的血缘，只是不断放大着作为人类的强权和贪欲，为此，急功近利的我们付出了太多代价。

我们必须重新审视对生命本质的认知，修正对生活意义的态度，刺破膨胀的自我，平等地去思考人与环境的关系。所以，乡村的美丽，不在于种了多少经济作物，来了多少游客车马，收了多少门票钞票，卖了多少鱼兔鸡鸭，而是应该真正懂得规律，懂得敬畏，懂得感恩，懂得作为索取者的亏欠，懂得主动维护人与自然和谐共生的平衡，懂得征服的狭隘，后退的博大，懂得用更远见宽大的智慧，去爱上乡村。

这样纯净的乡村，也是对个体的启示，繁华过眼，勿忘初心，或许，我们需要在心里开垦一块土地，做自己精神田园的农夫，让流浪的精神回家，让自己有能力自由穿越于自然和社会的虫洞，在繁复中回归简单，在简单中不失志向，在志向中达成恒远，呵护渺小的存在，轻解浮华的慌张，让内心战胜急躁和迷惘，保持坚韧和充盈。

梭罗说，世界上没有比自由地享受着广阔地平线的人更加幸福的了。

那么，是不是每一个心灵，都应该有一个欢愉生长的地平线，是不是所有的梦想，都应该有一个安然如故的原乡……

春

春 里

人们说，天，无非阴晴；地，无非高低；人，无非聚散。如此，季节，无非是一场冷暖。但我觉得自然和生命的深意似乎并不如此浅淡，比如春天，就一次次给予了我别样的暗示。

关于春的话题，古往今来已说得太多。每个春天都是温蔼的，被寒冷封冻的文字，在这一刻轻轻探出思想的触须，沉默的河流自信地流动，那些幼芽，又怯怯地绽开了梦想。

每到初春，心情总会莫名的明媚和希冀。小时候写作文，常用"拥抱春天"之类的词句，事实上却是春天接纳了我们。春里是幸福的，脸上身上，都覆着温暖的阳光，向左向右，都萦绕着缤纷的祝福，睁眼闭眼，鼻息满是花草的芳香。

有时候觉得，春天是自然对生命的启蒙。学习春天，学习自然第一课，学习生命初生的定义，是更重要的体验和觉悟。所以春天，本不该拿来肤浅地吟诵歌唱，而应该用心安静地呼吸和沉溺，因为只有这样，才是对自然最本质的理解和尊重。

"春，万物之出也"，古人祭祀春神，求春作丰收，所以最懂得春的并不是文人的触景生情，而是人与自然无师自通的默契。最欢乐的，还有那些春风春雨里不为人知的生命驿动，惊蛰的动物在土地的怀抱里伸个懒腰，这些贴地的动物，又听见了植物的苏醒，它们毫不做作，本能里就知道春天的意义和使命，很多生长、劳作、欢爱和繁育，都在春天里聚集。

呼吸春天的，还有散落的城市、村落、公路和码头。生活在这时忙碌起来，到处都有了蠢蠢欲动的生机。春节是人们迎春的盛会，为了春天，许多人候鸟一样迁徙，裹着料峭的春寒推开屋门，沉醉于回家温暖的亲情，却也在春日的阳光下，洒下一路离家的惆怅。

春 花

春天的夜晚，藏匿着蠢蠢欲动的生机，夜鸟没有安睡，在兴奋中期待着歌唱黎明。万物在黑暗中梳妆，枯干的脸上重新抹上春红。此刻，我闭着眼睛，把心探出半掩的花窗，仔细辨听，那花开的声音。

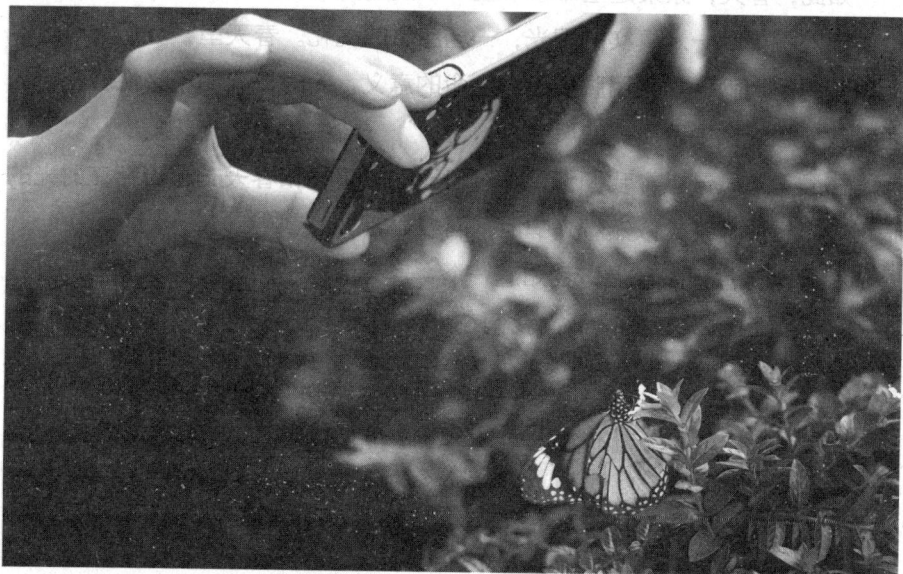

这干净而匆忙的声音，细碎中带着幸福的战栗，如同心灵对世界的喃喃低语。花儿在春天的睡梦中，悄悄打开珍藏的日记，打开绽放的梦想，打开绚丽的身躯。

这样的奉献如此单纯，如此盛大，如此执意，全然不顾脚下是否是可以扎根的土地。

那些花儿，一生只绽放一次，它留下了永恒的美丽，甚至让人暂时忘记了前方飘摇的风雨。

花开，花落，我会陪伴着你，带着生命的笑靥，走进一路花期……

春　行

春里春行，是春天的另一种意义。

车轮延伸了空间的认知，脚步细数着人生的遇见，自驾和徒步，是现代人走进春天的两种方式，把自己交给春天，或许是人类自然属性的返璞归真。春天是可亲的，我们可以不带相机，只带微笑，就可以表明自己和这个春天的血缘。不管在哪里，春天都陪伴着你，一路与阳光同行。

如此，春天，原来是生命季节里一个法定的节日，一次美丽的心情，一份寄出的希望，一米真实的阳光，一场慈恩的洗礼。春天里，我们大可暂停胡思乱想的大脑，学会用脚步思考生命的意义。此时，我们不必忙着谈论人生，我只想带你去看最美的风景。

在最美的风景里，我们都留下过自己的故事，和春天一起寄存在时光的记忆里。日后翻开，依然春光乍泄，旧梦如新。

岁月轮转，春来春去，我知道一个个春天留在了原地，沿着季节渐开线走远的只是自己。其实，不管我们在人生道路上还会碰到怎样的风景和心情，相信梦想和现实的相聚，会在又一个——

春天里……

树

一

门前是长江，我常常守在阳台上，送江水远去。

由于上游暴雨，江面上偶有杂物顺流而下。有一天，看见一棵小树在江水中沉浮，翠绿的叶子在混浊的激流中努力地昂着头。从它的挣扎中，我竟然看出了几分欢乐。

很多天以后，我会不由自主地想起，那棵小树，现在哪里？

它原本应该在山里，在大树的绿荫下享受着妈妈哺喂的阳光，偶有鸟儿，在它脸颊边亲昵，它扎根于祖传的封地，它的成长可以那么安宁和稳定。漂泊，本不该是它的命运，本不该啊，如果，没有那场雨……

然而，如果没有那场雨，它又如何能看到山外的风景？

小树的漂泊是无助的，它没有能力来控制自己；小树的死亡是快乐的，它逃离了人生划定的樊篱。

所以，坚守不见得就是宿命，随波逐流不见得就会迷失自己，不要害怕身不由己，只要你有一颗懂得享受风浪的心，即使漂泊和死亡，又何妨何惜？

二

单位背后是一片葱茏的大山。突然一夜山火，我们连夜组织了近两百人，防止火势蔓延。

早晨，山火渐渐被扑灭，我们一个小分队，上山清理余火。

劫后的山林，弥漫着松油燃烧后的气息。我踩着那些还在发烫的泥土和灰黑色的灰烬，生怕弄疼了它的伤口。

那些树，狠狠地站在那里，一声不吭。

昨夜，它们的枝在炽烈的风中挣扎，叶在燃烧的空气中窒息，它们的手臂一直张开着，这样一种姿势，是不屈的宣言，还是，对劫难的承受？

浴火后的森林没有了鸟鸣，因为有风，焦煳的空气中偶尔也传来几丝清新，让人想起，这里曾经的翠绿和快乐。

山火之后，是陌生可怕的寂静，那些树啊，黑乎乎的虬枝，摆成活过的记忆，就像一场对生命的祭礼。被火焙烧的树叶低着头，等待着风，把它带回土地。一些遗烬还冒着烟，我们用棍子拨开它们，就像，驱散死神的黑瘴。

即使，所有的东西都成了灰烬，但还有根吧？它呀，还在泥土的襁褓里平静地呼吸……

我，就是自己生命的指引。我会继续坚守着生存的信念，和对树的爱情。

来年春天，我还会来这片荒芜的土地，看看欢乐的新生……

三

记得初中的时候，曾听女诗人傅天琳讲课，说她写了一首诗《像树一样站着》，结果印刷时被错印成了《橡树一样站着》，她觉得还个性一些，这也是我对树与精神关联的初步认知。

随着成长，我越来越喜欢树的气质，以至于最喜欢背诵的诗，是舒婷的《致橡树》。三毛也说过，如果有来生，要做一棵树，站成永恒，没有悲欢的姿势。所以后来有人问，你下辈子想做什么？我没回答，心里早就有了决定，就做一棵树吧，一棵在绝美风景中静静站立的树。

我要做的树，不是黄山的迎客松，阅人无数；不是《山楂树之恋》里的山楂树，成为老三静秋爱情的灯泡；不是河北冉庄村口报警的老槐树，枯死了还挂个大钟供人参观。我心目中最美的树，是《乱世佳人》里陶乐庄园路口的大橡树，不管岁月如何更迭，命运如何离乱，它始终在那里，守护着家乡和土地，指引流浪的精神和生命重回家园。就像一个最有担当的男人，不一定非要纵横四海，只需要缄守命定的责任。

其实，男人的魅力不在于他闪耀的光环和财富，而在于他沉默的老茧和伤疤。就像一棵树的虬干，坚定斑驳，历经沧桑，内心却刻满了丰满的年轮。我是个喜欢植物的人，喜欢播种浇水的施与，我发现，植物的成长，往往都是在夜里悄悄发生，以至于每天清晨都会有点点滴滴的小小惊喜。种子发芽让人愉悦，生命初生，带着战栗、胆怯和向往，植物成长的过程是漫长的，但它时刻充满着一种活力和希望，让人对每一个日子有所期待。

喜欢植物的人，一定是一个可以沉静愿意积累的人；喜欢树的男人，一定是一个可以停留愿意守候的男人；喜欢树的女人，一定是一个懂得通过仰望的方式，去欣赏世界的女人。

四

常常会想起儿时大院里那几棵树，而现在城市成了另类森林，灰色的森林没有叶的清香，只有汽车和人类混浊的喘息。树们被砍杀，长在童年记忆中的那几棵树也未能幸免。现在，很多树又被人从遥远的大山深处拖出来，用来装点城市的虚荣。

离开故土的树，被挖掘、捆绑、砍去手臂，移植到一个陌生的地方，在那里，没有山风熟悉的亲吻，也不再有带着乡音的鸟鸣。

如果没法改变命运，那么就宽容命运的狭隘和自私吧，以平易之心，从容地接受它的安排。于是，树又默默地在另一片土地扎根，为人们撑起绿荫……

爱树到了极致，又没法实现，就多了些奇异的想法。前段时间在网上买了好大几块树皮，把阳台大柱子包了，让它成为两棵粗壮的大树。也不知道为啥还有卖这个的，没有买卖，就没有杀害，我似乎成了帮凶，只希望这是哪个有砍伐证的木材厂的副产品，让我能纪念一棵树的死亡，给予即将被当柴火的树皮，以新生的象征。

树的意义是站着，不是倒下，它坚韧、执着、隐忍、包容、沉稳，懂得去承受、去感知、去爱和奉献，它深植于生命的土地，吸收阳光的能量，汲取大地的养分，在自我的茁壮中回报自然清新的空气，触动人类生命的热情……那么，我们人生的意义呢？

我，要像树一样站着！

守护精灵

一

看过电影动画片《花木兰》的都知道，花木兰身边有一只可爱的木须龙，算是她的守护精灵吧，聪明可爱搞怪，因为它，才使得厚重的故事有了生动鲜艳的色彩。

据说每个星座都有守护神兽，青龙、白虎、朱雀、玄武、毕方鸟、白泽、麒麟、重明鸟、天烛龙、凤凰、金乌。我是天秤座，守护神兽是英招，马身人面，身有虎纹，长着鸟翼，能腾空飞行，常周游四海。它负责管理天帝的花园，看管神鸟和六个头的树鸟，以及各种植物与动物。它参加过无数战斗，是保护世代和平的守护神之一。

这个人头马朋友我从没有见过，见着了也会被吓死，同时，我也没嗅到周围有神兽的骚臭。

我觉得守护精灵应该是个小小的、灵动的、浪漫的存在，它不应该像狼一样保护你身体的安全，它应该如挚友或闺蜜一样承担守护责任，只进行生命过程的陪伴，并不负责人生方向的指引。它永远忠诚，绝不背叛，你开心的时候它调皮可爱，你烦恼的时候它宽容大度，默契自然，不离不弃，给你

安全、任性和率真的空间，它不一定时刻伴你左右，但总会在你需要的时候出现。

作为男孩，我小时候喜欢铁皮人，时时攥在手里，放在枕边，而女孩们更是常常搂着布娃娃睡觉。代表性的是憨豆，都那么大了，还时刻不离那只脏兮兮的泰迪熊。

不知道人为什么会依赖，为什么总把信任存放在人类以外，或许人们发现了，人是最不可信的东西？

二

心理学教育中，会有一个游戏，就是每个人把喜欢的一句话写在便利贴上，然后随机抽取，抽到的人就是自己要守护的人。然后悄悄为他做一些事情，小到打一杯开水，整理桌面，传递温暖和关怀，同时，也有另一个人同样守护着你，默默在为你付出。游戏中，每个人都是守护者和被守护者。

但生活不是游戏，我们不能靠抽签来决定责任。我真正想守护的人，一定是我愿意守护的人；真正守护我的人，也一定是愿意守护我的人。这样的守护，最好是相互的陪伴，而不是错位的追求，它可以是默默的付出，也可以是坦然的得到。付出必自真心，得到亦非索取，一切都源于心灵的自然。

所以，守护是一种爱，也可以是一种善，它可以化作美丽的精灵，突然出没在我们生命之中。守护是长情的陪伴，可以十年，也可以是淡淡的遥望，一生的温暖。

我们时时会陷入生命的空寂，也隐隐感到精灵就在不远的地方，但要找到属于自己的精灵，却需要心灵的机缘。在黑暗和孤独之中，如果怀有希望和浪漫之心，挣脱泥淖，美丽顾盼时，精灵或许就会在身边倏然出现。不过，每个人的守护精灵只有一个，你需要识得它就是你的蓝精灵，而不是格格巫。只可惜，现在很多女人误把男人当成了守护精灵，其实他也是迷途的雄狮；很多男人误把酒杯当成了守护精灵，其实它只是魅惑的妖瞳。

我知道世上有像精灵一样的人，吉祥物一样存在，带给人自由、轻灵、幸福和快乐，从他们眼神里，可以找到人性温暖的曦光，让我们变得平静，不再慌张。

好吧，我承认，我们需要守护，因为生命的脆弱和无助，我们需要精灵，因为世界的平庸和寂寞……

三

徐志摩在给梁启超的一封信中说："我将于茫茫人海中访我唯一灵魂之伴侣，得之，我幸；不得，我命。如此而已。"

温暖的守护，让我们的精神暂时安宁，但灵魂似乎一直还在张望。灵魂是被身体囚禁的东西，因为孤独，才有深思，所以它比身体更懂得自己的需要，同时，它似乎一直在搜寻着世界上另一个相似的灵魂。

正如霍金所说，人世间最让他感动的，是遥远的相似性。然而每颗心有每颗心不同的深邃，不一定都在同一个洞里，所以尘世茫茫，深空寂寥，社会的复杂性，空间的无限性，放大了相似性的稀缺，也让这样的相遇相知变得无比珍贵。

两个相似的灵魂，就如量子纠缠，相距再遥远，其中一个粒子受干扰发生变化，遥远空间外另一个粒子瞬间也会发生变化。一些冥冥中解释不清的东西，正在你看不见的地方给予你守护，它是另一个地方的你，却有着你想得到的一切共情和共振。

所以，爱并不稀奇，懂更难得，懂和爱同样珍贵和感人，它既是灵魂荒野的照耀，更是生命前路的伴侣。

找到灵魂伴侣需要三点，首先要有灵魂，不是每个人都有灵魂，即使有，也有格局和活力的区分，格局是博大宽容的胸襟，活力是翻越苦难的乐观；其次要有爱的能力，主要体现在付出的无私，即使是被辜负，也不能扰动你的真诚；最后要有运气，这跟环境和际遇有关，在寻觅的过程中，要记得时时叩问自己的内心。

所以，灵魂的伴侣，才是人生最终极的守护，只有它才是最重要最美好的守护精灵，得之，你将会是世界上最幸福的人。不得，也必是世界上有过最幸福追寻的人……

冬　眠

　　朴园冬夜，万籁俱寂，跟虫鸣蛙鼓的喧嚣夏夜截然不同。蟋蟀死在了秋天，把虫卵埋在了地下，期待着来生续写生命的欢歌。青蛙在秋天里失去了知音，精彩的生活又变得如井口般大小，便无精打采地开始了冬眠。

　　就这样，一些生命离去了，一些生命睡去了，空气变得清冽寒冷，平添了孤独。

　　人还在冬日里忙碌着，却成了这个世界的遗孤。

　　……

　　由于要给散文集配图，和同事联系，想借他家养的乌龟拍张照。同事说，在冬眠呢，等它醒了喊你……

　　乌龟在冬眠，我在想，人为什么不冬眠？

　　看过很多科幻片，里面往往有些类似的情节，比如把人冷冻起来，过很多年醒来后，这人就是别人的祖宗了。当然，做人家祖宗会有些不习惯，比如想追女朋友就会有些辈份的麻烦，还有很多戏剧性的冲突，由于不是写剧本，这里就不赘述。

　　人生是忙碌的，像一台不断运行的机器，也该有一个大修的时间。冬眠是一年一度的调整，要比带薪年休假过瘾得多。况且，人类还可以免去像刺獾一样挖洞的麻烦。

　　和朋友讨论这个想法时，朋友说，希望南方和北方的人轮流睡觉，冬天的时候北方冬眠，夏天的时候南方夏眠，可以节约很多资源，交通和能源问题或许迎刃而解。其实夏眠也是客观存在的，西班牙南部大型白蝴蝶的蛹在夏季休眠三个月，就是夏眠。因为它们想避开黄蜂，怕黄蜂寄生在它们的卵中，动物总是活得比我们率性。

　　我深以为然，非常佩服朋友高瞻远瞩人类命运共同体的高度，况且，让大家轮流瞌睡，也满足了很多厌倦早起的上班族的需求。再说，让人冬眠从技术角度也是可能的，一些灵长类动物，如马达加斯加狐猴，就是冬眠动物，它就可能拥有人类冬眠所需物质和基因组成。所以，人想要冬眠，就抽点冬眠动物的血清，提取诱发冬眠的物质，解决好排异，到时再留下几个人值班看衣服，剩下的定期打一针就是。但又据科学家说，如果我们真的成功了，将不得不面对和冬眠动物一样的缺点，比如失忆。我想这才是人们不能冬眠的根因，因为我们最不能忘记的，就是既得和情缘。

　　不过，从另一个角度，我认为冬眠是一种对生命的呵护和尊重。

　　人生是需要停顿的，需要从生理到心理的暂停和系统重启，停下来，不

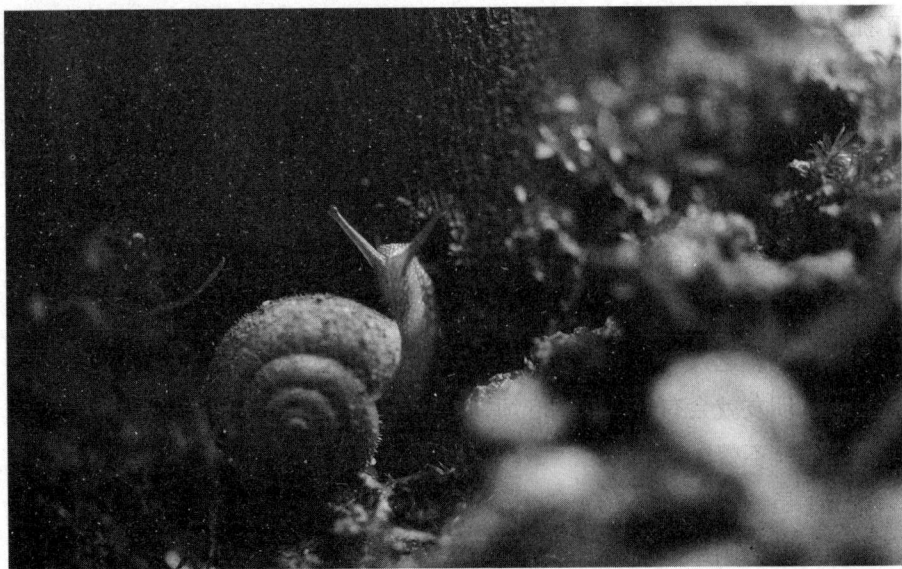

见得就是终结，或许蕴藏着一个更好的开始。

人生是你自己的，也不完全是你自己的，事业家庭工作学习，有很多事情需要去承载，我们的努力更多表现为一种社会性的适应。但是，我不太赞同过分放大这些所谓的正面意义，那样容易忽略人类对生命自然属性和规律的尊重。

人生是一次长跑，速度只能决定阶段的得失，保持一个合理的节奏，才是最终能到达终点的关键。忙碌而不浮躁，放松而不放弃，动静相宜，或许才是一种科学的生活态度。冬眠是对现实的回避，更是一种对未来的接近，有这样的态度，或许就能够延长生命的长度，提升生命的质量。

所以，大家今天忙完后就可以洗个热水澡，把门窗关好，在被窝里掏个洞，打上一针，准备冬眠，遗书就不用了，因为你还打算醒过来。

睡前许个愿吧，希望醒来时，已经脱胎换骨、沧海桑田……

……

我又认为，精神也是需要"冬眠"的，有点类似于古人的藏拙。

古之藏拙，是假藏，其实是示拙，就是说在得意之时告诉他人自己还有拙漏之处，不好意思拿出来惹人见笑。古人藏拙实为藏巧，分寸得当，不会给人假谦虚真骄傲的感觉；今之藏拙，大多为真藏，其实是不想让人知道自己的短处。有的人喜欢装傻，而且装得不自然，藏得不是地方，看似聪明，又似虚假，欲盖弥彰，尽干些让人一眼就看穿的傻事，或许他们是真傻，只好装出藏的样子。

人不应该什么时候都夏日一样锋芒毕露，骄阳似火，藏起来假装冬眠，也是一种对自己的保护。藏也是一种技巧，你有阴谋可以藏奸，你有姿色可以藏娇，你有本事可以藏锋。藏是内敛于丹田的元气，是回缩至腰间的拳头，使自己未来有更大游刃的天地。

精神不可能挖洞，也不能真睡，不过是一种生存态度的选择而已。醒着的，还是你内心一直未曾熄灭的信念和坚持。

……

朴园冬夜，万籁俱寂，在温暖橘黄的台灯光下，我合上了一本书，就像完成了一次睡前的精神洗浴。我闭眼静养，放空心绪，进入了一次心灵的"冬眠"，我相信，我的灵魂经过整理和休憩，会在一个绽放的春天甦醒……

情感动物

人是不是动物？

有人说是，因为我们有血有肉会吃会拉；也有人说不是，因为我们打架不用牙，浑身是心眼儿。我觉得，不管是强调自然特征还是社会特征，自然属性永远是生命的本质。所以，人是动物，只是我们自以为是地背叛了这个生物分类，硬生生地给了自己一个 VIP 待遇。

一直喜欢看大自然的视频，那时看《动物世界》，后来又看 BBC，用动物的语言讲些各地动物的家事。平时比较关心动物，以至于在土耳其看到肥硕的梵猫，还在担心它和中国的猫交流会不会需要翻译。

动物世界是一个纷繁却又简单的圈子，总体生态平衡。它们即使弱肉强食，也遵守着大自然的规则。和人之间，也秉承着"人不咬我，我不咬人"的原则。所以和它们比起来，人喜欢惹是生非，是最大的不稳定因素。

动物和人是有某种关联的。邻居说狗丢了，他去给狗算了个命，算命的说狗是被别人关起来了，找不回来了。我是不信的，只听说通灵，没听说通狗。夏天，又见城里的狗热得纷纷吐着长长的舌头，山上的狗却悠闲地在树荫下睡着午觉，这是狗和狗的差别；人再热也不好意思吐舌头，这是人和狗的区别。

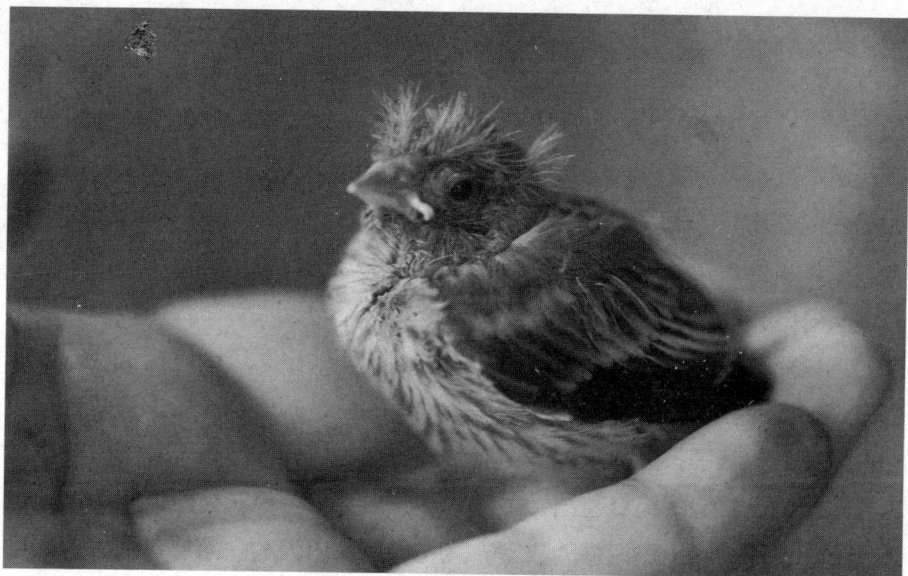

　　小时候住大院，我经常与小动物为伴，相爱相杀。用弹弓偷袭麻雀，拍苍蝇勾引蚂蚁，挖蚯蚓喂鸡，捡石头打狗，拿簸箕戳鱼，下夹子谋害耗子，用竹竿粘知了，干扰蛐蛐儿谈恋爱……可谓无恶不作。那时候，人接地气，空气中满是湿漉漉的泥土味儿，还可以到处踩到鸡屎，显得多么自然亲切。那时候，人毫不怀疑自己是动物，和其他动物在一起，就像是在和幼儿园的伙伴们一起玩耍。

　　但是后来，人类追随欲望绝尘而去，越来越疏远了与动物的亲缘。现在对于动物，我们除了能看到动物园里的虎豹、菜市场的鸡鸭，以及身边的猫猫狗狗之外，最多也就只能跟仨俩蚊子亲近一下了，要想再踩到鸡屎，都得要很好的运气……

　　忙忙碌碌的日子，让我们变得越来越迟钝，时时裹紧大衣，防备着不知从哪个方向扑来的风雨，不知不觉中，也掩上了情感的胸襟。

　　感动越来越少，乃至于我们对很多事物都很漠然，不知从什么时候起，我们干涸冰冷的眼睛再也流不出晶莹的热泪。

　　空旷的心漠，只剩下几个小动物，在用它们原始的母爱和亲情，呵护着人类情感飘摇的烛火……

　　重庆长江边一只叫花花的流浪狗，每天都要游一千多米到江中心的一个小岛上去，一天两个来回，已经有半个月了。后来人们才发现，因为暴雨，长江涨水，花花刚出生的四个孩子被困在岛上了，孩子还没有睁开眼睛呢，花花带不走，只能每天游过去喂奶，喂完奶再上岸找吃的，每天晚上它都会在岛上陪着孩子过夜。为了孩子，花花在汹涌的长江水里每天要游四千多米，不管水多急，花花下水的时候从没有犹豫过。

　　北海市一个极寒的日子，一个市民看到一只燕子蜷缩在石柱后面，开始以为这只燕子冻僵了，想上前看看它是否活着。他碰了碰这只燕子，却发现它已死去多时。轻轻挪开燕子的身体，眼前的情景却让他倒吸了一口气——在这只死去的燕子张开的双翼下，竟然还有另一只死去的燕子。下面的这只燕子体态稍小，但却羽翼整洁，显然是一只雌燕……面对这两只相拥而死的燕子，人世间许多山盟海誓的故事，竟是如此苍白无力。而那只把生命最后一丝体温留给爱人的燕子，用僵硬的身体围成爱的心形，定格了永恒。

　　前段时间，网络上两只大鹅吻别的照片热传，我们只是感慨于大鹅的真情，却不知道人家正经历着死别。对于动物间的感情，我们往往裁取的是自己需要的一部分，就像那些宠物，因为懂得对人的谄媚，就被人们接纳宠溺。而另外大多数动物都有着自己沉默而独立的生命，它们和人类一起生活在大自然里，安分地守在食物链自己的位置上，在被人类漠视的角落里初生、成长、热恋、繁衍……作为生命，它们的情感应和我们同等高贵。

　　现在的问题是，我们太拿自己不当动物。即使我们真的很高等，即使我们现在文明了，再也做不回光着屁股和它们一起裸奔了，但是至少，我们应该尊重自己的出身吧？它们不过就是你同村的二狗和鸭三儿，知道你所有不拉人屎的糗事。我的意思也并不是劝你今天开始改成吃素，只是希望人们要理解各种生命存在的细腻的意义，并感恩于它们的牺牲。

　　重庆歌乐山上八十一岁的罗婆婆去世了，留下了十多年来收养的三百多只小动物。生前婆婆竭尽所能来保护它们，罗婆婆走了，预感到什么的猫狗们到处找她，炸锅似的整整叫了一夜……

　　你可以不承认你是动物，但是你不能忘记人与自然的血缘；你做不到爱动物，但不能无视它们的情感。它们也是活生生的生命，和你一样，有着支配自己生命过程的权利。

动物一直没有说话，因为它们不想说话，它们在心里，已经忍了很久……

人性，兽性，有时难以区分，也不必区分。当孱弱的小动物们在用无声的死亡，来无力地启示情感价值的时候，我们是否还会感到羞愧和疼痛？

希望有一天，它们平凡的牺牲能让我们眼中再次噙满泪水，让大爱的暖流，悄悄融化我们血液中的冰凌，让一切生命的情感，得以鲜活和重生。

蚊 子

有一只蚊子，看上我了。

每天晚上，我一坐到沙发上，那只蚊子就会出现在我周围。我之所以判断是同一个蚊子，是因为它的声音与众不同。

蚊子飞行时每秒钟振翅六百来下，翅膀摩擦空气发出声音，振动频率决定了音调，这频率在人类听觉频率二十到两万赫兹范围之内，所以我们听得见。专家研究后说，蚊子也通过这种声音来求偶，它的嗡嗡声对异性蚊子来说就是情歌。

可怕的是，我好像听得懂它在唱歌！但我觉得它对我不是那个意思，我人太大坨，不适合它。

它一定有别的意思。

这只蚊子的声音有高低起伏，甚至节奏变化，听起来像吟唱，不过不太像情歌，倒有点像诵经。从调调看，般若波罗蜜多心经？这蚊子是想劝我平和？要度我苦厄？

也对，我对于蚊子来说，是恶贯满盈的。

我杀死过很多蚊子。最早采用诱杀，月光落在左手上，蚊子落在右手上，我先让它吃得飞不动，然后从容地拍死它；我觉得这种撑死的蚊子是幸福的，它们本来平均寿命就只有十来天，这样死很有质量。我也是善良的，我拿血喂蚊子，就像介子推割自己大腿肉给重耳吃，至于我这个"介子推"后来为啥又拍死了"重耳"，这个谁也没料到，史书上也不好写。

后来对付蚊子有了越来越多的武器，从万金油到风油精，从蚊香到电蚊液，后来又有了驱蚊贴，还流行过一阵夜来香、天竺葵、猪笼草等植物驱蚊。还有灭蚊灯，蚊子被灯光吸引过去，又被转动的风扇吸进囚笼，活活饿死；至于蚊帐，是让蚊子看得见够不着，活活急死。蚊子短暂的一生，在种种组团的骗局和杀局中惶惶不可终日。

我最喜欢的，还是用电蚊拍。按钮一推，看见蚊子就扑打，只闻其声未见其蚊时，也可以盲挥，拍面一接触蚊子，就会蓝光一闪，啪的一声，一股蛋白质的烧煳味浅浅弥散空中。蚊子要么倏然坠地，要么还粘在拍面金属网上，继续烧出幽蓝的死光，直至彻底暗淡。

人的想法，皆由心起。我对蚊子的生死，并无善恶之变，全在一念之间。

蚊子的智商明显也在斗争中进化，它除了坚持"敌驻我扰、敌睡我咬"的传统游击战术外，还时常声东击西。我觉得声音明明是在左边，右边脸却被它狠亲一口。当然，蚊子有创新也有风险，那天有个花母蚊子停在白墙上蹬大长腿，想对我用美蚊计，被我果断地拍死了。

除了烦蚊子，再有就是怕蜂子。蜂子叮人太痛，所以相比起来，蚊子是温柔的，而我和蜂子都不够温柔。

前几天和两个朋友坐在茶座聊天，讨论起血型，一个朋友说他自己最招蚊子，果然不一会儿他就被咬了好多疙瘩，受不了逃了。又坐了一会儿，另一个朋友说蚊子又盯上他了，也被咬了包，他也想逃，被我摁住了。我心想，蚊子总得有肉喂嘛。

他们是 O 型和 B 型，皮薄肉嫩，热气腾腾，是蚊子最爱的主菜，我是 AB 型，相当于小菜汤。我摁住朋友，对于蚊子，显然我是好意。

蚊子很多，但关于蚊子的故事却很少。

说是三只蚊子出来找吃的。第一个蚊子吸的血太多，飞不动了，就趴在墙上休息；第二只蚊子看见第一只蚊子吸了那么多的血，很羡慕，急急忙忙飞了过去，飞的声音很大，被人发现一巴掌打死了；第三只蚊子看到这情况，心想："我一定要轻轻地飞，吃一点就赶紧跑。"人又感觉到胳膊痒痒的，生气了，心想一定要逮到这些蚊子。他把目光放在了周围，看到了正趴在墙上的第一只蚊子，一巴掌过去打死了它。

蚊子也有自己的命运，坎坷多舛，渺小的生命之间也息息关联，自有因果。彼得·圣吉说，北京的蝴蝶扇一下翅膀，就引起了加利福尼亚的一场风暴。我觉得是蚊子干的！蝴蝶太 Low，每秒才扇五下。

专家又说，吸血的都是雌蚊，雄蚊只吸植物汁液。这只蚊子我分不清男女，但我觉得它是温柔吃素的，能和我共情的蚊子。

这天晚上，我在沙发上看东野圭吾的《恶意》：邻居家的猫死了……那只蚊子在围着我诵经。旁观着书中黑暗的人性，我躺在现实的安定和谐中，开始有点打盹儿。

朦胧中，我感觉蚊子的声音微微开始弯曲，又慢慢折得尖锐，好像有两只蚊子在我周围环伺，又像是两种人格在自言自语对话撕斗。和谐中陡增戾气，平和中暗藏杀机。那样的声音，让我隐隐觉得焦虑。

突然右脸上一阵刺痒，挠挠，仍觉恶意环伺，威胁迫近，我不由自主双掌啪地合十。

声音戛然而止。

睁眼一看，掌心绽开着一朵鲜红的小花……

蚂 蚁

我看见了一只蚂蚁。

在茶几的边缘探出芝麻一样的黑脑袋，警觉地朝桌面爬行，在没有擦净的几颗饭粒前停留，兴奋地晃动着触角，又试着用身体去推举……

我一尘不染的慵懒里落入了一粒微尘，注意力受到了打扰，似乎如鲠在喉，粗大的食指忍不住戳向蚂蚁。灾难将至，遮天蔽日，顶灯之下，巨大的黑色阴影罩住它渺小的身体，又在它身体上方一厘米处悬停。

对于死亡的迫近，蚂蚁毫不知情。它只知道朝前是路，扭头是家，它的世界从来就没有过天空和仰望。没有天空，也就不知道还会有天塌下来的厄运。

我犹豫了。

我敬佩它对我无视，它恬静坦然的样子，让我清晰地照见了自己的邪恶。这种邪恶来源于一股强权力量，它一直在我体内奔突游走，总想找个缝隙释放，去展示威严暴虐。人性中有这样的邪性，正是因为遭受过暴虐，而需要用施虐来达成平衡。此刻，我操控着蚂蚁的生死，那小小的命运，悬于我一念之间。

我自诩是个善良的人，却也暗藏小恶。因为我的善良尚未达到一定修为境界，故也会感到善良之负累，需要用恶去释放压力。但我这不争气的本性也干不出大奸大恶之事，只好满足于对渺小事物的破坏和伤害。

我承认，我对蚂蚁是有原罪的。

小时候，骗杀蚂蚁是主要游戏之一。那时候人小，离地近，看见的事物也就微观，能够认识和控制的，也只有昆虫蛐蟮之类。鸡鸭都是由大人直辖，昂头斜眼，对我爱理不理，只有这些小虫，能顺从我的征服。

逗蚂蚁根本不用饭粒，而是捉苍蝇当诱饵。捉苍蝇是有经验的，手心窝着悄悄逼近停飞的苍蝇，在它上空右侧停留，预判好它起飞的高度与角度，猛地横空一捞，苍蝇惊飞，正好撞入掌心。苍蝇在掌心指缝间极有手感，把猎物往地上使劲一摔，苍蝇就被摔晕或摔死。又用指尖拈了放在蚂蚁过往的路上，口里开始不停念咒："黄丝黄丝蚂蚂，请你家公家婆来吃嘎嘎"……黄丝蚂蚂似乎听见了我的邀请，欢欢喜喜跑回家，把家公家婆一大家子都带出来吃肉嘎嘎，却不幸中了奸计。

后果有三：一是惨遭灭门，被挨个碾死，食指一摁，蚂蚁就定在了原处，蜷缩成一粒硬肉，至于哪个是家公哪个是家婆，对于凶手并不重要；二是如果嫌手碾太慢，就用尿冲，光天化日，掏枪扫射，高压大水冲散了队

伍，冲毁了家园，冲得蚂蚁家破人亡妻离子散；三是火烧，划燃火柴放到蚂蚁头顶轻轻一掠，忙碌行进的蚂蚁队伍瞬间就凝固成了一条静止的黑线。唉，作孽啊！不过，哪个熊孩子没有过一个"作恶多端"的童年呢？

据统计，全地球大约有十千万亿只蚂蚁，占地球动物总数的四分之一。被我虐杀的微不足道，它们的生命死于觅食，死于为生存的努力。而且，它们十千万亿分之一的几率撞在我的手里，又死于我十分之一的童年，也是命中注定。

此刻，这只蚂蚁正在为家族的生计打拼，把简单的希望寄托在饭粒上。相对于我的邪思杂念，显得多么高尚。这时电视里一个和尚在念叨："扫地怕伤蝼蚁命，爱惜飞蛾纱罩灯，池中有鱼钩不钓，笼中买鸟常放生"，不知这佛家的慈悲，能否教化我的冥顽。在温和正义的碎念中，我竟有了一丁点儿觉解，隐隐感到了自卑，伸出的食指缩了回来。

小蚂蚁并不知道它刚刚经历了一场生死，它搬不动饭粒，就慌慌张张顺着桌子腿往回爬。路上遇见了其他蚂蚁，碰碰触角，其他蚂蚁也瞬间变得慌慌张张，加快向前方搜寻，不一会儿，饭粒前就聚集了好几只摇头晃脑的蚂蚁。

过了一阵，一队蚂蚁列队爬来，沿着同一条路线朝食物快速集结。据说蚂蚁是有信息素的，我怀疑是气味，就像动物撒尿打记号，划定势力范围。我曾冲毁过蚂蚁的家园，我的信息素严重干扰了它们的命运，却没有被人类自己的团队识别，从而嗅循着我的尿味前进，去找到一些社会意义。故而我的存在一直是孤独的，只具有个体意义，我随心所欲的杀戮或善良，都显得无关痛痒。

看过一部电影《别惹蚂蚁》，说是刚搬家的卢卡斯，在学校没朋友，又被恶邻欺负，只好把怒气出在蚂蚁身上，破坏了它们的巢穴。不料遭到了蚂蚁的集体报复，蚂蚁用一把神奇缩小枪，将卢卡斯变成蚂蚁般大小，并把他带回巢穴一同生活。在蚂蚁中间，卢卡斯学会了宽容与同情，懂得了友情的真谛，开始欣赏和敬畏自然本身，最终领悟到了人生意义。

曾经和在重庆大学当生物学博导的亲戚聊天，听他说过生命力最强的物种不是庞大的动物，而是蚂蚁蟑螂老鼠之类小的生命。因为小，需要的生存资源少，在资源越来越匮乏的地球，更容易有机会存活繁衍。

　　我相对于蚂蚁，或许就像是经历过核变的巨兽哥斯拉，笨重地喘着粗气，艰难地生活在城市夹缝中。所以我想，如果蚂蚁真的有缩小枪，就朝我开一枪吧，算是拯救我！我一直在寻找生命单纯的意义，如果你们那里有，我愿意放弃虚荣膨胀的自我，钻进蚂蚁洞里，结拜好多肌肉男兄弟，一起吃肉，一起搬货，孝顺蚁后，赴汤蹈火，同生共死。我还决定出卖我的厨房，出卖吃货朋友的零食私藏；我还会亲自去抬很多死苍蝇送还你们，以抵消儿时亏欠的孽债。

　　蚂蚁依然不紧不慢，仿佛并不知道我对从前世界的嫌弃和背叛。

　　我看着桌面上越来越长的队伍，竟顿生敬畏。它们绵绵不绝，始终在朝着一个目标前进。没有犹豫茫然，没有自私徘徊，果决坚定，百折不挠，坦然面对命运的水火，可以一堆一堆地死，又一窝一窝地生。

　　一只蚂蚁能够举起超过自身体重四百倍的东西，还能够拖运超过自身体重一千七百倍的物体，没有人能阻挡这生命本源的力量。只要需要，它们可以瞬间席卷所有目标，啃噬强权，让那些自命不凡，变成一堆空洞腐朽一碰即散的白骨……

　　别惹蚂蚁！

　　科学家说，蚂蚁是二维动物，它们的视界里，只能感知长宽，无法感知高度。而人类是长宽高三维的，现在又企图加入时间的四维，想四处穿越游荡。可惜的是，我们总想得到太多，不太习惯简单的生活，又不太擅长从渺小的事物中，觅拾伟大的意义。

　　我觉得我们的生命跟蚂蚁并无二致，幸福是平坦的，拿高度做什么？孤寒的高处，不过是欲望的尸骨垒砌起来的痛苦。所谓伟大与渺小，本来就同父异母。

　　世界是什么？蚂蚁看不见人类，只看得清自己；人类看不清自己，却总想看见世界。

　　人类又算什么？大自然密云不雨，懒得透露的是，在那块最厚重的乌云里面，正悬停着一根巨大的食指。

　　蚂蚁开始搬动饭粒，它们的世界并没有我们，和那肃杀的天际……

美

一

偶尔和同事聊天，他说正在看有关"灰犀牛"和"黑天鹅"的书。我说，你看了以后会不会觉得"灰犀牛"和"黑天鹅"一样多？他说，是的。我之所以这样说，是有感于当前世界的局势。

这里不讨论经济，只是借用术语。我突然在想：美，是"灰犀牛"还是"黑天鹅"？

从直观感受来说，天鹅虽黑，却是仙雅，犀牛虽灰，但也拙朴。美的出现，似乎更像是"黑天鹅"一样的小概率事件，但它能感染外界；"灰犀牛"是大概率一样的平凡，但很多平凡的汇聚也会影响深远。

我是个不完美的完美主义者，人家说跟我的星座有关。据说天秤座最讲平衡，见不得残缺。

以前我曾写过一首诗《纸花》，现在找不着了。记得大意是：纸花总是竭力以最美的形象示人，它鲜艳饱满，朵朵盛开，甚至永远不会枯萎。但是它却落染着浮华的灰尘，它不过是在竭力假扮一种虚伪做作的完美。它的心里，从没有过如蓓蕾般孕育的希望，也没有过途经生命的悲喜。

据说曾经有画家试图以不同人身上最美的特点，合成一张最完美的人像，但是画出来又觉得空洞。他们不知道美并不能单一存在，而是容貌和内在精神释放出来的给人的整体感受。

所以，世上或许并不存在完美的东西，完美也不是美到极致。极致的美本身就是一种残缺，它也最容易被模仿和假扮。

我这样的说法，或许不完美，但是道理往往喜欢躲在不完美的生活中，躲在我不完美的喜欢胡思乱想的脑子里。

康德说："有一种美的东西，当人们接触到它的时候，往往感到一种惆怅，意境就是如此。"是啊，一些美的事物，总是以孤独的形式存在，或许只有孤独才能让美绝尘而出，脱离人们目光杂乱的交织，站立在蓦然回首之处。

大海中一只破旧的扁舟，荒野里一朵纤弱的小花，秋风中一片孤单的黄叶，雨巷里那个丁香般惆怅的姑娘……这样的意境确实让我的心有沉浸之美，又让我在美的幸福中隐隐怅然。

我竟开始喜欢这种美的缺陷，它让我更加体会到美是一种有思想有情感的东西，又惊喜于发现了美的价值，并感念于它的到来，它的离开……

美到极致，却让人畏惧。

莫言1985年第一次读《百年孤独》，读了第一页就惊喜得拍案而起，读了几页就赶紧放下转身去写，这本书一直放在莫言的床头，他用了20年才读完。或许这样的心情就像马尔克斯在巴黎读到卡夫卡一样。对于美的事物，他们显得更加小心翼翼，是因为他们倍感珍惜，希望去细细欣赏，并把它转化为自己生命的存在，融入自己的血液。

畏惧美丽，又是因为害怕失去。

"世间好物不坚牢，彩云易散琉璃脆"，美的事物总是脆弱和短暂。其实事物都是客观存在的，美也是，它只是路过，有着自己独立的命运，而只是心灵饥渴的我们，在以自己的心情好恶，对它赋予了额外的期许，又在这样的期待中，变得患得患失。

二

说到美，就要说颜值。

这似乎是大家议论关心最多的问题。大多数女人一辈子都被自己的长相和形象问题所困扰，又竭力用包装打扮来寻求突破。桌子上摆满了化妆品的瓶瓶盒盒，远比厨房调料的瓶瓶罐罐多得多。花五分钟下楼去超市买个矿泉水之前，都要花半个小时化妆。买每一件衣服必是精挑细选，直到衣柜里塞满了衣服，才发现精挑细选并不等同于深思熟虑。有人拍照依赖于美颜，又失落于美颜，又常常在外界的反馈或者不反馈中无端地联想，似乎每一个细微的眼神，都能牵动她们的心情。

莎士比亚说："上帝给了女人一张脸，可是女人又给自己造了一张脸。"这让我怀疑莎士比亚也知道有的女人去韩国整过容。

当然，爱美是女人的天性，无可厚非，花木兰打完仗回家，尚且知道"当窗理云鬓，对镜贴花黄"。这一切，看起来是为了取悦他人，但我不这样认为，或许她们的内心知道，取悦他人只是一种途径，而终点是为了取悦自己。

有人说，男人看女人，先看颜值，才决定是否走进内心。而女人对男人似乎更宽容，男人的价值似乎比颜值更重要。当然现在也有一些自称外貌协会的女人，她们看见帅哥惊呼的分贝，绝对盖过了男人看见美女的口哨。

居里夫人很美，但故意不打扮，还把自己头发剪了，因为她要忙正事，没功夫招惹男人们的口哨。

三

曾读过严歌苓的《漂亮和美丽是两回事》，这位美丽智慧的女性作家，诠释了女人外在和内在的关系，更是阐明了女性终极之美的所在："一双眼睛可以不漂亮但眼神可以美丽；一副不够标致的面容可以有可爱的神态；一副不完美的身材可以有好看的仪态。这都在于一个灵魂的丰富和坦荡。"在昆德拉的《不能承受的生命之轻》中，特蕾莎手里拿书的神态深深吸引了托马斯，因为这种美丽是对金钱物质以及对外在美丽渴望的解脱，它不会被衣着和化妆强化或弱化，也不会被衰老所剥夺。

我一直喜欢简爱的美，她可以站在罗切斯特面前，坚定地说："我现在跟你说话，并不是通过习俗、惯例，甚至不是通过凡人的肉体——而是我的精神在同你的精神说话！"这个"穷、低微、不美、矮小"的女孩，因为精神和情感的站立，更显得美丽而迷人。

有一次和一个叫麦子的朋友聊天，朋友说一直喜欢麦子的意象，麦子历经沧桑，更懂得伫立在原野的意义，它独立于姹紫嫣红的花丛之外，只有阳光、土地和风雨懂得它朴实的愿望，以及它以自己生命的成长，给予他人的价值和启迪。

最后朋友说，麦子花即实，实即花，为了成熟，它连美丽都省略了。

我说，麦子是美丽的，因为它懂得如何让生命更美丽。麦子不是省略了美丽，而是走向了美丽。

……

我曾经在一个农宅，拍下过一张白墙楼梯的照片，我觉得有点像侘寂风。这是日本流行的一种设计风格，这种在别人看不出美的东西里发现美的主动审美，近年又流传于世界。"以素为美，以简为美，以寂为美，以枯为美，以小为美，以缺为美，以真为美"的思想，充满了东方哲学的意味。

是的，美，其实存在于万物之中，被我们所知，又为我们不知，它们或鲜明或孑然或慵懒或躲避，以自己的方式，存在于世间万象，演绎着生命的热烈或侘寂。

四

美，是美德，更是人心。

过去，青涩的我曾把《培根论人生》放在床头，那些思想点点滴滴滋润着我心灵的土壤，让我开始了人生思辨，这样的意义不在于我结出了多少沉甸甸的思想麦穗，而在于使我在人生旅途中，学会了以一种哲学的思维方式去看待事物，以一种生长的态度去面对未来，成了一株寻找生命之美的麦子。

培根在《论美》中说："形体之美要胜于颜色之美，而优雅行为之美又胜于形体之美。美德好比宝石，它在朴素背景的衬托下反而更华丽。同样，一个打扮并不华贵却端庄严肃而有美德的人，是令人肃然起敬的；美犹如盛夏的水果，是容易腐烂而难以保持的。世上有许多美人，他们有过放荡的青春，却迎受着愧悔的晚年。因此，把美的形貌与美的德行结合起来吧，只有这样，美才会放射出真正的光辉。"

我不去评价后来美国人写的那本《美德书》，但是书中涉及的同情、自律、责任、友谊、工作、勇气、毅力、诚实、忠诚和信念等关键词，确实都是需要我们去关注和思考的问题。

但丁说："爱为美德的种子。"我觉得一个内心充满宽容和爱的人，也会让别人的心看到美德之花的盛开。

孔融让梨、曾子避席、崔枢还珠、管鲍之交、程门立雪、苏武牧羊、孟母三迁……中华传统美德有着丰厚的营养；2007 年以来，我国平均每两年评选一次全国道德模范，分为"助人为乐""见义勇为""诚实守信""敬业奉献""孝老爱亲"5 个类型。他们都非颜值的奴隶，而是美德的代言，这不是那种美丽的平凡，而是平凡的美丽，就像那漫天星辰，并不耀眼，却给了人们希望和启迪。

我们一些人或许需要反思自己的审美标准，少一些娱乐的心态，而是善于去发现自然之美、世界之美、人性之美、心灵之美，赋予人生更大的格局和意义。

契诃夫说："人应该一切都美，容貌、衣裳、心灵、思想。"我想，万物也是。

那么，都来吧！奔跑吧犀牛！舞蹈吧天鹅！翻滚吧麦浪！闪耀吧星辰……

啊，真美！

万物生长

我一直想写《万物生长》这样一篇文章，因为它很早就在我心里种了草，我知道，草迟早会长高，变得葱绿茂盛。我今天把它变成文字，是想在更多的心灵中播种下对生长的敬意。

我的写作，常常会被某个词打动，让我沉溺于它给予我的意象，久久摆脱不了它在我心中不断蔓延的思想和情绪，让我不吐不快。

"万物生长"在我心中绘出温暖的画面：清晨煦暖的阳光，覆满目光所及之处，万物都变成了暖色，希望变得明丽，世界生机勃勃。就像用高速摄影机拍摄的小草，快速播放下，种子里孕育的新生命挤开胚囊，用稚嫩的头颅顶开泥土，又直起弯曲的脖颈，抬起头，小脸颊怯怯而欣喜地看向阳光；森林里的动物在树影下漫步，身上满是斑驳流动的金色；城市醒来，万家灯火在晨曦里慢慢熄灭，车辆和行人开始穿梭奔忙。"喜马拉雅"App 里，订阅的故事，又在接续开讲……

一

植物，是生长的代言。

多年以前，朋友曾送我一盆小绿植，种在铁皮罐子里，叶片上长满迷彩一样银白色的暗纹，煞是好看，朋友说这叫银斑葛。又送了我几个小瓶子，里面装着收集的种子，并都贴上了小标签：格桑花（西藏）、牵牛花（我家）、未知名（路边）……

我去过朋友的办公室，我看只要是空地，都被摆上了各种花盆，顶上也垂吊着绿萝或常春藤，还安了植物生长灯。据说朋友就是到外地出差，也要把办公室钥匙给同事，让别人帮忙给花花草草浇水，定期搬到阳台晒太阳。

朋友对植物的迷恋，让我也开始注意那些生长故事，并为之悸动和沉迷。

我将家里的两个大阳台进行了改造，顶上做了防腐木，用密集的黑竹覆了墙壁，又买树皮把两个柱子包了，装饰成两棵大树干。五叶地锦爬满墙壁，又从顶上垂下来，像一个小森林。

我在阳台种了不少花草，就不一一罗列。我常常坐在阳台上，在根叶坚定的伸展中感念生命的毅力，也在花朵无声的枯荣里怅然于美好的得失。

近几年，我休息日经常去朴园，那里有更宽敞的地方可以种植。大门内外种了几十棵千层金，如今已成林；门前两棵蓝花楹开出了婆娑的蓝花；两棵高大的桂花树撑开大伞，树下垒放着几块千层石，石头上安坐着一个佛在小憩的雕塑。李树、桃树、柑橘树、石榴树……一天一个样，每次去都能有变化的惊喜。

栀子花种成了篱墙，每到四五月份香气扑鼻；紫薇花编织成花篮；高大的蜀葵站立路旁，似乎在与朝阳比高；垂落的三角梅、蔷薇花几乎覆盖了土壁；凌霄花攀着青砖爬上了三楼楼顶，又在我窗前探头探脑，围成密荫；杜鹃花、月季花、玫瑰花一到季节都争着盛开；晚春，池塘里的荷叶已开始惺忪地舒展蜷曲的身体……屋后的竹林葱茏茂盛。最值得一提的，是那棵六十多年树龄的无患树，已近二十米高，宽大的枝叶，荫庇着小楼，荫庇着朴园的生灵。据说无患树是菩提树的一种，每年都开花结果，我们会捡一些果实，用里面的果核来穿串儿当手链。

我曾写过一首古体诗，叫《朴园题韵》：

一穰李杏数枝银
半壁金娑染赤曛

问叶菩提多蔽佑
檬花枕醉梦酚酝

壶天日月藏嘉训
玉映霜沙伴耄勤
百世恒和生悌敬
千春倚翠入长云

二

植物的生长，让我欣喜，让我感恩自然的慷慨和指引。在某些作品里，植物，也成了一种顽强生命力的象征。

吕克·贝松的《这个杀手不太冷》是我最喜欢的电影之一，看过至少五遍，每次看，它都能带来生命思考和情感冲击。

为生存奔波的杀手里昂，随身不离一盆绿植——银皇后万年青，这抹绿色成了他晦暗生活里唯一的亮色。颠沛流离之中，每到一处，里昂都会把它放在窗台，吸收阳光，又小心翼翼地为它喷水，仔细擦拭每一片绿叶。这个像植物一样安静的男人，始终在残酷的生活中，深藏着某种柔软的温情。

"它是我最要好的朋友，它永远都很快乐，从不发问，而且它很像我，你看看，它没有根。"里昂对玛蒂尔达说。

里昂没有家人，跟这植物一样没有生根之地，他对这个痛苦的世界不感兴趣，所以也从不发问。直到遇到了玛蒂尔达，才学会了三言两语的倾诉。

玛蒂尔达抱着那盆绿植，和里昂从街头低处缓缓升起，并肩走在艰难命运之路上的画面，让我每次看到都意难平。玛蒂尔达成了里昂心里的"银皇后"，他从此有了软肋，有了牵挂，有了和这盆绿植一样，随身不离，需要他舍命守护的人。从另一个角度，他的内心，也有了一层薄薄的铠甲。

最后，里昂为了保护玛蒂尔达而付出了自己的生命。玛蒂尔达把这盆万年青栽种在了寄身学校的草坪中间，就这样，里昂不再漂泊，不再孤单，终于有了生根之所，他可以安定地在这里生长，与这个世界建立起固定的联系，就像玛蒂尔达一直希望的那样……

而今，亲情友情和爱情，我们通过各种关系和情感的根须，维系着与这个世界的联系，我们像植物一样生长于大地，又可以时时如我一般用文字发问：你是否能感知到成长？你是否正沉醉于幸福？

三

我常常觉得，那些贴地的动物，比我们更了解自然的深意。

我曾写过一篇小说《动物世界》，在开始引言中写到：以前看电视《动物世界》，最近几年喜欢跑农村去休闲，才发现这里看到的动物世界，没有赵先生讲的兽性大发，没有薛之谦唱的相爱相杀，没有动物园里的慵懒退化，也没有童话书里的装萌卖傻，只是慨叹自己在城里白活了几十年，才发现这里有着更接近生命真相的说明书。

于是，我写了一些鸡鸭鱼鸟猫猫狗狗的故事。我发现了一个秘密，这些被我们无视的生命，都有着自己精彩的生长故事：鸭步鹅行、鸡犬相闻、狗拿耗子、鸡鸣狗盗、鸢飞鱼跃……

前两年，我在朴园门厅屋檐下放了一个木窝，希望燕子来筑巢。燕子果然来了，但是没有选择现成的鸟窝，而是自己开始衔泥啄草，在旁边建了一个燕子窝。傍晚，燕子就会飞回来，我常看见两只燕子露出的头偎依在一起，也不怕人。后来某一天，窝里突然探出三个毛茸茸的小脑袋，燕子开始频繁地的往返，衔回一些虫子哺喂幼鸟。就这样，它们的生活，和我们的生活像两条平行线，亲切守望，各自相安。

后来听说有一只幼鸟从窝里掉了下来，被恶猫叼走了，我很痛心。燕子长大了，飞离了这个窝。我一直盼望着，一朝春至燕归来。

今年春天，突然看见燕窝变大了，周围用泥草修了高高的壁，又紧贴在棚顶，只在后面开了一个出入的小洞，这下子乳燕彻底安全了！我的头顶，又有了燕子忙碌穿梭的小小身影。

我喜欢和马犬千喜嬉闹，但我常常不知道是我在逗它，还是它在逗我。这两年我目睹了它从一只瘦弱幼犬长成英俊成犬的过程，也感叹它的生长，

欣然可见。

　　有时候，我喜欢在铺满阳光的草坪上，躺成大字，最大程度地贴近大地，鼻息里灌满泥土和青草的味道，又竖起耳朵，偷听草叶间昆虫窸窸窣窣的唠叨……

　　这一刻，我感受到好多生命的故事，它们并不为我们所知，更不想为我们左右。盲目自负的人类只是喜欢放大自身的感受，而常常漠视其它生命孕育、初生、成长和死亡的悲欢，或许我们只是根据自己的心情，在随意裁取符合自己需要的部分。而它们比起我们，更是在阳光风雨挫败夭折之中，默默生息繁衍，更加孤独而不屈地生长。

　　此刻，我也想躺在草地上，感觉我的生长……

四

　　每个人只看得见自己的人生，所以会以为自己就处在生活的中心，但随着成长，却发现真相是：我们只生活在某个角落。我们的生命并不如草叶般茂盛，而似乎更加孤单。

记得小时候，妈妈曾经给我讲过她怀我时的感受，说是能感觉到我生长的节奏，听得到我怦怦的心跳，感受到我手脚成形后的拳打脚踢；她情绪剧烈的时候，好像肚子里的我也会有感应。我们母子血肉相连，心在一起搏动，生命共同生长。对于母亲，这是一段辛苦而幸福的路程，也是终身难忘的奇妙感受。我也很高兴，我曾经如此近地陪伴过我的母亲，或者说，我曾和我的母亲是同一个人。

生命从初生开始，就不会再停顿，而是直达黑暗的终点。

童年时，我们并不知道生命路途的短暂，更不知生命时光的宝贵，而是希望长得快一点，有自己的零花钱，让所有吃食玩具的愿望都能实现。我们又在求学过程中，盼望着毕业，想早一点成为父母那样能够支配自己生活的人。那时候，我们不用停顿，没有彷徨，甚至不知道什么是回忆。我们无视生长的存在，仿佛天生就没有昨天，今天只是负累，我们就是为了明天而来。

青年时，有了彷徨，因为我们发现父母也不能完全支配自己的生活，而我们可能也会和他们一样。展开的这个世界有点陌生，它曾给了我们那么多想象，现在却带给我们这么多迷惘。我们的生长好像踩了一脚刹车，减了一点速，留下片刻的时间，开始了对人生的思考和打量。

年轻的心似乎并不关心自然，并没有去感知生命与自然关系的那种细腻和耐心。而是只关心社会，又在社会中被遭遇的各种情感所囚禁，又被一些盼望的遇见所漠视。

年轻人背上行囊踏上旅途，重点也并不是看到，而是看过。这段路途并不能看清生活的全貌，只是为了检验一下自己的意志和骄傲。或许最真实的梦想，是在阳光旅途中邂逅一次爱情。我们还可以肆意地希望和失望，因为还有大把的青春可以挥霍。

以前看过电影《万物生长》，那些青春的故事，忙忙乱乱，慌慌张张，又都在经历中成长。

青春经历理想，那时候以为世界都是我们的，我们可以蔑视一切，赢得一切，后来发现事实并不尽如人意。现状不可描述，未来无法预测，一切皆有可能，这才是理想真实的模样。《霍乱时期的爱情》里有一句话："趁年轻，好好利用这个机会，尽力去尝遍所有痛苦，这种事可不是一辈子什么时候都会遇到的。"所以，我们的青春不用彷徨，而应该勇往直前，无所畏惧，痛亦有用，苦亦无妨。

人到中年，生长变得缓慢，或者是越来越意识到来路和去路已经等长，所以能够更敏锐地感知时间的流逝，也就更加珍惜每一个日子的质量。我们细数着播种后的收获，又想把它们酿造成可以长久保鲜的生命佳酿。我们开始过滤和沉淀，咂摸和反刍过往的滋味，焦虑、无奈、淡淡的悲凉。这时，我们听见马尔克斯说："我们这一代人年轻的时候对生活都太贪婪，以至于身体和灵魂都忘记了对未来的期盼。直到现实告诉我们未来和我们曾经的梦想不一样，便又开始怀念旧日。""无论你走到哪里，都要记住，过去都是假的，回忆是一条没有尽头的路，所有过去的春天都不复存在，即使是那段最坚韧狂野的爱情到头来也只是昙花一现的现实。"他说得这般真实，让我们平添怅然，也变得豁然。

人至老年，停止生长，来路荒芜，去路无长，不再有生长滋滋的律动，只有生命皲裂的沉响。这是一片叶的凋落，一朵花的枯萎，一座山的倦坐，一条河的昏睡。在生命揭开谜底的前夜，经历的一切都变得重要，一切又都不再重要。或许，安度晚年的秘诀真的是："和孤独签下一份体面的协议。"

萨顶顶唱过一首《万物生》："我看见山鹰在寂寞两条鱼上飞 / 两条鱼儿穿过海一样咸的河水 / 一片河水落下来遇见人们破碎 / 人们在行走身上落满山鹰的灰……"有人说听不懂她唱的什么，其实她想传递的，只是自然万物的呼吸和心跳。

科学说，生命来自于海洋。那浩瀚的大海多么深邃，可以容得下一切想象。

文学说，生命来自于泥土。不然，为什么泥土会是人类生命的归处，又是其他生命惊蛰的温床。

如此看来，是不是那些呱呱坠地的生命，都是第一次来到这个世界，寻找希望；而那些破土而出的幼芽，才代表着重生的过往。

其实，不管经历哪一个过程，我们有时候会有一种感觉：即使生命走向衰老，但是自己的某些方面却还年轻，一直都在生长。这就是精神的生长！即使生命走向死亡，但是自己的某些地方却还活着，一直不会死亡。这就是精神的永生!

所以，我们每个人的生命都是一次欣喜，每个人的心灵都是一片大地。

阳光普照，万物生长……

◎

后
记

文学于我，是一根根划燃的火柴。

我时时感到生命的寒意，以至于我的灵魂渴望着温暖和光明。

很久以来，寒风凌迟着我的思想，让我在一种自虐般的疼痛中保持着清醒，时时感到作为一个生命个体的思想责任。

但我又似一文化流寇，想投奔朝廷得不到招安，想落草又认不准山头，曾想过揭竿而起自封大王，又担心打黑风紧丢了小命。一句话，反正就是个横竖拿不上台面，又比较趋风附雅，只好坐在文化大户门外台阶上嚼冷馒头的人。

门外寒风凛冽，我瑟瑟发抖，不过，望着大户家里温暖繁裕其乐融融的景象，奇怪我咋就没有一点想像昆仑一样寄身为奴换肉吃，像华安一样卖身为奴泡秋香的欲望？

可能是我喜欢这种让精神自由自在的感觉，不属于某个圈子，不崇拜某个名人，不轻贱酒肉百姓，不屈从文化虚荣，只愿偶尔躲在角落里擦燃一两根火柴，用冻僵的双手呵护着那微弱的火苗。

人生并非亮如白昼，也会常常风雨如晦。只有思想和情感的火苗，才能将一隅照亮。我希望划亮一根根火柴，去看清那个梦想的天堂……

嗤……

一

2002 年左右，我做了个人主页《感动》。那时是中国有网络之初，个人主页跟当时的网络一样清净，路上私家车很少，只有新浪等几个公共大巴。所以，那时玩个人主页，相当于在网络玩飙车，很拉风很个性。我自己学着用 Frontpage 做个人主页，甚至还在网上下载 Java 特效，做简单的编程。主页做得唯美，但形式重于内容。我还申请了国际域名，每年交费；另外我还曾当过某论坛的"斑竹"，搜罗了网上很多自以为美好的东西，分享给众人。我是个喜欢新事物的人，爱折腾，这种特质让我一直保持了和时代的云同步。

一睁眼网络上爬满了网民，和我一样想法的人越来越多了，于是网上开始流行博客。作为识时务的俊杰，我及时搬了家，也难怪嘛，新浪博客是个大盘，小区人那么多，还有物管，咱就图个方便凑个热闹吧。

十五年前我正在北京，那时新浪博客兴起不久，我想我也不能整天抱着笔记本电脑看碟苟且偷生了，要对得起心底里残存的诗和远方。于是在 2006 年 6 月 23 日一个月黑风高的夜晚，我写了第一篇博文《心灵的裸奔》：

"在我看来，写 Blog 文章，其实就是一次心灵的裸奔……

很多年前，喜欢在笔记本上写一些东西，发黄的纸页上落满了生命成长的呓语，那时的呐喊和沉默，都代表了年轻的情绪。笔记本是私密的，是锁在抽屉底层的东西，害怕的，是被别人发现自己的幼稚和无助。

直到有了网络，才发现世界上有很多人和我一样孱弱，也一样爱做梦，为了把梦想藏在和他们一样的高处，于是我建了自己的个人主页《感动》，把它当作存放心灵的教堂，在那里胡乱堆放了好些自己思想和情感的碎瓷。

好在网络的宽容和无私给了人们更多的空间和自信，也让世界的表情更加真实。狡黠的或者诚恳的，都是那么透明。于是，我决定来一次'裸奔'，这就是我开始写 Blog 的原因。"

文字虽短，却代表一个新开始。

二

这些年，我在精神荒野上一个人徒步，从没有把写作当成什么大事，不过就像是每天上厕所一样的生理习惯。我觉得人的精神是需要排泄的，不然憋得慌，只是各自方式不同罢了。比如每天清晨六点，我都听见江边有人在哇哇地河东狮吼，我觉得健身只是表象，或许人家更想表达些什么吧，因为我从他的喊声中听出过不同的情绪版本：欢乐的、期盼的、愤懑或哀伤的……写着写着我慢慢有了点儿文化，觉得"裸奔"不好意思，再说写作就像一个人孤独的精神行走，加上那段时间迷恋上户外运动，于是就把博客名改成了《一个人的徒步》。

我的笔名是哑蝉。人家曾问我，为什么取这名？我说，生命需要激情的歌唱，更需要无言的斗志。人家白了我一眼，说：不叫的蝉，都是母的！

我无所谓，还故意写过一首歌颂自己的诗《哑蝉》："……我只是在用死亡般的窒息／蓄积着／扑向阳光时最欢乐的呼喊……"

博客栏目的设置都与蝉有关，或出于古诗句，或出于本人的仿古：

1. 薄翼轻颤（诗歌）

对于诗歌，本人遵从"写得赢就写，写不赢就跑"的游击战术。一是因为我比较懒，诗歌写字最少；二是因为写诗比较自由，有些故作深沉装神弄鬼的空间；三是认为诗歌就是写意画，你不必去解释每一笔的含意，而是草草几笔，勾勒出意象就行，你能懂就懂，不懂还可以装懂；四是诗人大都是神经质的，发神经真的很过瘾哟！诗歌的表情是诡异的，有时它对我微笑，我却会感到隐隐的疼痛。

2. 居高自远（随笔）

居高自远的提法出自初唐虞世南的"垂緌饮清露，流响出疏桐；居高声自远，非是藉秋风"。书法家朋友还写了这首诗的书法作品，亲自帮我挂在了书房。我写随笔的状况暴露出玩诗落下的并发症，思路和语言有点发飘，有时拉都拉不回来，这有点像《无极》里昆仑拿倾城当风筝放，看上去很美，但是让人弄不太懂。我不太习惯文字上太多规则要求，喜欢泼墨，大写意，信马由缰，全凭感觉。其实，文字在自由飞翔，冥冥中也有着思想的牵引。思想，永远都是牵系生命、世界和我的那根风筝绳，扯一扯，我就会落下来，拍拍泥土，重新做人。

3. 复眼无尘（摄影）

摄影要从买单反相机说起，在北京"流窜"期间，我在中关村认识了一个朋友，于是常常相约出去摄影。我的照片大都是糖水，但喊出的口号是"立意比技术重要"。买相机后我猛生大展宏图之志，于是在马甸三夫户外买了一身户外行头，武装到牙齿，甚至连山里遇险呼救的哨子都有了，但"可惜"从来没用上过。背着相机去了很多地方，出差也手枪一样背着，过安检时常常被人摸。摄影于我，是除文字外另一种方式的生活叙述，似乎更直接，又似乎更含蓄。

4. 垂缕饮露（日记）

所谓日记，其实是涂鸦。开始是一些时评，因为世界上每天都在发生很多事，你不可能装不知道，有时就会忍不住评论几句，其实都是些隔靴搔痒的闲话，就像夜晚摆个假耗子药地摊，反正也没想过药死谁。日记里还有一些是生活中的点滴感悟，三言两语点到为止。我不太喜欢记流水账似的琐事，婆婆妈妈像唐僧喊收衣服。写日记图的是快捷，相当于在杂乱的日子中间贴一个心情的便签。

5. 高蝉远韵（语丝）

没有耐心写较长的博文，就开始弄薯条一样的语丝，缓解偶尔精神的小饿。这些哲思的碎屑，被我硬币一样积攒起来。我自给自足种着这些精神小葱，那些巨匠们仍不屑地闭着眼睛，身前石碑上刻着各自的至理名言，似乎早把人生所有的道理都消费完了。好在我并没有悬壶济世的志向，我以水滴的方式简单地存在着，一点一滴，缓缓滋润着自己脚下的土地。浪奔浪流，都不会是我的故事。

还有就是疏桐流响（朗诵）、鸣蜩嘒嘒（歌词）、碎阳绘影（视频）等等，就不再说了。

三

我整天与文字厮混，就有了感情。文字是有表情的，它在对我轻轻地眨着眼睛……

前几年，因工作需要，多次辗转南北，这候鸟一样的迁徙，让我经历了飞翔的自由和从天空对人生的俯瞰，慢慢的，竟多了一些从容和简单。我从不愿让思想和情感在酒精里发酵成疯长的泡沫，也不愿用唠叨和倾诉去博得半真半假的唏嘘，生活是你自己的，凭什么要让外界承担你的承担？于是，文字在我手里就成了泥巴，捏来捏去，可以佛般端庄，人模人样，也可以猫猫狗狗，烂泥一摊。朋友说，文字也是有气质的，能模仿的就能被超越，你的文字和灵气别人看了喜欢了也模仿不了，亦庄亦谐，逆天存在。其实我知道，是生活把我逼成了这副德性，我不是人间绽放的与众不同的烟火，只是人间意外孕育的一个怪屁。

文字是宽容的，它没有吭声，忍受着我沉重的拍打，包容着我任性的揪捏，承受着我深刻的雕琢。直到有一天，我自命的不凡变成了平凡，云中的漫步落地为坚实的徒步，那一天，我也成了最幸福的泥土。

平凡而幸福的泥土不做脸上的油彩，它滋养着心灵的野草和庄稼，塑造着朴实的自己。

为此，我总想找个借口流泪，因为流泪是一种感恩的方式，感谢那些让我重生的文字，它悄悄渗入我的血液和骨髓，汇聚成点滴的思想和情感，在我体内流动，让我的人生不再苍白。

文字是有表情的，它又在对我轻轻地眨着眼睛……

四

后面的时代有了微博、微信、QQ 之类，新媒体兴盛，人人都成了拍手和写手，大家脱光自己的生活，也围观别人的隐私，喝着各类不知成分的心灵鸡汤，传着各种不知真假的消息……

我是不甘这样过的，微博之类只是快餐似的即时心情，不算主食，吃多了也空落落的不过瘾。我还是喜欢大博客，可以认真地做一些积累，就像有一个仓库，可以存放一大堆自己精神成长过程中看不清价值又舍不得扔掉的东西。再说这里人烟稀少，比较清静，也符合我清凉低调的心性。后来虽因工作或沟通需要，也注册了微信等，但朋友圈啥都没发，QQ 空间里啥都没有。我还是习惯在大博客这里，不紧不慢，一砖一瓦，构筑自己独立自由的精神斜塔。

除了写作，也是在 2006 年，我开始真正接触摄影，初中时我就有了第一台二手相机，如今我的装备已从单反相机进化为无反相机，足够先进。在找到摄影的捷径之后，总觉得食指一动按快门比十指乱动按键盘轻松，所以有一段时间照片拍得多，文字写得少了。我想拍照也是种表达方式嘛，总比狮子吼优雅。就这样，由于经常找一些借口自我原谅，我的精神领地浮躁开始蔓延，懒惰渐渐弥生……好在手里即将燃尽的火柴狠狠掐了一下我的手指，让我顿悟猛醒，我清晰地感到了精神的疼痛，又重拾了人生的方向。爱好摄影也有好处，这次出书就都用了自己的摄影作品作插图，文与图的互动呈现，其实都是自己灵魂的真情叙事。

五

时光荏苒，我慢慢从折腾一郎成长为折腾太郎。这些年一路走来，我义无反顾，极少回头去看写过些什么，偶尔看一眼，竟会自己吓一跳，这是我干的吗？至今写博十五年了，因为这个原因，我总觉得该做点什么。这心理就像人们过生日，明明这日子和平时没有不同，却被自己注入了特定的情感和意义，还拼命想剧透给更多的人，幻想着最好能够普天同庆。

我就是这样的心情，心中有一种特别的仪式感。当然，我的神志还算清醒，这个关别人什么事啊！说实话，此刻我很想偷懒混过去，又觉得不说几句就像过生日没吃蛋糕一样缺点儿什么。

我在十五年驿站短暂停留，不是想回顾历程，而是想自省吾身，想搞清楚从明天开始，我的精神之路该怎么走下去。

十五年之得，在于有所积淀，十五年之失，在于尚未质变。下一个十年，我的方向是：从锐利到睿智，从善意到善良，从散漫到浪漫，从慵懒到勤奋，从狭小到博大，从浮躁到平易，从关注自我到关心他人，从完善人生到成就大爱。希望今后的我，能够更加安静和坚定，能够精神裂变而非精神分裂，能够包容豁达并独具个性情怀，能够参透看破却不失进取激情……其实，我好想借此良辰吉日，指着窗外的天空立个大志发个毒誓，诸如"不当山中野猴子，誓做天庭弼马温"之类，但是我目前格局太小底气不足，加之这些年为文散漫的江湖恶习，也不是一天两天就能够彻底自新的。所以今天，我只能用尽全身力气，先说这么多吧。

微风不燥，一切刚好，十年为约，在下一个路口，等我。

就这样吧。